판클라치온 1

최영채 판타지 장편 소설

초판 1쇄 찍은 날 § 2003년 11월 25일
초판 1쇄 펴낸 날 § 2003년 12월 5일

지은이 § 최영채
펴낸이 § 서경석

편집장 § 문혜영
편집 § 장상수 · 권민정 · 유경화 · 김민정
마케팅 § 정필 · 강양원 · 이선구 · 김규진 · 홍현경

펴낸곳 § 도서출판 청어람
등록번호 § 제1081-1-89호
등록일자 § 1999. 5. 31
어람번호 § 제1-0432호

주소 § 경기도 부천시 원미구 심곡1동 350-1 남성B/D 3F (우) 420-011
전화 § 032-656-4452 팩스 § 032-656-4453
http://www.chungeoram.com
E-mail § eoram99@chollian.net

ⓒ 최영채, 2003

값 8,000원

ISBN 89-5505-886-1 04810
ISBN 89-5505-885-3 (SET)

영채 판타지 장편 소설

환룡린환생오

과격무쌍!! 바람의 파이터!!
바람같이 달려들어 번개처럼 관절을 꺾고 뼈를 뜯는다

1

말괄량이 길들이기

도서출판
처어람

0장
프롤로그

후두두둑~

아침부터 잔뜩 흐려 있던 하늘에서 기어코 빗방울이 떨어지기 시작했다. 몇 방울씩 떨어지던 빗방울이 곧 굵은 장대비로 바뀌더니 사정없이 지면을 두드리기 시작했다.

물건을 사기 위해 시장을 찾았던 사람들은 저마다 손으로 머리를 가린 채 비를 피할 만한 장소로 황급히 달려갔고, 가게 주인들은 가게 밖에 늘어놓았던 물건들을 가게 안으로 옮기느라 정신이 없었다.

그런 사람들의 모습을 처마 밑에서 멍한 시선으로 바라보고 있는 소년이 한 명 있었다.

전국적으로 일제히 단발령(1895년)이 실시된 지도 벌써 10여 년이 지났건만 소년은 아직까지 용케도 댕기머리를 하고 있었다. 언뜻 보기에는 이제 겨우 일고여덟 살 정도밖에 안 돼 보이는 어린아이였는데,

다 해어져 구멍이 숭숭 뚫려 있는 데다 꼬질꼬질 땟국물이 흐르는 바지저고리를 보면 집이 있는 아이는 아닌 듯 보였다.

장대비는 금세 지면을 흠뻑 적셨고, 곳곳에 크고 작은 물 웅덩이를 만들고는 사방으로 흙탕물을 튀기고 있었다.

소년이 지금 등을 기대고 있는 곳은 아궁이와 붙어 있는 굴뚝 바로 옆 자리였기에 늦가을 장대비로 떨어진 체온을 데워주기엔 충분했다. 하지만 소년의 빈속을 채워주지는 못했다.

이미 하루 반을 굶었기에 이젠 배가 고프다는 느낌도 없었다. 그저 뭔가 날카로운 것이 뱃속을 마구 파헤치는 것 같다는 느낌뿐이었다.

이런 날 동냥을 하러 나선다는 것은 그야말로 멍청한 짓이다. 오히려 얻어터지지나 않으면 다행이라는 것을 소년은 길지 않은 동냥 생활의 경험을 통해 잘 알고 있었다.

북적이던 장터는 삽시간에 쥐 죽은 듯 조용해졌고, 들리는 소리라고는 물 웅덩이를 두드리는 장대비 소리뿐이었다.

소년은 조금이라도 비를 덜 맞기 위해 그렇지 않아도 잔뜩 웅크리고 있던 몸을 더욱 바싹 감싸 안았다.

"어라? 이 자식 또 여기서 얼쩡거리고 있잖아?"

갑자기 들려온 사나운 음성에 무릎 사이에 머리를 묻고 있던 소년은 깜짝 놀라며 황급히 머리를 들어 상대를 확인했다. 그리고는 조금 떨어진 곳에서 열대여섯 살 정도로 보이는 소년과 그보다는 조금 나이가 적어 보이는 소년 둘이 매서운 눈길로 자신을 쏘아보고 있는 것을 발견했다.

"누가 여기 있어도 된다고 했어, 이 거지새끼야! 여긴 내 자리란 말이야. 당장 꺼져!"

옷차림만 보면 어린 소년과 별 차이 없어 보였지만 패악스러운 소년의 말에 어린 소년은 당장 다른 곳으로 가려 했다. 하지만 그러고 싶어도 지금으로서는 손가락 하나 꼼짝할 힘도 없었다.

자신 앞에 선 채 시비를 걸고 있는 이 소년이 누군지 이미 여러 번 보아왔기에 잘 알고 있었다.

시장통에서는 왈패라고 소문이 자자한 소년, 건칠이었다.

난전에 늘어놓은 물건을 훔쳐 달아나는 것은 물론 남의 돈주머니를 훔쳐 달아나는 등 온갖 나쁘다는 짓은 다 하고 돌아다니는 녀석이었다. 게다가 시장통을 돌아다니는 어린 비렁뱅이와 고아들의 두목으로 군림하고 있는 녀석이라는 것을 어린 소년도 잘 알고 있었다. 더구나 그에게 대항한다는 것은 20여 명에 달하는 비렁뱅이들의 적이 된다는 것을 의미했다.

어딘가에 소속되는 것을 본능적으로 싫어하는 소년의 성격으로서는 건칠의 말대로 당장 일어나 다른 곳으로 가야만 했다. 하지만 며칠을 굶은 소년의 체력으로서는 어딘가로 가고 싶어도 꼼짝할 힘도 없었다.

그래서일까?

대꾸를 하는 소년의 음성이 미약하기 이를 데 없었다.

"미, 미안해. 조금만 쉬었다가 비만 그치면 갈게. 그러니까 조금만 봐줘. 부탁할게."

"이 쥐방울만한 새끼가 뭐라는 거야? 당장 안 꺼져!"

"며, 며칠을 굶어서 다른 데로 가고 싶어도 힘이 없어서 갈 수가……."

"뭐! 내가 알게 뭐야? 하지만 당장 꺼지지 않으면 골로 보내 버릴 테니까 알아서 해! 다른 데로 갈래, 아니면 오늘 내 손에 죽어볼래?"

비릿한 미소를 지은 채 내려다보고 있는 건칠은 며칠 전부터 보이기 시작한 이 건방진 꼬마 거지새끼가 전혀 마음에 들지 않았다.

빌어먹는 비렁뱅이라면 당연히 자신을 찾아와 자신들 패거리에 끼워달라고 애원을 했어야 했다. 하지만 이 꼬마는 분명히 자신들의 존재를 알면서도 소 닭 보듯 그저 멀뚱하니 쳐다볼 뿐 어떤 반응도 보이지 않았다. 그것이 건칠의 마음을 지극히 불쾌하게 만들었던 것이다.

물론 적당히 두들겨 팬 후 자신들 패거리로 끌어들일 수도 있지만 건칠은 이 건방진 꼬마가 자신에게 애원하는 모습을 반드시 보고 싶었기 때문에 사실 그동안 보고도 못 본 척 그냥 내버려 두었다. 하지만 이 꼬마새끼는 그런 건칠의 인내심을 시험이라도 하듯 자신의 모습을 보고도 못 본 척 그냥 지나친 적이 한두 번이 아니었다.

건칠을 가장 열받게 만드는 부분이 바로 이 점이었다.

결국은 참다참다 못해 오늘에서야 나선 것이었다.

자신의 질문에 아무런 대꾸도 하지 않자 건칠은 거침없이 다가가 꼬마의 뒷덜미를 움켜잡았다. 그리고는 이미 진흙탕으로 변해 버린 시장 바닥에 사정없이 집어 던졌다.

집을 떠난 후 몇 달 동안 제대로 끼니를 찾아먹지 못한 탓인지 소년의 몸은 너무나 가벼웠다.

휘익~ 철퍼덕!

쏴아—

진흙탕으로 쓰러진 소년의 몸 위로 무심한 장대비는 사정없이 쏟아지며 소년의 체온을 순식간에 싸늘하게 식혔다.

물 웅덩이에 쓰러져 있는 소년의 모습을 본 순간 건칠은 이 건방진 꼬마를 잔뜩 괴롭혀 주고 싶다는 생각이 불현듯 들었다. 버둥거리는 소년의 뒷덜미에 발을 올린 건칠은 비릿한 미소를 지으며 사정없이 짓눌렀다.

"아푸! 합! 아푸푸!"

물구덩이에 처박혀 건칠의 발에 짓눌린 소년은 손발을 버둥거리며 건칠의 발 밑에서 벗어나려 애를 썼지만 소년의 힘으로 벗어나기에 건칠의 힘은 너무나 강했다.

소년의 얼굴은 금방이라도 터질 것처럼 새빨갛게 변했지만 건칠은 좀처럼 발을 떼지 않았다.

한참 흙탕물을 튕기며 버둥거리던 소년의 팔이 힘없이 떨어져 내리는 것을 발견하고서야 건칠은 발을 떼었다. 그래도 죽일 생각은 없었는지 건칠은 물 웅덩이에서 소년을 끌어냈다.

"컥! 우욱!"

물 웅덩이에서 벗어난 소년은 몇 번이나 토악질을 해 흙탕물을 토해냈다. 하지만 워낙 먹은 것이 없어서인지 소년이 토해낸 토사물은 흙탕물이 전부였다.

장대비를 맞으며 축 늘어져 있는 소년을 가만히 내려다보던 건칠은 곧 어금니를 깨물고는 다시 소년에게 다가갔다.

"우리 패거리에 들어와 늘 두목으로 모시겠다면 용서하겠지만 그렇지 않다면 병신으로 만들어주마. 어떻게 할래? 원하는 대로 해주지."

전혀 어린아이답지 않은 살벌한 건칠의 말에 소년은 어떻게든 대꾸를 하려 했지만 몇 끼를 굶은 그로서는 그저 격하게 숨만 내쉴 뿐 아무런 대꾸도 하지 못하고 있었다.

"꼬마야, 날 원망하지 마라. 우리도 먹고 살려면 어쩔 수 없으니까 말이야. 누군가와 나눠 먹기에 이 동네는 너무 작은 곳이거든. 하지만 다리 병신이라도 된다면 구걸하기는 훨씬 쉬울 거다. 단, 여기가 아닌 다른 동네로 가야겠지만 말이야.”

“……”

말과 함께 건칠이 한쪽 발을 치켜드는 순간 축 늘어져 있던 소년의 입이 열렸다. 하지만 무슨 말을 하는지 너무 작아 전혀 들리지 않았다.

“뭐라고 하는 거야?”

“……마.”

“뭐라고?”

“그러지… 마.”

그제야 꼬마의 입에서 흘러나온 음성이 뭘 말하는지 알아들은 건칠의 얼굴은 흉악하게 일그러졌다.

“아예 평생 빌어먹을 수 있도록 완전히 병신으로 만들어주마. 에 잇!”

퍽! 퍽!

건칠이 발길질을 할 때마다 소년의 몸은 힘없이 흔들렸다. 소년은 비명을 지를 힘마저 없는지 얼굴을 일그러뜨리며 그저 몸을 잔뜩 웅크리고 있을 뿐이었다.

거센 발길질에도 아무런 비명을 지르지 않는 소년의 태도가 눈에 거슬려 그의 분통을 터트리게 만들기 충분했다.

“이런 개자식이…… 죽어! 죽어! 죽어버리란 말이야!!”

퍼퍼퍼퍽!

소년을 구타하면 할수록 조금의 신음도 지르지 않는 소년의 태도에 더욱 분노를 느끼는 듯 건칠의 발길질은 자그마한 소년의 몸으로 사정 없이 쏟아졌다.

건칠과 함께 나타났던 두 소년은 패악스러운 건칠의 행동에 잔뜩 겁을 먹고 그를 말릴 생각도 못했다. 이런 상황에서 그를 말렸다간 꼬마 대신 자신들이 병신이 될 수도 있기 때문이었고, 또 패거리 가운데에는 그의 폭행으로 병신이 된 아이가 둘이나 있었기에 그저 구경만 하고 있을 뿐이었다.

건칠은 소년을 두들겨 패는 동안 광기에 휩싸였고, 정말로 소년의 다리를 부러뜨리려는지 오른쪽 발을 높이 쳐들고는 소년의 무릎을 힘껏 짓밟았다.

퍽!

"으아악! 내 다리! 내 다리!"

퍽! 퍽! 퍽!

"죽어! 죽어! 죽어버려!"

"사, 사람 살려!"

"죽어버리란 말이야!"

어린아이의 입에서 터져 나온 음성이라고는 도저히 믿을 수 없을 만큼 살기에 가득 찬 섬뜩한 음성이었다.

근처에서 두목의 만행을 묵묵히 지켜보고 있던 두 소년은 도저히 믿을 수 없는 광경에 그저 입만 쩍 벌릴 뿐 그 자리에서 얼어붙은 듯 꼼짝도 못했다.

그도 그럴 것이 바닥에 쓰러져 있는 사람의 배 위에 올라타 힘껏 주먹을 휘두르고 있는 사람은 건칠이 아니라 얼굴이 피투성이인 소년이었기 때문이다. 그런 소년의 손 역시 피로 범벅이 된 지 오래였다.

건칠의 얼굴 역시 피투성이로 변한 지 오래였지만 소년의 주먹질은 멈춰질 줄 몰랐다. 도저히 조금 전까지 굶주림으로 축 늘어져 있었던 소년과 같은 사람이라고는 볼 수 없을 정도로 독이 오른 모습이었다.

하늘 높은 줄 모르고 치켜 올라간 소년의 눈은 언뜻 보아도 독이 바싹 오른 독사의 눈과 너무나 흡사했다. 쓰러진 건칠 위에 올라탄 채 주먹을 휘두르던 소년은 자신의 주먹으로는 그에게 큰 충격을 줄 수 없다고 판단했는지 그를 쓰러뜨리는 데 사용했던 주먹만한 돌멩이를 다시 집어 들었다. 그리고는 잠시의 망설임도 없이 건칠의 머리를 향해 내리찍었다.

그 나이 또래의 소년에게서는 도저히 찾아볼 수 없는 독랄한 심성이 아닐 수 없었다. 그 모습을 발견한 건칠의 얼굴은 창백하게 변한 채 절망만이 가득할 뿐이었다. 그리고 그가 할 수 있는 것이라고는 그저 비명을 지르는 일뿐이었다.

"으아악!"

탁!

소년은 누군가가 자신의 팔을 움켜잡는 것을 느끼고는 고개를 휙 돌려 매서운 눈길로 상대를 확인했다.

"나무아미타불 관세음보살. 허허허, 어린 녀석이 정말 독한 심성을 가지고 있구나."

상대는 허름한 승복 위에 도롱이를 걸치고 있는 40대 중반쯤으로 보이는 별 특징이 없는 얼굴의 탁발승이었다.

소년은 황급히 그에게 잡힌 손목을 뿌리치려 했지만 어떻게 된 일인지 온몸의 힘이 몽땅 빠져나가 꼼짝도 할 수 없었다.

탁발승이 팔을 가만히 들자 소년의 몸은 맥없이 딸려왔고, 그제야 소년의 밑에 깔려 있던 건칠은 재빨리 일어나 황급히 뒤로 물러섰다. 그리고는 어떻게 된 일인지 알고 싶지도 않은 듯 구경하고 있던 두 소년과 함께 쩔뚝거리며 꽁지가 빠져라 도망을 쳤다.

물론 소년에게 협박하는 것은 잊지 않으면서.

"너 이 새끼! 다음에 만나건 죽어. 각오해, 너!"

첨벙.

이미 10여 미터 밖으로 도망치고 있는 건칠과 두 소년의 모습을 본 소년은 들고 있던 돌멩이를 힘없이 떨어뜨렸고, 물 웅덩이에 떨어진 돌멩이에 묻어 있던 피가 웅덩이로 서서히 퍼져 갔다.

"오늘 꼭 죽였어야 했는데……."

희미한 중얼거림이었지만 그 소리를 듣지 못할 탁발승이 아니었다.

저렇게 험악한 말을 어린아이가 너무나 쉽게 지껄인다는 생각이 들었지만 적어도 그의 눈에 티친 소년의 모습은 또래의 여느 소년들과 다를 바가 없었다는 것이다.

탁발승은 또래에 비해 오히려 깡마른 체격의 이 소년이 어떻게 자신의 배 이상 되는 소년을 제압했는지 우중(雨中)에서 똑똑히 지켜보았다.

건칠이 오른발을 치켜드는 순간 근처에 있던 돌멩이를 집어 건칠의 왼쪽 발등과 무릎을 힘껏 찌었그, 건칠이 비명을 지르며 쓰러지자마자 눈 깜짝할 사이에 가슴을 타고 올라가 주먹을 휘둘렀던 것이다.

그러다 자신의 주먹으로는 상대에게 큰 타격을 입힐 수 없다는 것을 깨닫는 순간 근처에 있던 들을 집어 들어 조금의 망설임도 없이 상대의 머리를 내려쳤다. 만약 자신이 소년의 행동을 말리지 않았다면 아마도 이 소년 밑에 깔려 있던 아이는 머리가 박살나 목숨을 잃었을 것이 분명했다.

정말 경탄할 정도로 신속한 판단이요 결단이었고, 또한 행동이 아닐

수 없었다. 도저히 소년 또래의 아이들이 취할 수 있는 행동이라고는
볼 수가 없었다.

가만히 소년의 관상을 보는 동안 소년은 힘없는 음성으로 입을 열었
다.

"스님, 이 손 좀 놓아주세요."

"어? 그래, 미안하구나."

탁발승이 손을 놓아주자 소년은 비틀거리는 걸음으로 다시 굴뚝 옆
자리로 가서는 조금 전처럼 양팔로 다리를 감싼 자세로 앉았다. 그런
소년의 태도는 자신의 행동을 제지한 탁발승에게 아무런 흥미도 느끼
지 못하는 듯 보였다.

그 모습을 지켜보던 탁발승은 가만히 고개를 저었다.

'허어~ 저렇게 살기가 강한 아이는 난생처음 보는군. 게다가 일신
에 겁살(劫煞), 천살(天煞), 백호살(白虎煞)에, 역마살(驛馬煞)까지 껴 있
다니…… 조실부모할 것은 말할 것도 없고 평생 동안 외롭게 핏속을
걷다가 결국은 자신마저도 그 핏속에 쓰러질 운명인 것을……. 쯧쯧
쯧, 저 작은 몸에 무슨 업보가 저리도 많단 말인가? 내 비록 땡초에 불
과하지만 불제자로서 어찌 저런 아이를 보고도 못 본 척할 수 있겠는
가? 이 모든 것이 석가모니 부처님의 인도일지니 기꺼이 이 아이를 거
두겠나이다. 나무관세음보살.'

"아이야, 집은 있느냐?"

탁발승의 말에 소년은 고개를 가만히 저었다. 하지만 소년의 얼굴이
갑자기 어두워지며 굳어지는 것을 보면 무슨 사연이 있는 듯 보였다.

"그럼 나를 따라가겠느냐? 비록 부잣집처럼 잘 먹을 수는 없겠지만
끼니는 굶지 않고 먹을 수도 있을 것이고, 협소하기는 하나 암자가 있

으니 눈과 비는 피할 수 있을 게다."

탁발승의 말에 잠시 망설이던 소년은 조심스러운 얼굴로 질문을 했다.

"그럼… 저도 스님처럼 중이 되어야 하나요?"

소년의 반문에 탁발승은 미소 지은 채 고개를 저었다.

"아니란다. 너와 내가 인연이 닿았기 때문에 너를 도우려는 것뿐, 너는 불문과는 인연이 없는 아이란다."

그런 탁발승의 얼굴을 물끄러미 쳐다보던 소년의 대답은 조금 뜻밖이었다.

"절 동정하는 것이라면… 싫어요."

과격한 성격만큼이나 자존심도 대단한 것 같았다.

"동정하는 것이 아니다만 정 네가 싫다면, 이렇게 하는 것은 어떠냐?"

탁발승의 은근한 제의에 소년은 호기심이 생기는지 그의 얼굴을 빤히 쳐다보았다.

"혹시 조금 전 같은 상황에서 돌멩이나 무기를 들지 않고 맨손으로 상대를 혼내줄 수 있는 무술을 배우고 싶은 생각은 없느냐?"

"무술이오?"

"그래. 상대가 아무리 많아도, 또 어떤 무기를 들고 있다 하더라도 간단하게 제압할 수 있는 무술 말이다. 만약 네가 배우고 싶은 생각이 있다면 내가 가르쳐 줄 수도 있느니라."

탁발승의 말에 잠시 생각을 하던 소년은 곧 대꾸했다.

"그 무술을 익히면 정말 누구한테든 이길 수 있나요?"

"그렇단다. 내가 그 무술을 익힌 후 20년 동안 누구한테든, 또 아무리 많은 상대와 싸운다고 하더라도 단 한 번도 진 적이 없단다."

탁발승의 얼굴에는 은근한 자부심마저 자리하고 있었다.

"그러니까… 네가 나에게서 무술을 익힌 후 잠시 내 일을 도와주면 어떻겠느냐? 그럼 나는 제자에게 무술을 전수해 주는 것이니 동정을 베푸는 것이 아니고, 너 또한 스승의 일을 도와주는 것이니 자존심이 상할 일도 없지 않느냐? 네 생각은 어떠냐?"

"스님께서 익힌 무술이 무엇인지 알 수 있어요?"

"비격(飛擊)이라는 무술이란다. 하지만 아마 넌 들어본 적이 없을 것이다."

탁발승의 말에 곰곰이 생각하던 소년은 곧 고개를 끄덕였다.

"그렇다면 스님을 따라갈게요."

"잘 생각했다."

소년의 몸을 일으켜 세워준 탁발승은 자신이 쓰고 있던 도롱이를 소년의 어깨에 걸쳐 주었다. 도롱이가 큰 것인지 아니면 소년이 작은 것인지 소년의 얼굴은 도롱이에 묻혀 잘 보이지도 않았다. 하지만 조금 전까지 탁발승이 쓰고 있었기 때문인지 따스했다.

"그래, 네 이름이 무엇이냐?"

"가야(伽倻), 장가야(張伽倻)라고 해요."

"가야라…… 좋은 이름이구나."

가야라 이름을 밝힌 소년은 탁발승의 말에 기분이 좋은지 얼굴을 약간 붉혔다.

"스님의 법명은 어찌 되시나요?"

"법명은 무슨…… 반허(半虛)라고 부르거라."

"알겠습니다, 반허 대사님."

"허어~ 난 대사가 아니라니까. 땡초에 불과한 나를 대사라 부른다면 아마 나를 아는 사람들은 배를 잡고 웃을 것이니라. 그러니 그냥 반허라고 부르거라."

"알겠습니다, 반허 스님."

가야의 대답에 고개를 끄덕인 탄허는 가야의 작은 손을 잡고는 빗속으로 걸음을 옮겼다.

"저희는 어디로 가는 건가요?"

"지리산(智異山)이란다. 가본 적이 있느냐?"

"아닙니다. 누가 말하는 것을 들어본 적은 있지만……."

"지리산은 정말 커다란 산이란다. 전북 남원과 전남 구례, 그리고 경남 산청과 하동, 함양군에 걸쳐 있는 커다란 산인데 내가 거처하고 있는 법당은 피아골이라 부르는 곳에 있단다. 정말 아름다운 곳이지."

"스님, 춥지 않으세요?"

"허허허, 가을비라고는 하지만 너를 만난 날이라서 그런지 오히려 시원하게 느껴지는 구나. 갈 길이 머니 어서 가도록 하자꾸나."

"예, 스님."

두 사람은 빗속에서 열심히 걸음을 옮기고 있었다.

1장

쟌 가이야

“이곳에 흔적이 있습니다.”

“그래? 인원은?”

“발자국으로 보아 사내 다섯으로 보입니다.”

“사내 다섯? 여자의 발자국은 없나?”

가볍고 화려한 흰색의 라이트 레더를 걸친 30대 초반의 적갈색 머리칼을 가진 사내가 눈살을 찌푸리며 말 위에서 지시를 내리자, 발자국을 살피던 40대 후반으로 보이는 추레한 복장의 사내가 다시 발자국을 보고는 재빨리 대답했다.

“여자의 발자국은 보이지 않지만 발자국의 깊이를 보니 아무래도 이들 다섯 사내 가운데 한 명이 여자를 업은 것이 아닌가 생각됩니다.”

“여자를 업었다? 그렇다면 멀리 가진 못했겠군. 방향은?”

“전방에 보이는 숲으로 도주했습니다.”

“좋아. 자네는 절반의 인원들을 데리고 저쪽을 수색해라. 그리고 나머지 인원은 나를 따라 전진한다. 작은 흔적이라도 발견하면 즉시 호각을 불어 신호를 하도록. 알겠나?”

“예.”

무기를 뽑아 든 일단의 용병들이 숲으로 들어가는 것을 본 사내는 말에서 내려 근처에 있는 나뭇가지에 말고삐를 매었다. 그리고는 자신의 지시를 기다리고 있는 용병들에게 전진하라고 조금은 거만하게 손짓을 했다.

용병들이 무기를 뽑아 든 채 신중한 자세로 전진하는 것을 보고서야 사내도 천천히 걸음을 옮겼다.

이미 봄도 한참 지났지만 아직까지 숲의 공기는 서늘했고, 하늘은 나뭇가지와 나뭇잎에 가려 보이지도 않아 숲 속은 어두컴컴하기 이를 데 없었다. 생명이 넘치는 밝은 녹색이 아니라 금방이라도 뭔가가 튀어나올 것 같은 어둠이 주위를 휘감고 있었다. 하지만 용병들은 어딘가에 있을지도 모르는 사냥감에 대한 단서를 찾기에 여념이 없어 숲의 어둠 따위는 신경 쓸 여유조차 없었다.

그렇게 숲 속을 수색한 지 1시간 정도가 지났을 때였다.

삐이익~

한 걸음 앞서 지면을 수색하던 용병 가운데 한 명이 호각을 입에서 떼며 지면을 가리켰다.

“여기 발자국들이 있습니다. 우리가 쫓던 자들의 것으로 보입니다.”

“모두 집결해 신속하게 이동하도록 해라.”

사내의 지시에 용병들은 익숙한 몸놀림으로 숲을 헤치며 이동했다.

"헉헉헉~"

"고생스럽겠지만 조금만 더 힘을 내도록 해라. 한 걸음이라도 더 멀리 가야만 안전할 수 있다."

치렁치렁한 프릴이 엄청나게 달린 아이보리 색 드레스를 입은 금발 여인을 업은 채 걸음을 옮기고 있는 20대 후반쯤으로 보이는 청년의 얼굴은 보기에 안타까운 마음이 들 정도로 땀에 젖어 있었다. 그런 청년의 곁에는 초조한 빛을 감추지 못하고 있는 네 명의 병사들이 있었다.

그들의 의복은 땀과 흙먼지로 지저분하기 이를 데 없었고, 극도의 피곤과 배고픔을 견디지 못해 질질 끌고 있는 병사들의 발은 지면에 긴 자국을 남기고 있었다.

청년의 목을 죽어라 끌어안고 있던 여자의 얼굴도 지저분하고 초췌해 보이기는 마찬가지였다. 하지만 흔들거림을 더 이상 참지 못하겠던지 여인이 청년에게 말을 건넸다.

"잠깐만이라도 쉬었다 가. 더 이상은 못 참겠어."

"안 됩니다. 이미 적들이 가까운 곳까지 쫓아왔습니다. 조금이라도 더 멀리 몸을 피해야만 합니다."

"시끄러. 난 지금 쉬고 싶단 말이야. 당장 멈춰."

철딱서니없는 여인의 말에 청년은 당장이라도 여인을 지면에 패대기치고 싶은 마음이 울컥하고 들었다. 하지만 약자를 보호하겠다고 서언한 기사로서 그럴 수는 없는 일이었다. 게다가 이 여인은 자신이 목숨을 바쳐서라도 반드시 지켜야만 할 절대적인 존재가 아닌가.

"지금 당장 날 내려. 이건 명령이야!"

40명이 넘던 일행이 여섯 명으로 줄어들었을 뿐 아니라 지금도 적에게 쫓겨 도망치고 있는 상황임에도 불구하고 마음 내키는 대로 행동하려 하다니……. 이 여인을 만난 것은 겨우 며칠 전에 불과했지만 그 며칠만으로도 충분히 지긋지긋하다는 생각이 들 정도였다.

사실 그녀의 명령이 아니더라도 청년에게는 더 이상 걸음을 옮길 만한 힘이 남아 있지 않았다. 조심스럽게 청년이 여인을 지면에 내려놓자 여인의 얼굴은 당장 찌푸려졌다. 여인이 내려선 바로 앞 지면이 숲의 이슬 탓인지 흡사 시궁창처럼 질퍽했기 때문이었다.

"날보고 이런 자리에서 쉬라는 거야?"

"아, 아닙니다. 잠시만 기다리십시오."

짜증 섞인 여인의 말에 청년은 황급히 자신의 어깨에 둘러져 있던 망토를 풀어 몇 번인가 먼지를 털어낸 후 근처에 있는 바위 위에 펼쳤다. 원래는 백색이었을 망토는 며칠간의 도피 생활로 완전히 회색으로 변해 있었다.

잔뜩 눈살을 찌푸린 채 망토를 바라보던 여인은 어쩔 수 없다는 표정을 짓더니 망토 위에 걸터앉았다.

"언제 적들이 들이닥칠지 모르니 쉬더라도 경계를 게을리 하지 마라."

청년의 말에 병사들은 대답할 힘도 없는지 고개를 끄덕이고는 여인과 조금 떨어진 곳으로 걸음을 옮겼다. 그리고는 지면이 젖은 것도 아랑곳하지 않고 그 자리에 털썩 주저앉았다.

이마에 맺힌 땀을 닦던 청년 역시 여인을 업은 채 10여 킬로미터를 달려오느라 탈진한 체력을 회복하는 데 전력을 다하고 있었다.

20대 후반쯤으로 보이는 이 청년의 이름은 알카레스 반 호레즈로 바리타스 왕국의 근위 기사단 소속의 전도 유망한 청년 기사였다. 달리 화이트 라이온 기사단이라고도 불리는 근위 기사단에서 10명의 기사들을 휘하에 거느릴 수 있는 십인장이기도 한 알카레스는 언제 적이 들이닥칠지도 모른다는 불안한 느낌 때문에 입 안이 바싹바싹 말라오는 것을 느꼈다.

이제 와서 생각해 보면 이번 여행은 이상한 점이 한두 가지가 아니었다.

제아무리 비밀스러운 여행이라지만 지금 자신의 눈앞에서 짜증스러운 표정으로 땀을 닦고 있는 이 여인의 신분상 이런 소규모 인원으로 그녀를 안전하게 호위한다는 것은 거의 불가능한 일이었다. 그럼에도 불구하고 이번 여행의 경호 책임자로 십인장에 불과한 자신을 지목한 스웰턴 단장의 내심을 도저히 짐작할 수 없었다.

실력도 떨어지는 데다 인원까지 부족하다 보니 용병으로 보이는 사내들의 몇 번에 걸친 공격을 제대로 막아낼 수 있을 리는 만무했다. 목숨을 건 병사들의 장렬한 전사가 없었다면 자신들은 이렇게 도주를 할 수도 없었을 것이다.

생각에 빠져 있던 알카레스가 갑자기 고개를 들어 주위를 두리번거리다가 앉은 자리에서 벌떡 일어섰다. 갑작스런 알카레스의 행동에 근처에 있던 여인은 깜짝 놀랐다.

"뭐, 뭐야?"

"적들이 이미 근처에 도착한 것 같습니다."

"뭐?"

챙!

알카레스가 갑자기 롱 소드를 뽑아 들자 피곤에 지쳐 꾸벅꾸벅 졸고 있던 병사들도 소스라치게 놀라며 자리에서 벌떡 일어나 주위를 두리번거렸다. 하지만 보이는 것은 하늘 높은 줄 모르고 치솟은 아름드리 나무들과 가슴 높이까지 우거진 잡초뿐이었다.

병사들이 불안한 마음을 감추지 못하고 있을 때 알카레스는 다시 여인을 들쳐 업고 도주할까 하는 생각도 해봤지만 그러기에는 자신이 너무 지쳤고, 게다가 바위 위에 앉아 있던 여인은 놀란 표정과는 달리 꼼짝할 생각도 없는 듯 보였다.

병사들이 잠시 당황해 어쩔 줄 몰라 하고 있는 동안 갖가지 복장을 한 무리의 용병들이 이디 일행을 완전히 포위한 후였다.

흰색의 라이트 레더를 걸친 자는 여인을 보호한 채 무기를 뽑아 자신을 노려보는 일행의 모습을 쳐다보고는 비릿한 미소를 지었다.

알카레스 일행의 수가 지금보다 훨씬 많았을 때도 자신들을 막아내지 못했었는데 겨우 다섯 명밖에 남지 않은 지금 자신들을 막아낼 리가 없었기에 가소롭기 그지없다는 생각을 버릴 수가 없었다.

"후후후, 겨우 여기까지 도망치려고 그렇게 쥐새끼처럼 필사적으로 도망을 치셨나?"

사내의 말에 알카레스의 얼굴은 치미는 수치심을 참지 못해 시뻘겋게 물들었다.

사내의 말이 사실이긴 했지만 여인을 목숨을 걸고 보호하라는 스웰턴 단장의 명령이 아니었다던 설사 목숨을 잃는 한이 있더라도 상대를 피해 도주하는 수치스러운 짓은 하지 않았을 것이다.

이를 갈면서도 알카레스는 자신들을 포위한 자들을 살피는 것을 잊지 않았다.

사내들의 숫자는 40여 명, 복장을 보면 전원 용병들로 보였는데 무기를 들고 있는 자세를 보면 그들의 실력이 하나같이 보통이 아닌 것 같았다. 그런 반면 자신들은 이들을 피해 도주하느라 제대로 쉬지도 못한 것은 물론 식사도 어제 아침에 한 것이 마지막이었다.

모든 것이 열악한 상황인 지금 상대들은 자신들의 도주로마저 완벽하게 차단한 상태가 아닌가? 아마도 지금 상태라면 이 자리에서 목숨을 잃을 것 같다는 생각이 들었다.

그런 알카레스의 내심을 눈치 챈 사내가 예의 그 비릿한 미소를 지은 채 일행을 바라봤다.

"흐흐흐, 너희들이 이 자리에서 살아남을 수 있는 방법은 아무것도 없다. 순순히 저 레이디를 우리에게 넘긴다면 빠른 죽음을, 만약 가소롭게도 반항한다면 지상에서 겪을 수 있는 모든 고통을 겪은 후 죽게 될 것을 내 확실하게 약속하지. 흐흐흐, 어떻게 죽을 것인지 어서 결정해라."

사내의 말에 알카레스와 일행은 일제히 몸을 부르르 떨었다. 그러니까 사내의 말은 무조건 자신들을 죽이겠다는 것이 아닌가?

그래서일까?

병사 가운데 하나가 갑자기 미친 듯 고함을 지르며 무기를 뽑아 들고 있는 용병들을 향해 달려들었다.

"우아아아~"

챙챙! 스윽~ 푹!

하지만 병사의 무기는 앞으로 뛰어나온 한 용병의 검에 가로막혔고, 그 순간 뒤쪽에서 튀어나온 서너 자루의 무기가 병사의 몸을 사정없이, 그리고 무자비하게 난도질했다.

그런 병사의 모습에 바위 위에 앉아 있던 여인의 얼굴은 삽시간에 창백하게 변했다. 그도 그럴 것이 여인은 지금까지 단 한 번도 짐승이

나 인간이 피를 흘리며 죽는 모습을 직접 본 적이 없었기 때문이다.

순식간에 피투성이가 된 병사는 곧 지면에 쓰러져 몇 번 꿈틀거리다가는 곧 움직임을 멈췄다. 병사의 몸에서 흘러내린 선혈이 지면으로 퍼져 나가는 것을 알카레스는 안타까운 마음으로 바라봤다. 하지만 남은 사람들도 살아서 이 자리를 벗어난다는 건 불가능한 일이었기에 그저 바라볼 뿐이었다. 그러다 죽기 전 자신들을 공격한 이자들의 정체를 알고 싶다는 생각이 불현듯 들었다.

"오늘 이곳을 살아서 벗어나기는 힘들 것 같군. 본인은 근위 기사단 소속 기사인 알카레스 반 호레즈라 한다. 우리를 공격한 그대는 누구인가?"

"나? 후후후, 내가 그걸 밝혀야 할 필요가 있을까?"

자신을 조롱하는 듯한 사내의 웃음소리에 알카레스는 어금니를 깨물어야만 했다.

"그렇다면 할 수 없군. 그대는 나와 일 대 일로 대결할 의사는 있는가?"

"일 대 일이라니? 아직도 자신의 처지가 어떤지 전혀 상황 파악을 못하는 친구로군. 내가 왜 자네같이 별 볼일 없는 친구를 상대해야 하지?"

사내의 말이 신호라도 된 듯 포위망을 굳히고 있던 용병들이 일제히 한 걸음 앞으로 나섰다.

"레이디를 보호하라!"

세 명의 병사들에게 지시를 내린 알카레스는 살벌한 표정을 지으며 다가드는 용병들을 향해 롱 소드를 겨누었다.

근위 기사단의 십인장은 결코 단순히 운이 좋았기 때문이라거나 가문의 배경이 좋아서 될 수 있는 자리가 아니었다. 자리에 걸맞은 실력이 없으면 설사 십인장의 위치에 오른다 하더라도 언제든 기사단에서 쫓겨날 수밖에 없는 자리였다.

자신들을 포위한 용병들에게 얼마나 통할지는 모르지만 자신의 목숨이 붙어 있는 한 순순히 여인을 넘길 생각은 털끝만큼도 없었다.

알카레스는 천천히 호흡을 가다듬고는 롱 소드를 가슴 앞에 세워 중단을 겨눈 채 용병들의 공격이 시작되기를 기다렸다.

흰색의 라이트 레더를 걸치고 있던 사내는 그런 알카레스의 자세에서 죽어도 물러서지 않겠다는 의지를 읽은 듯 용병들에게 명령을 내렸다.

"모두 죽여라! 단, 레이디에게는 무례를 범하지 마라."

사내의 명령에 용병들은 자신들의 무기를 알카레스와 레이디를 보호하고 있는 병사들에게 겨누었다. 그들의 일사불란한 행동에 레이디를 보호하고 있던 병사들은 찔끔하는 표정을 지으며 포위망을 좁히던 용병들을 향해 무기를 겨누었다.

사내의 명령에 침착하고 일사불란하게 움직이는 용병들의 모습을 지켜보던 알카레스는 자신들이 이곳에서 살아날 수 있는 확률이 더욱 줄어들었다는 것을 새삼 깨달아야만 했다.

특별히 선발된 용병들인 듯 그들의 움직임은 하나같이 날렵하기 이를 데 없었고, 그들의 뒤에는 더욱 뛰어난 실력을 가졌음 직한 흰 라이트 레더를 걸치고 있는 사내까지 있지 않은가?

알카레스가 그런 생각을 하고 있을 때 정면에서 다가오던 두 명의 용병이 서로 눈짓을 교환하더니 거의 동시에 알카레스를 공격해 왔다.

한 자루는 머리를 향해 날아들었고 다른 한 자루는 허벅지를 향해 낮은 궤적을 그리며 날아들었다.

합공을 해본 경험이 풍부한 듯 두 사람의 공격은 거침이 없었고, 또한 거의 동시라고 느껴질 정도로 공격하는 시기조차 참으로 적절했다.

재빨리 허리를 숙여 자신의 머리로 날아드는 공격을 피한 알카레스는 들고 있던 롱 소드를 앞으로 뻗어 하반신으로 날아들던 검을 막아냈다.

채앵!

롱 소드를 통해 전해지는 상대의 힘은 자신보다는 조금 떨어지는 것 같았지만 그렇다고 큰 차이가 있는 것은 아니었다.

잠시 멈칫하는 사이에 벌써 다른 상대의 검이 어깨로 날아들었다.

알카레스가 두 명의 용병들과 치열한 격전을 벌이는 동안 세 명의 병사들은 제대로 싸움도 못해보고 용병들에게 차례로 목숨을 잃어갔다.

그들이 목숨을 잃으면서 내지른 비명 소리에 롱 소드가 잠시 멈칫하는 사이 근처에 있던 세 번째 용병이 갑자기 뛰어들며 알카레스의 가슴을 향해 바스타드 소드를 휘둘렀다.

스윽.

"윽!"

바스타드 소드는 알카레스의 라이트 레더를 사정없이 가르고는 그의 가슴에 깊은 상처를 남겼다. 알카레스는 가슴을 움켜쥐며 그대로 무릎을 꿇었고, 쩍 벌어진 가슴에서는 상당한 양의 선혈이 흘러내렸다.

"흐흐흐, 이 일을 어쩐다? 정말 불쌍하게 됐군."

한껏 비아냥거리던 사내는 곧 자세를 갖추고는 창백한 안색을 한 채 꼼짝도 하지 못하는 여인에게 허리를 숙여 인사했다.

"이런 모습을 보여 뭐라 죄송한 말씀을 드려야 할지 모르겠군요. 전 하렌 크로스라고 합니다. 죄송하지만 저희들과 함께 가주서야겠으니, 이만 자리에서 일어나 주시겠습니까?"

사내, 하렌의 음성은 그의 성격을 대변하듯 날카롭기는 했지만 여인에 대한 예의를 지키려는 듯 정중하기 이를 데 없었다. 하지만 여인은 하렌의 말을 듣지 못했는지, 아니면 너무 겁을 먹어 얼어붙은 것인지 그 자리에서 꼼짝도 못했다.

그 모습에 하렌의 입꼬리가 올라감과 동시에 싸늘하게 굳어졌다. 동시에 그의 음성은 더욱 싸늘해졌다.

"제가 레이디께 무례를 저지르지 않도록 협조를 해주셨으면 감사하겠습니다만… 계속 그렇게 자리에 앉아 계시겠다면 강제로 모실 수밖에 없습니다. 어떻게 하시겠습니까? 더 이상 레이디를 보호할 기사도 없는 듯한데 말입니다."

꼼짝도 않는 여인의 모습에 하렌은 근처에 있던 용병들에게 손짓을 했고, 지시를 받은 용병 둘이 여인에게 다가가는 모습을 발견한 알카레스는 피로 범벅이 된 손을 뻗었다.

"아, 안 돼~"

알카레스의 절규 때문인지 여인은 자리에서 벌떡 일어났고, 그 모습에 하렌이 흡족해하는 미소를 지었을 때였다.

"네놈은 누구냐?"

갑자기 들린 용병의 음성에 사람들은 자신도 모르게 음성이 들린 곳으로 시선을 돌렸다.

사람들의 시선이 멈춘 곳에서는 금방이라도 롱 소드를 휘두를 것같이 인상을 쓰고 있는 우락부락한 용병과 검은 옷을 입은 채 무표정한 얼굴로 서 있는 20대 초반의 청년이 있었다.

청년은 자신 앞을 가로막은 흉악한 인상인 용병의 모습에는 아랑곳하지 않은 채 여전히 무표정한 얼굴을 하고 있었다.

"나? 난 쟌 가이야다. 그렇게 묻는 넌 대체 누구야?"

"난 마마이온이라고 한다."

"마마이온? 차라리 마마보이라고나 하지."

쟌이라고 이름을 밝힌 청년의 말에 용병의 얼굴이 엉망으로 일그러졌다.

흉악해 보이는 인상과는 달리 그 용병은 자신의 이름 때문에 살아오는 동안 지독한 콤플렉스를 느껴와서 쟌의 말에 머리끝에서 화산이 분출하는 것 같은 극도의 분노를 도저히 참을 수가 없었다.

"넌 이들을 돕기 위해 온 자냐?"

마마이온이 애써 분노를 참으겨 한 말에 쟌은 고개를 돌려 이미 목숨을 잃은 네 명의 병사들과 심각한 부상을 입은 채 자신을 타라보고 있는 알카레스를 바라봤다. 하지만 쟌의 표정은 조금의 변화도 없었다.

"난 모르는 놈들이야. 왜 한 번도 본 적 없는 저들과 날 연관시키는 거야? 죽이든지 말든지 너희들 다음대로 해."

단정적으로 말하는 쟌의 태도에도 불구하고 쟌과 대치하고 있던 마마이온의 얼굴에는 상대의 말을 믿지 못하겠다는 불신의 표정이 역력했다.

"흥! 거짓말 마라. 넌 저들을 돕기 위해서 온 자가 틀림없어! 감히 누굴 속이려고……."

"이 자식이 감히 누구보고 거짓말을 한다는 거야? 야, 임마. 괜히 시비 걸지 말고 너희는 너희들 할 짓이나 해. 나도 못 본 척하고 그냥 지나갈 테니까 말이야. 그렇게 하는 것이 네 녀석들에게도 좋을걸."

짜증스러운 쟌의 말에 대답한 사람은 두 사람의 모습을 지켜보던 하렌이었다.

"어서 저자를 잡아라! 틀림없이 이자들을 돕기 위해 파견된 자가 틀림없다. 설사 상관이 없다 하더라도 이번 일을 철저히 비밀로 하려면 목격자가 없어야만 한다."

하렌의 말에 대기 중이던 용병들이 일제히 쟌의 주위로 몰려들었다.

그런 용병들의 태도에 쟌은 잠시 하늘을 쳐다보다가 짜증이 난다는 표정을 지으며 용병들이 다가오는 것을 그저 노려보고만 있었다.

바리타스 왕국에서는 흔히 볼 수 없는 검은 머리카락에 검은 눈동자를 가진 쟌의 외모에 용병들은 왠지 뭔가 켕긴다는 표정을 짓고 있었다.

그도 그럴 것이 이들이 사는 시멘루이나 대륙에 검은 머리카락을 가진 자들이 전혀 없는 것은 아니었다. 하지만 전설처럼 전해지는 이야기로는 검은 머리카락을 가진 자를 잘못 건드리면 거대한 재앙과 저주를 맞이하게 된다는 말을 어렸을 때부터 듣고 자랐기 때문이다.

그러니 용병들이 찜찜한 표정을 짓는 것도 어찌 보면 당연한 일이었다. 게다가 무기를 든 수십 명의 용병들이 다가듦에도 불구하고 검은 머리카락 청년은 조금도 겁을 먹은 표정이 아니었다.

자신을 포위한 채 다가오는 용병들의 모습을 노려보면서도 쟌은 그들의 공격에 대비해 특별히 수비 자세를 취하거나 무기를 준비하는 모습은 보이지 않았다. 쟌은 그저 보폭을 조금 넓게 한 것으로 상대의 공격에 대한 방어 준비를 마쳤다.

그런 쟝의 태도에 잔뜩 긴장하고 있던 용병들은 일제히 표정을 풀며 가소롭다는 표정을 지었다.

처음부터 무기를 뽑아 들고 자신들에게 대항했다면 모르겠지만 용병들이 보기에 쟝의 건방진 행동은 뛰어난 실력을 가졌기 때문에 나온 자신감이라기보다는 그저 세상 무서운 줄 모르고 이빨만 드러내는 하룻강아지로밖에 보이지 않았던 것이다.

그런 쟝의 태도에 용병들은 그의 전신을 난도질하려는 듯 허공에 몇 번이나 자신의 무기를 휘두르며 포위망을 더욱 좁혀들었다.

특히 용병들 가운데 젊은 용병 하나가 쟝의 얼굴을 노려보며 가소롭다는 비릿한 미소를 지고는 입을 열었다.

"감히 건방지게 무기도 들지 않은 채 우리를 상대하려고 하다니……. 오늘이 네 제삿날이란 걸 모르는 모양이지?"

말이 끝남과 동시에 젊은 용병은 수중의 바스타드 소드를 휘두르며 쟝을 향해 달려들었다. 하지만 젊은 용병의 자세는 쟝이 보기엔 짜증이 날 정도로 어설프고, 또한 하품이 나올 정도로 느리기 이를 데 없었다.

젊은 용병이 자신의 앞까지 다가오기를 기다린 쟝은 그가 막 바스타드 소드를 휘두르며 내딛던 발—그의 오른발—이 지면에 닿기 전에 그 발을 향해 왼발을 뻗어 정강이를 그대로 걷어찼다.

중심을 잃은 젊은 용병이 그대로 전면으로 쓰러지자 쟝은 그의 등을 밟고 그 모습을 멍하니 지켜보던 두 용병을 향해 몸을 날려 두 발로 그들의 턱을 그대로 걷어찼다.

퍼퍽!

"큭! 윽!"

　신음 소리와 함께 두 사람이 뒤로 쓰러짐과 동시에 허공에서 한 바퀴 몸을 뒤튼 쟌은 근처에 있던 용병의 무릎을 밟고는 그대로 반대쪽으로 몸을 날렸다.

　우두둑.

　무릎이 박살난 용병은 비명을 지르며 그 자리에 주저앉았지만 이미 쟌의 몸은 옆을 향해 날아가고 있었다. 당황한 용병들이 무기를 쳐들었을 땐 이미 쟌은 그들의 품으로 뛰어들고 있었다.

　그들의 무기가 미처 몇 센티미터도 움직이기 전 쟌의 주먹과 발, 팔꿈치가 용병들의 턱과 관자놀이, 결후(結喉)와 심장 부위를 강렬하게 타격했다.

　퍼퍼퍼퍽!

　듣기에도 소름 끼치는 강렬한 타격음이 들림과 동시에 용병들은 사정없이 사방으로 날아갔다. 어디를 어떻게 맞았는지도 모르는 순간 전신으로 강렬한 타격을 느끼며 맥없이 뒤로 날아간 것이다. 그러나 여전히 무기를 들지 않은 쟌의 모습은 누가 봐도 건방지게만 보였다.

　육안으로는 식별할 수도 없이 빠르게 움직이는 쟌의 모습을 잡기 위해 용병들은 일제히 포위망을 좁혀들었다. 하지만 쟌은 그런 용병들의 모습을 보면서도 조금도 긴장하지 않았다.

　다가오는 용병들의 모습을 보면서 쟌은 주먹을 움켜쥐고는 그때까지 꼼짝도 않고 있던 하렌의 모습을 힐끔거렸다.

　쟌이 잠시 공격을 멈추자 그 틈을 놓치지 않고 두 사람의 용병이 각자의 무기를 뽑아 든 채 쟌을 향해 달려들었다. 그런 그들의 모습을 발견하자마자 쟌 역시 그들을 향해 달려갔다.

　무기를 든 상대에게 빈손으로 달려드는 쟌의 태도에 두 용병은 잠시 움찔하다가 곧바로 다가들며 쟌을 향해 무기를 휘둘렀다.

한 용병의 검이 머리 쪽으로 날아들자 쟌은 조금의 망설임도 없이 허공으로 몸을 날리며 비틀어 나머지 한 용병의 공격마저 아주 간단하게 피해냈다.

상대가 너무나도 간단하게 자신들의 공격을 피하자 두 용병은 재차 공격할 생각도 하지 못했다.

지면으로 내려서자마자 쟌은 곧바로 지면을 박차 전면으로 몸을 날렸다. 그리고는 두 용병을 붙잡자마자 무릎과 팔꿈치를 휘둘러 그들의 머리와 상반신을 공격했다.

빠빡!

섬뜩한 소리와 함께 두 용병의 몸은 사정없이 뒤로 날아갔다. 동시에 쟌은 그대로 지면을 박차고 멍하니 자신을 바라보고 있는 용병들을 향해 몸을 날렸다. 그리고는 가장 앞에 선 용병의 목을 두 손으로 움켜잡고 그대로 머리로 들이박았다.

빡!

동시에 누군가가 뒤에서 달려오는 것을 느낀 쟌은 상반신을 낮추고 그대로 오른발을 뻗어 발뒤꿈치로 상대의 머리를 공격했다.

빠악!

일반적인 타격음과는 달리 요란스러운 소리와 함께 상대의 머리가 힘없이 뒤로 꺾였다.

남은 용병들의 수는 아직도 30여 명. 하지만 쟌의 선제공격을 당한 사내들은 대부분 이 자리에 있는 용병들을 이끄는 조장이나 우두머리 같은 존재이기에 나머지 용병들은 쉽사리 쟌을 공격하지 못하고 있었다.

무기를 들지 않고 싸우는 쟌의 모습을 건방지다고만 생각했던 하렌의 뇌리에 문득 스치고 지나가는 생각이 있었다.

"설마… 너클 파이터?"

하렌이 그렇게 생각하는 것도 무리가 아닌 것이, 무기를 들지 않은 채 맨손으로 상대를 제압하는 자들은 대륙을 통틀어 너클 파이터밖에 없기 때문이었다.

너클 파이터.

단순히 말하자면 육체를 극한까지 단련시킨 자들을 가리키는 말이다. 그들이 등장하게 된 동기는 트레슈나 제국이 개국하면서부터 시작된 킬라우림 대회 때문이었다.

무기를 지니지 않은 순수한 육체의 힘만을 겨루는 대회를 가리켜 킬라우림이라고 사람들은 일컬었다.

호전적이던 트레슈나 제국 사람들은 병사들의 능력 향상을 위해 킬라우림을 활성화시켰고, 특히 무기마저 없어진 백병전을 대비한 '판클라치온' 이라고 명명된 격투 대회는 킬라우림의 백미라 할 수 있었다. 그리고 판클라치온에서 우승한 자를 가리켜 너클 마스터라고 불렀다.

킬라우림 대회는 트레슈나 제국 개국부터 시작되어 3년마다 열렸고, 해마다 엄청난 인기와 함께 수많은 우승자들을 배출했다. 우승자들은 거의 대부분 군부의 고위직에 등용되었고, 어느 순간 킬라우림 대회는 하층 계급 출신자들에게는 출세의 지름길로 인정받고 있었다.

한 가지 이해가 되지 않는 점은 판클라치온이 누구에게든 각광을 받는 대회이기는 했지만 실제론 평소에 아무런 무기도 소지하지 않은 자는 거의 없다는 것이었다. 실제 평소 빈손으로 다니는 사람은 거의 없다는 것이다. 그런 판클라치온 탓인지는 모르지만 시멘루이나 대륙 전

역에 너클 파이터들이 은연중에 꽤나 많이 존재하고 있었다.

대부분의 너클 파이터는 오로지 주먹만을 사용하는 것으로 알려져 있었다. 또 주먹의 파괴력을 늘리기 위해 강철 건틀릿을 낀 너클 파이터들이 대부분이었다. 그런데 쟌은 맨손으로 상대하는 것도 조금 특이했지만 특히 주먹보다 눈부시게 움직이는 발은 정말 눈이 부실 정도로 빨랐다. 또 쟌처럼 발을 사용하는 너클 파이터가 있다는 말은 들어본 적도 없었다.

맨손으로 유유히 적을 상대하는 쟌의 모습을 보고는 부하들만으론 그를 상대하기 힘들 것이라 하렌은 판단했다. 그러나 그런 하렌과는 다른 입장에서 쟌의 모습을 바라보는 사람들이 있었다.

한 사람은 부상을 입은 채 기절하기 직전인 알카레스였고, 다른 한 사람은 엉거주춤한 자세를 한 채 경이로운 눈길로 쟌을 바라보고 있는 여인이었다.

하렌의 지시를 받은 용병들이 변변한 대응을 하기 전 이번에는 쟌이 먼저 용병들을 향해 달려들었다.

자신을 향해 날아오는 검을 발등으로 걷어찬 쟌은 다른 용병의 가슴을 걷어차면서 몸에 반동을 주어 반대 발로 상대의 턱을 사정없이 걷어찼다. 상대의 몸이 허공으로 붕 떠오르자마자 쟌은 그대로 뛰어오르며 상대의 옆구리를 무릎으로 걷어찼다.

턱이 깨진 상대의 얼굴은 금서 피로 물들었고, 그런 용병의 모습에 다른 용병들은 움찔하며 일제히 뒤로 물러섰다.

팔을 늘어뜨린 채 다리를 조금 벌리고 있는 쟌의 느긋한 모습에 용병들은 두려움을 감추지 못했다.

최초 젊은 용병이 시비를 걸기 시작하면서부터 지금에 이르기까지 불과 10여 분에 불과할 시간밖에 흐르지 않았지만 이미 용병들 중 절반에 가까운 숫자가 지면에 쓰러져 신음 소리를 흘리고 있었기 때문이다.

너무나 빠른 쟌의 행동에 하렌은 물론 용병들마저 정신을 차리지 못하고 있었다. 그리고 바로 그때였다.

"우리를 구해주시오."

알카레스가 안타까운 음성으로 입을 열었지만 쟌은 고개도 돌리지 않았다. 쟌의 시선은 그때까지도 자신을 바라보고 있는 하렌에게로 향하고 있었다.

"난 너희들이 뭘 하든 상관하지 않을 테니까 나한테는 신경 쓰지 말고 너희들 하고 싶은 대로 해. 다만 내 앞길만 가로막지 말란 말이야. 알겠어?"

"상당한 실력이군. 귀하 같은 너클 파이터가 있다는 소리는 들어본 적이 없지만 오늘 일은 절대 비밀로 해야만 하는 일이니만큼 비밀을 지키기 위해서라도 귀하는 이들과 함께 죽어주어야겠군."

하렌의 말에 곱게 지나가기는 물 건너갔다는 생각이 든 쟌은 가만히 고개를 흔들었다. 자연 그의 대답도 거칠 수밖에 없었다.

"이 쓰레기들만으로 정말 내 앞을 가로막을 수 있다고 생각하는 건가?"

"그거야 시험해 보면 알 수 있겠지."

자신만만한 하렌의 태도에도 쟌은 그저 눈을 가늘게 한번 떴을 뿐 조금도 변함없었다. 그런 쟌의 태도가 하렌이 보기엔 전혀 마음에 들지 않았다.

많은 적들에게 둘러싸였음에도 여유만만해 보이는 쟌의 태도도 마음에 들지 않았지만, 특히 자신을 노려보는 그의 시선은 정말로 마음에 들지 않았다.

그러는 사이 쟌을 포위하고 있던 용병들 가운데 일부가 누가 먼저라고 할 것도 없이 동시에 쟌을 공격해 갔다.

날아오는 롱 소드를 목을 회전시켜 피한 쟌은 이 싸움을 끝내기 위해서는 우선 하렌부터 저압해야겠다고 생각했는지 달려오는 용병의 무릎을 박차고 하렌에게로 몸을 날렸다. 하지만 하렌 역시 용병들을 이끌고 있는 책임자라는 것을 증명하기라도 하듯 눈 깜짝할 사이 롱 소드를 뽑아서는 자신의 더리로 날아드는 쟌의 발목을 자르려 맹렬한 속도로 롱 소드를 휘둘렀다.

휙.

롱 소드가 빈 공간을 가르며 자신의 발 쪽으로 날아들자 쟌은 발목을 교묘히 움직여 칼등을 한 번 후려치고는 몸을 굽혀 하렌 쪽으로 날렸다. 그리고는 허공에서 몸을 뒤틀어 오른 손등으로 하렌의 후두부를 사정없이 후려쳤다.

마치 날개라도 달린 듯 허공에서 마음대로 몸을 비트는 쟌의 모습에 하렌은 나름대로 머리틀 숙여 그의 공격을 피하려 했지만 그가 머리를 숙이는 속도보다 쟌의 공격이 더욱 빨랐다.

빠악!

소름 끼치는 소리와 함께 하렌은 진흙탕에 머리를 처박아야만 했고, 쟌은 사냥한 짐승을 밟고 선 사냥꾼처럼 그의 등을 밟고는 다른 용병들의 공격에 대비하고 있었다. 하지만 곧 공격을 하리라는 쟌의 생각과는 달리 용병들은 하렌의 안전을 염려하는 듯 쉽사리 쟌을 공격하지 못했다.

"난 이것들이 죽든 살든 아무런 상관도 없는 사람이야. 하지만 더 이상 나에게 시비를 건다면 지금까지와는 달리 한두 군데 부러지는 것으로는 끝나지 않는다는 걸 분명히 알아두는 것이 좋을 거야. 경고는 이게 마지막이야."

쟌의 마지막 말은 마치 저승사자의 음성처럼 음산하게만 들렸다. 동료들이 당하는 모습을 보아서인지 포위망을 굳힌 용병들은 좀처럼 쟌을 공격하지 못했다.

"그대들의 결심을 도와주어야겠군."

말과 함께 발을 쳐든 쟌은 그대로 하렌의 옆구리를 향해 사정없이 걷어찼다.

우두둑.

섬뜩한 소리와 함께 하렌의 몸이 사정없이 부들부들 떨렸다. 아마도 서너 개의 갈비뼈가 부러져 나가는 격렬한 고통을 참기 힘들었기 때문이리라.

용병들은 무방비 상태인 상대에게 잔인하게 발길질을 하는 쟌의 만행에 일제히 분노했지만 쟌의 발밑에 깔려 있는 하렌 때문에 꼼짝도 할 수 없었다.

"어쩔 거야? 내 발 밑에 깔린 녀석을 데리고 그냥 갈 거야, 아니면 이 자리에서 모두 죽여줄까?"

"어서 크로스님을 풀어드려라! 그렇게 한다면 너희를 무사히 보내주겠다."

"거짓말! 저 녀석들 말을 듣고 힘들게 잡은 녀석을 놓아준다면 넌 정말로 멍청한 녀석이야."

"배후를 알아야만 하오. 그러니 저들의 말을 믿어서는 안 되오. 제발 부탁이오. 그를 놓아주지 마시오."

쟌의 말에 용병과 여인, 알카레스가 동시에 입을 열었다.

"닥쳐! 너희들은 말할 자격도 없어. 그러니 입 닥치고 찌그러져 있어."

험악하기 이를 데 없는 쟌의 갈에 여인의 얼굴은 너무나 놀란 나머지 멍한 표정을 지은 채 굳어져 버렸고, 알카레스 역시 놀란 얼굴로 입을 벌린 채 쟌을 바라봤다.

싸늘한 눈초리로 두 사람을 쏘아본 후 다시 고개를 돌린 쟌은 여전히 하렌의 등을 밟은 채 입을 열었다.

"마지막으로 기회를 주지. 조용히 이 멍청한 녀석을 데리고 꺼질 거야? 아니면 이 자리에서 죽여줄까? 선택해."

"좋다. 쟌이라고 했던가? 오늘은 그대로 보내주지만 곧 다시 만나게 될 것이다."

중년 용병의 말에 쟌은 가소롭다는 듯 코웃음을 쳤다.

"흥! 날 다시 만나겠다고? 다음에도 내가 이렇게 쉽게 보내줄 것이라고 생각하는 모양인데, 다시 만나게 되면 그것이 얼마나 큰 착각인지 똑똑히 가르쳐 주지."

쟌이 발을 치워주자 두 사람의 용병이 재빨리 다가와 하렌을 부축하고는 황급히 자신 쪽으로 끌어당겼다.

자신만만해하던 하렌의 얼굴은 진흙투성이가 된 지 오래였고, 얼굴에 잔뜩 묻은 진흙에는 선혈까지 섞여 있는 것이 상당한 부상을 입은 것 같았다. 게다가 이미 기절을 했는지 축 늘어져 꼼짝도 하지 않았다.

용병들은 쟌을 경계하면서 신속하게 후퇴를 했고, 곧 이어 숲 속으로 완전히 모습을 감추었다.

잠시 그들의 모습을 바라보던 쟌은 몸을 돌려 발걸음을 떼었다. 조금도 망설임없는 그의 행동에 그때까지도 바위에 앉아 있던 여인이 분노에 찬 음성을 토했다.

"멈춰! 거기 서란 말이야!"

찢어지는 듯한 여인의 외침에 발걸음을 멈춘 쟌은 신경질적으로 고개를 돌렸다. 그 눈길이 얼마나 살벌했던지 재차 입을 열려던 여인은 꿀 먹은 벙어리처럼 단 한 마디도 할 수 없었다.

"뭐야? 신경질나게. 꼬라지가 불쌍해서 구해줬더니 또 뭘 바라는 거야?"

여인은 지금껏 살아오면서 자신을 이렇게 무례하게 대하는 사람은 단 한 사람도 만난 적이 없었다. 하다못해 조금 전 자신을 납치하려 했던 하렌마저도 자신에게 깍듯이 예의를 갖추지 않았던가?

여인은 쟌의 싸늘한 태도에 너무나 기가 막혀 아무런 대꾸도 못했다. 그런 여인을 보고 있던 알카레스가 황급히 입을 열었다. 하지만 가슴에서부터 치미는 고통 때문에 그의 음성은 자연히 떨려 나왔다.

"이, 이분께 무, 무례를 저질러서는 안 되오. 이, 이분은 바리타스 왕국의……."

"닥쳐. 남을 챙기는 것보다 자신의 상처나 치료하시지. 지금 상태로 조금만 더 지나면 금세 탈수 증세를 일으킬 것이고, 30분이 지나기 전에 목숨을 잃게 될 거야. 포션이 있으면 지금 당장 마셔두는 것이 좋을 걸. 그리고 저따위 여자가 누군지 알고 싶지도 않아. 동료가 피를 흘리며 쓰러졌는데도 앉은 자리에서 꼼짝도 않고 우아나 떨고 있는 여자 따위에게 예의를 갖추고 싶은 생각은 눈곱만큼도 없어."

쟌의 싸늘한 말에 알카레스는 순간 말문이 막혔지만 지금 이 자리에서 믿을 수 있는 사람은 그밖에 없기에 밀려오는 통증을 억지로 참으며 다시 입을 열었다.

"미안하지만… 저분을 카블렌스 시에 있는 레피온 신전까지 좀 모시고… 가주시오. 부탁하겠스이다."

"저 여자를 카블렌스 시까지 데려다 주라고? 나참, 기가 막혀서. 지금 난 웨스펀 시로 가는 길이라 그럴 만한 시간도 없지만, 설사 시간이 있다 하더라도 저따위 재수없는 여자를 위해 그러고 싶진 않다. 정 부탁을 하려면 숨어서 그대들을 지켜보고 있는 자들에게나 해."

"그게 무슨 말이오? 숨어서 우리를 지켜보고 있는 자들이 있다니?"

알카레스의 말이 끝나기도 전 나무 위에서 뛰어내리는 자들이 있었다.

하나같이 검은색의 라이트 리더를 걸치고 있었는데 지면으로 뛰어내릴 때 작은 소리마저 내지 않은 것을 보면 그들의 실력이 브통이 아니라는 것을 금세 깨달을 수 있었다.

의복과 무기마저 동일한 것을 보면 그들이 같은 단체에 소속된 자들이라는 것을 쉽게 짐작할 수 있었지만, 그들이 무슨 목적으로 자신들을 숨어서 지켜보고 있었던 것인지 그 이유를 전혀 짐작할 수가 없었다.

가장 앞쪽에 서 있던 중년 사내는 잔뜩 인상을 쓰며 쟌을 노려보았다. 그 눈길만 보면 거의 철천지원수를 만난 것처럼 살벌하기 이를 데 없었다.

사내들이 나타나자 쟌은 조금도 망설이지 않고 몸을 돌려 원래 가고자 했던 방향으로 발걸음을 떼어놓았다. 그가 막 두세 걸음을 떼어놓았을 때 중년 사내의 입이 무겁게 떨어졌다.

"잠깐, 그대는 걸음을 멈춰라."

중년 사내의 묵직한 음성에 쟌의 발걸음은 다시 멈춰졌다. 쟌은 고개도 돌리지 않은 채 짜증스러운 음성으로 대꾸했다.

"뭐야?"

"그대가 난데없이 개입하는 바람에 오랫동안 고심해 세운 우리의 작전이 엉망이 되었다. 그대만 개입하지 않았다면 왕국을 좀먹는 자들을……."

"시끄러. 그래서 하고 싶은 말이 뭐야?"

여전히 몸을 돌리지 않은 채 반말을 일삼는 쟌의 건방진 태도에 중년 사내는 치미는 분노를 다시 한 번 억지로 참아야만 했다.

"그대는 지금부터 우리를 따라서 작전본부로 가주어야겠다."

"정말 열받게 하는군. 짜증나게 시비를 거는 것도 부족해 나더러 어딜 가야 한다고? 죽어가는 놈을 살려놓은 것으로도 부족하단 말인가?"

여전히 몸도 돌리지 않은 쟌의 태도에 중년 사내는 치미는 분노를 참을 수 없었다.

대체 얼마 동안이나 준비한 작전인지도 모르면서 갑자기 나타나 그동안 자신들이 준비했던 모든 것을 엉망으로 만든 주제에 황당할 정도로 뻣뻣하고 당당한 그의 태도는 사내들로 하여금 분노를 느끼게 하기에 충분했다.

"이 한심한 작자들이 이렇게 중요한 존재였다면 숨어서 지켜보고 있다는 것을 알고 있기 때문에 이런 일이 생기기 전부터 챙기는 것이 정상 아니야? 이들이 위험했을 때는 대체 어디서 뭘 하다가 지금에서야 나타나서, 게다가 도와준 죄밖에 없는 나에게 대체 뭐라고 하는 거야?"

"생포해라!"

더 이상 쟌의 말을 들을 필요도 없다는 듯 단호하게 내뱉는 중년 사내의 말에 주위에서 그의 명령을 기다리던 부하들은 일제히 쟌을 향해 달려들었다.

여전히 몸을 돌리지 않은 쟌의 태도에 분노한 것인지 사내들 가운데 한 명이 그대로 쟌의 뒷덜미를 향해 주먹을 휘둘렀다.

주먹과 쟌의 머리가 막 랑데부를 하려는 순간, 왼발을 축으로 몸을 회전시킨 쟌은 그대로 뛰어오르며 사내의 턱을 무릎으로 사정없이 걸어찼다.

픽!

턱을 강타당한 사내는 공중에 붕 떠서 뒤로 날아갔고, 달려오는 다른 사내를 향해 쟌은 그대로 다리를 쭉 뻗어 강렬한 걸어차기를 했다. 쟌의 발끝은 정확히 사내의 명치에 꽂혔고, 사내는 비명도 지르지 못한 채 그대로 기절했다.

사내들이 잠시 멈칫하는 사이 그들의 안으로 파고든 쟌은 오른쪽으로 파고든 사내의 턱을 손등으로 가격하고는 왼쪽의 사내를 향해 주먹으로 후려치기를 했다.

거의 동시에 두 사내가 뒤로 날아가는 순간 쟌은 주저앉듯 자세를 낮추고 몸을 반회전시켜서는 그대로 돌려차기를 했다.

턱과 관자놀이를 가격당한 사내들은 비명도 남기지 못하고 그 자리에 주저앉았다. 하지만 그런 사내들에게는 눈길조차 주지 않은 채 쟌은 중년 사내를 향해 달려들었다. 그리고 중년 사내와의 거리가 2미터쯤 떨어졌을 때 쟌은 그대로 지면을 박차고 뛰어올라 두 발로 중년 사내의 머리를 공격했다.

중년 사내는 미리 준비하고 있었는지 재빨리 쟌의 공격을 피했다.

그러나 쟌의 공격은 그것으로 끝난 것이 아니었다.

한쪽 발이 지면에 닿는 순간 몸을 회전시켰고, 쟌의 오른발은 하늘 높이 치솟았다고 느끼는 순간 중년 사내의 머리를 향해 무서운 속도로 내려 왔다.

예상치 못했던 쟌의 공격에 중년 사내가 잠시 당황하는 사이 그의 발은 중년 사내의 쇄골에 사정없이 내리꽂혔다.

우두둑.

중년 사내의 왼쪽 쇄골이 박살나는 소리와 함께 그의 왼팔이 축 늘어져 힘없이 흔들렸다. 고통을 참지 못해 얼굴이 창백하게 변하며 중년 사내가 그 자리에 주저앉았을 때, 쟌은 한 마리 새처럼 가볍게 지면에 내려섰다.

“흥! 하룻강아지 범 무서운 줄 모른다더니, 정말 짜증스럽게 만드는 놈들이군.”

“죽어!”

쐐에엑~

허공을 가르는 날카로운 소리와 함께 뭔가가 뒤에서 날아들었다. 미끄러지듯 옆으로 피한 쟌은 그제야 몸을 돌려 상대가 던진 물건을 확인했다. 조금 전 쟌에게 주먹을 맞고 쓰러진 사내들 가운데 정신을 차린 두 사람 중 하나가 쟌을 향해 새파랗게 날이 선 대거를 던진 것이었다.

고개를 돌려 나무에 박힌 채 부르르 몸을 떨고 있는 대거를 쳐다본 쟌이 다시 고개를 돌렸을 때 그의 얼굴은 싸늘하게 굳어져 있었다.

“감히 뒤에서 기습을 해? 그것도 대거를 던졌단 말이지. 정말 죽고 싶어서 환장한 놈들이군.”

특이하게도 대거를 거꾸로 든 채 쟌을 향해 달려드는 두 사내의 모습에 쟌 역시 그들을 향해 달려들었다. 양쪽의 거리가 1미터쯤 남았을 때 사내 가운데 하나가 쟌의 머리를 향해, 다른 한 사람은 그의 복부를 향해 대거를 휘둘렀다.

쉭! 휙!

날카로운 소리와 함께 날아드는 대거를 발견한 쟌은 그대로 지면을 박차며 허공에서 몸을 비틀어 머리를 공격하던 사내의 손목을 잡고는 다시 몸을 비틀어 그대로 지면에 내려섰다. 자연 그의 손목은 사정없이 비틀어졌고, 한계까지 비틀어진 사내의 손목은 그대로 부러져 나갔다.

동료의 손목이 꺾이는 소름 끼치는 소리를 들은 용병은 비명 같은 고함을 지르며 쟌을 향해 마구 대거를 휘둘렀다. 그가 설사 제정신으로 공격을 한다고 해도 쟌을 절대 이길 수 없는 처지였다. 그런데 지금처럼 흥분한 상태에서 공격하고 있으니 그의 공격이 제대로 성공할 리 없었고, 또 그런 사내를 그냥 구경만 하고 있을 쟌이 아니었다.

대거가 상체를 향해 날아들자 넘어지듯 상체를 뒤로 눕힘과 동시에 발등으로 상대의 옆구리를 강타했다. 와지끈 하는 느낌과 동시에 사내의 갈비뼈 몇 개가 박살났다는 것을 발등을 통해 충분히 느낄 수 있었다.

쟌이 발을 거두는 순간 사내는 그 자리에 주저앉았고, 다시 하늘 높이 치솟은 쟌의 발꿈치는 사내의 정수리를 향해 사정없이 떨어졌다. 둔탁한 소리와 함께 사내는 그대로 기절해 버렸고, 그제야 쟌은 발을 거두어들였다.

새롭게 나타난 사내들 가운데 정신을 차리고 있는 사람은 아홉 명의 사내 가운데 중년 사내 한 명뿐이었다. 중년 사내의 원한에 가득 찬 눈길에도 쟌은 아랑곳하지 않았다.

"죽을 짓을 한 놈들이기는 하지만 죽은 놈은 없어. 팔다리가 부러지긴 했지만 말이야. 경고는 여기까지야. 한 번만 더 이유없이 날 공격한다면 살기를 포기한 것으로 여기고 네놈들 모두를 여기에 파묻어 주지."

쟌의 협박 아닌 협박에 중년 사내의 얼굴은 잠시 엉망으로 일그러졌다. 하나 곧 원래대로 돌아왔다. 그리고는 방금 쟌이 싸우던 모습을 떠올렸다.

조금 전 하렌의 부하들과 싸울 때나 지금 자신들과 싸울 때나 한 번도 무기를 들지 않은 쟌의 모습은 중년 사내에게 경이롭지 않을 수 없었다.

자신이나 부하들은 모두 엄격한 기준을 통과한 실력을 가지고 있었고, 또 스스로의 실력에 상당한 자부심을 가지고 있었다. 하지만 맨손인 쟌을 당할 수가 없었다. 설사 자신들이 무기를 들고 상대했다 하더라도 그를 제압할 수 있을까 하는 것도 전혀 자신할 수 없었다.

문제는 쟌을 체포해 본부로 끌고 간다는 것이 불가능한 이상 어떻게든 현재의 상황을 수습해야만 했다. 말투가 험악한 것은 그만두고라도 성격적으로도 문제가 많아 보이는 저 청년을 어떻게 설득시켜야 할지 쉽게 판단을 내릴 수가 없었다.

중년 사내가 고심하는 사이 조금은 부상에서 회복했는지 약간의 혈색을 찾은 알카레스가 비틀거리는 자세로 여인 곁에 서 있었다.

조금의 망설임도 없이 걸음을 옮기는 쟌의 모습에서 알카레스는 호쾌함과 당당함, 그리고 동시에 야성적인 매력을 느끼고 있었다.

"자, 잠깐만 기다려 주시오."

가려는 순간 다시 알카레스가 부르자 쟌은 치미는 분노를 눌러 참느라 한참 동안 고생을 해야만 했다. 당연히 그의 음성은 짜증스러울 수밖에 없었다.

"또 뭐야?"

"목숨을 구해주었는데 이름도 모른다는 것은 예의가 아니지 않겠소? 이름이라도 알려주시오."

"쟌 가이야."

"가이야? 대지의 여신을 성으로 삼다니…… 정말 대담하기 이를 데 없는 사람이구려."

"남이야 대지의 여신을 성으로 삼든, 이름으로 삼든 무슨 상관이야. 할 말이 그것뿐이야?"

"아니오. 웨스펀 시에는 구슨 일로 가는 것인지 그 이유를 물어도 되겠소?"

"내가 왜 그 이유를 말해야 하지?"

"만약 돈 때문에 가는 것이라면 내가 충분한 사례를 하겠소이다. 그러니 우리를 도와주시오. 만약 카블렌스 시의 레피온 신전까지 이분을 무사히 모셔다 준다면 귀하가 상상했던 것보다 훨씬 많은 사례금을 받을 수 있을 것이오."

"돈 때문이라…… 왜 그렇게 생각하지?"

쟌이 몸을 돌려 자신의 말에 반응을 보이자 알카레스는 자신의 뜻대로 되고 있다 생각하고는 속으로 회심의 미소를 지었다.

"웨스펀 시에는 왕국 내에서 두 번째로 큰 원형 격투장이 있소. 거의 매달 새로운 격투 대회가 열리고 있기 때문에 웨스펀 시에는 용병들의 발길이 끊이지 않소. 귀하의 복장을 보니 용병인 것 같은데 용병이 웨스펀 시를 찾는 경우는 오직 두 가지 경우, 용병 길드에 가입해 돈을 벌기 위해서가 아니면 격투 대회의 상금과 명성 때문 아니겠소? 하지만 내가 보기에 귀하는 명성을 날리기 위해 대회에 참석하려는 것은 아니라고 판단하고 싶소. 또 성격적으로 볼 때 조직 같은 데 얽매일 사람도 아닌 것 같고 말이오. 그렇게 따지고 보면 결국은 상금, 즉 큰돈을 벌기 위해서 가는 것 아니겠소? 내가 말한 사례금은 그 대회의 상금보다 몇 배는 더 많을 것이오. 만약 카블렌스 시에 도착할 때까지 아무 일도 없다면 귀하는 아주 쉽게 큰돈을 벌 수 있을 것이오. 어떻소?"

알카레스의 조금은 자신만만한 말에 물끄러미 그의 얼굴을 바라보며 엷은 미소를 짓던 쟌의 얼굴이 급격히 굳어지더니 짧고 단호하게 말했다.

"싫어."

예상치 않은 대답에 알카레스의 눈이 커졌다.

당연히 승낙할 것으로 생각했던 상대가 거절하자 알카레스의 놀라움은 클 수밖에 없었다.

"대체… 무슨 이유로 거절하는 것이오?"

"첫째, 노력하지 않은 큰돈은 항상 문제를 불러일으킨다는 것 때문이고, 둘째, 나는 내가 하고자 하는 일을 도중에 그만둔 적이 없어. 그리고 셋째, 저 여자한테서는 뭔가 기분 나쁜 냄새가 나. 만약 동행하게 된다면 귀찮은 일이 끊임없이 생길 것 같아. 그리고 마지막으로 난 저런 여자 정말 재수없어."

쟌의 무지막지한 말에 너무나 기가 막힌지 여인은 아무런 말도 하지 못하고 멍한 얼굴로 쟌의 얼굴을 바라보고 있었고, 알카레스 역시 한마디도 하지 못하고 있었다. 잠시 후 정신을 차린 알카레스가 신중한 태도로 입을 열었다.

"말을 조심해 주시오. 여기 계신 이분은 우리 바리타스 왕국의 카타리나 카페넌 바리타스 공주님이시오."

"공주? 흥! 어쩐지 벌레들이 심하게 꼬인다 했더니 정말 대단한 양반이셨군 그래."

알카레스가 여인의 신분을 밝혔음에도 불구하고 쟌의 태도는 조금도 바뀌지 않았다. 오히려 그의 눈에는 희미한 경멸마저 떠올라 있었다. 그런 쟌의 반응에 여인이나 알카레스는 당황하지 않을 수 없었다.

쟌이 아무리 무례한 자라 하더라도 카타리나의 신분을 알게 된 후에는 최소한의 예의를 차릴 줄 알았다. 하지만 그의 반응은 오히려 조금 전보다 더욱 심해졌다.

쟌의 말에 놀라기는 검은색 라이트 레더를 걸치고 있던 중년 사내 역시 마찬가지였다.

그의 임무는 카타리나 공주를 카블렌스 시까지 비밀리에 호위하는 것과 공주를 납치해 가려는 자들을 사로잡아 그들의 신분과 배후를 알아내는 것이었다.

이번 일의 총책임자인 스웰턴 단장의 특명을 받고 수도인 타베이 시부터 이들을 비밀리에 호위하던 중이었다. 하렌이란 자가 이끄는 용병단의 기습을 받아 병사들이 죽어갈 때도 이를 악물고 눈물을 참아가며 기다렸던 것도 공주를 납치하려는 자의 배후를 알기 위해서였다.

그랬는데 저 쟌이란 청년이 개입을 하면서 모든 것이 엉망진창이 되었고, 게다가 지금 자신들은 그에게 입은 심한 부상으로 꼼짝도 할 수 없는 상태였다.

만약 이럴 때 공주를 납치하려는 자가 나타난다면 그야말로 속수무책일 수밖에 없었다.

알카레스가 이끌던 일행은 전멸해 버렸고, 비밀리에 호위하던 자신들도 극심한 부상을 입은 지금 대체 누가 공주를 카블렌스 시까지 호위할 것인지 걱정이 아닐 수 없었다. 게다가 그곳에는 공주가 반드시 만나야 할 사람이 있기 때문에 가지 않을 도리도 없었다.

만약 쟌이 호위를 맡아준다면 그래도 약간은 안심할 수 있을 텐데 이처럼 공주를 우습게 여기니 오히려 호위를 맡기는 것이 걱정되었다.

"제발 부탁하겠소."

말과 함께 무릎 꿇는 알카레스의 갑작스러운 행동에 쟌의 눈매가 가늘어졌다.

"이 여자가… 당신이 무릎을 꿇으며 부탁해야 할 정도로 소중한 존재인가?"

"나 알카레스 반 호레즈는 공주님을 카블렌스 시까지 안전하게 호위하겠다고 단장님께 맹세한 사람이오. 또한 왕가에 충성을 맹세한 기사의 한 사람으로서 공주님을 위해 내 목숨을 바치는 것은 너무나 당연한 일이오. 내가 들어줄 수 있는 한도 내에서 귀하의 부탁은 무엇이든 들어주겠소. 그러니 제발 공주님을 카블렌스 시까지 경호해 주시오."

"그럼 내 노예가 되라 해도 그렇게 하겠다는 말인가?"

쟌의 말에 알카레스의 눈과 입가가 파르르 떨렸다.

한 사람의 기사로서 쟌의 말은 지독한 모욕이었다. 자신의 몸이 부상만 입지 않았다면 당장 목숨을 건 결투를 신청했을 만큼 치욕적인 말이었지만 지금으로서는 쟌의 제안을 거부할 방법이 없었다.

지금 알카레스에게는 무엇보다 카타리나 공주를 안전하게 카블렌스 시로 데리고 가는 것이 최우선이었다.

잠시의 시간이 지나고 알카레스가 어금니를 깨물며 입을 열었다.

"귀하의 요구가 그것이라면…… 기꺼이 귀하의 노예라도 되겠소."

"대단하군, 정말 대단해."

알카레스의 대답을 들은 쟌의 한쪽 입술 끝이 한껏 치커 올라갔다.

기사의 한 사람으로서 왕가에 목숨 바쳐 충성을 다하는 알카레스의 태도에 감탄한 것인지, 아니던 자신의 운명을 함부로 결정짓는 알카레스의 성급함을 비웃는 것인지 종잡을 수 없는 미소였다.

"부디 저 여자가 당신으로 하여금 스스로 노예가 되겠다고 할 정도로 가치가 있는 여자이기를 나도 바래야겠군."

"그렇다면 내 청부를 받아들이겠다는 말이오?"

"내가 지금부터 말하는 조건을 받아들일 수 있다면 당신의 청부를 맡도록 하지."

“조건을 말해 보시오.”

“첫째, 우선은 웨스펀 시에 들렀다 카블렌스 시로 갈 거야. 이건 무조건이야. 받아들일 수 있겠어?”

약간 돌아가는 것이긴 하지만 수도에서 출발할 때 상당히 시일에 여유를 가지고 출발했기에 도착하기로 한 날까지는 충분히 도착할 수 있을 것 같았다. 그리고 알카레스의 현재 처지에서는 받아들일 수밖에 없는 조건이었다.

“알겠소. 두 번째 조건은 무엇이오?”

“내 말투나 행동을 보면 짐작이 가겠지만 난 제대로 배우지도 못했고 또 예의라는 것도 몰라. 당연히 동행을 하는 동안 저 여자에게 무례한 행동이나 말을 하게 될지도 몰라. 아니, 틀림없이 그럴 거야. 내 조건은 그때마다 예의를 갖추라는 둥 말을 조심하라는 둥 하는 말을 듣게 되면 아마 내 손으로 저 여자를 그냥 두지 않을 거야. 난 남에게 간섭받는 것을 정말 싫어하거든. 어때, 받아들일 수 있겠어?”

쟌의 말에 알카레스는 무의식 중에 카타리나를 바라봤고, 카타리나는 치욕을 느끼는지 온몸을 파르르 떨고 있었다.

지금까지 살아오면서 쟌같이 무례한 사람은 단 한 번도 만나본 적도 없었고, 이런 인간이 세상에 살고 있을 것이란 생각조차 해본 적이 없었다.

모두들 자신만 보면 설설 기는데 어찌 된 인간인지 자신의 신분을 알면서도 말끝마다 이 여자 저 여자란 표현을 하는 것이 일부러 자신의 심사를 불편하게 만들려는 수작처럼 느껴졌다. 그런 카타리나의 속마음을 짐작한 듯 재빨리 알카레스가 입을 열었다.

“공주님, 지금은 어떻게든 카블렌스 시까지 무사히 가는 것만 생각하셔야 합니다. 쿠니오님을 생각하셔서라도 지금은 이 사람의 조건을 수락하셔야만 합니다."

알카레스의 간절한 음성에 카타리나는 앙칼진 표정으로 쟌을 노려봤지만 쟌은 눈썹 하나 까딱하지 않았다.

"좋다. 으드득. 네놈이 그곳에 도착해서도 지금처럼 나를 대할 수 있는지 어디 두고 보자."

"흥! 나중에 두고 보자는 인간치고 제대로 된 인간이 없다더니 이 여자도 완전히 그 짝일세 그래. 역시 처음 본 대로 제대로 된 인간이 아니었어."

잠시 짜증스러운 표정을 짓던 쟌은 싸늘한 얼굴로 카타리나를 노려보았다. 이를 갈면서 쟌을 느려보던 카타리나는 새파란 살기를 담은 쟌의 시선에 온몸이 덜덜 떨려오는 것을 느꼈지만 억지로 견뎠다. 하지만 무술로 단련된 쟌의 살기를 막기엔 그녀는 너무나도 여렸다.

결국 잠시 후엔 떨떨 떨며 고개를 돌리고 말았지만 여전히 표독스러운 표정을 짓고 있었다.

"과연 카블렌스 시에 도착한 후에도 지금처럼 날 대할 수 있을지 기대가 되는군. 준비가 되었으면 일어나. 갈 길이 멀어."

"자, 잠깐."

"후~ 정말 열받아 미치는 꼴을 봐야 정신을 차릴 건가? 또 어떤 자식이 부르는 거야?"

휙 하고 고개를 돌린 쟌의 눈에 왼쪽 어깨를 부여잡고 있는 중년 사내가 보였다.

"왜, 아직 매가 부족해? 더 패줄까?"

쟌의 흉악한 말에 중년 사내는 찔끔하는 표정을 지었다. 언제 사라진 것인지 중년 사내들과 함께 모습을 드러냈던 청년들의 모습은 보이지 않았다.

"나도 동행하게 해주시오."

"싫어."

"나 역시 공주님을 호위하기 위해 파견된 사람이오. 그러니 함께 갈 수 있도록 해주시오."

"안 된다고 했잖아. 게다가 자신의 몸 하나 간수 못하는 인간이 대체 누구를 호위한다는 거야?"

쟌의 독설에 중년 사내의 얼굴이 치미는 수치심으로 붉어졌다. 자신이 방심하기도 했지만 설사 방심하지 않았어도 눈앞의 청년을 이기지는 못했을 것이다. 하지만 그렇다고 나이 어린 청년에게 맥없이 진 사실이 없어지는 것이 아니기에 중년 사내는 얼굴이 화끈거리는 것을 느껴야만 했다.

"그대가 뭐라고 하든 나는 따라갈 것이오."

"흥! 왜, 다리가 멀쩡하니까 아쉬워? 부러뜨려 줄까? 그걸 원한다면 기꺼이 부러뜨려 주지."

살벌한 미소를 지으며 쟌이 다가오자 중년 사내는 무의식 중에 뒤로 한 걸음 물러섰다. 그 모습을 지켜보고 있던 알카레스는 쟌이 스스로의 말처럼 중년 사내의 다리를 부러뜨릴 것임을 추호도 의심하지 않았다. 그러나 카타리나를 지키는 사람이 한 사람이라도 더 있는 것이 그녀의 안전을 위해서도 좋을 것이란 생각에 쟌의 행동을 막았다.

"잠깐 저 사람의 말을 들어보는 것은 어떻소?"

"듣긴 뭘 들어? 지금부터는 내가 리더야. 지시는 내가 내린다는 것을 잊지 마."

쟌의 무지막지한 말에 알카레스는 이를 앓는 사람처럼 신음을 흘릴 수밖에 없었다.

"흐음~ 알겠소이다, 가이야 씨."

"까불고 있어. 그리고 당신."

"난 글렌 마이어요. 글렌이라고 불러주시오."

"좋아, 글렌. 당신이 우리와 함께 간다면 우리에게 뭐가 도움이 되지?"

단도직입적인 쟌의 질문에 글렌은 입술을 질끈 깨물었다. 하지만 곧 입을 열었다.

"비록 귀하에게 당하기는 했지만 기사 몇 명쯤은 충분히 상대할 수 있소. 결코 귀하에게 폐를 끼치지는 않겠소이다."

"폐를 끼치고 안 끼치고는 내가 판단해."

매몰차게 말을 한 쟌은 마치 물건을 감정하듯 글렌의 위아래를 훑어 봤다. 상대의 기분을 전혀 고려하지 않는 쟌의 행동에 알카레스는 무의식 중에 고개를 흔들었다.

검은색 라이트 레더에 싸인 육체는 중년의 나이임에도 불구하고 상당히 탄탄해 보였다. 하루도 거르지 않고 꾸준히 훈련하지 않으면 결코 가질 수 없는 그런 근육이었다. 골고루 발달해 있는 근육을 발견한 쟌은 글렌이 성실한 노력가 스타일임을 충분히 짐작할 수 있었다. 그리고는 크게 선심이라도 쓰듯 입을 열었다.

"좋아, 특별히 허락하지. 하지만 당신도 내가 조금 전 말한 조건을 무조건 따라야 해. 내가 어떤 말을 하든, 또 어떤 행동을 하든 무조건 내 지시에 따라야만 하고, 또한 내가 하는 말이나 행동에 대해서 절대 간섭해서도 안 돼."

"알겠소. 그런데 나도 귀하의 노예가 되어야만 하오?"

"내가 무슨 노예 상인인 줄 알아?"

글렌을 매섭게 째려보던 쟌이 짜증스럽게 입을 열었다.

"앉아봐."

"지금 뭐라고 했소?"

"앉아보란 말이야. 지금 어깨뼈를 맞추면 별 후유증 없이 나을 수 있어. 어깨뼈를 맞춰줄 테니까 어서 앉아봐."

자신의 말에 한쪽 무릎을 꿇고 글렌이 자세를 낮추자 쟌은 조금은 신경질적으로 글렌의 왼팔과 어깨를 동시에 잡고는 그의 왼팔을 힘껏 잡아당겼다.

"크으윽~"

머리털이 곤두설 것 같은 극렬한 통증에 글렌의 입에서는 폐부를 쥐어짜는 듯한 신음 소리가 흘러나왔다.

조금 전 우악스러운 행동과는 달리 세심한 손길로 글렌의 어깨뼈를 더듬어보던 쟌은 그의 어깨뼈가 다행히도 깨끗하게 두 조각으로 나 있는 것을 확인할 수 있었다. 조심스럽게 탈구된 팔뼈를 어깨뼈를 맞춘 쟌은 다시 부러진 어깨뼈를 맞춰주었다. 그리고는 느닷없이 카타리나에게 다가갔다.

갑자기 쟌이 자신에게 다가오자 카타리나는 흠칫 놀랐다.

미처 자리에서 일어나 몸을 피할 사이도 없이 그녀에게 다가온 쟌이 치맛단을 잡고는 그대로 쭉 찢었다.

찌이익~

너무도 갑작 일어난 상황에 카타리나는 그저 멍한 표정을 지었고, 알카레스 역시 어떨떨함을 감추지 못했다.

찢어낸 치맛단을 붕대 삼아 글렌의 상박(上膊)과 어깨를 움직일 수 없도록 단단히 고정시켰다. 우악스럽고 싸가지없는 말투와는 달리 너무나 세심한 손길이었고, 또한 상당히 익숙한 손길이었다.

"뼈는 제대로 맞춰졌으니까 힐링 포션을 가지고 있으면 지금 마셔두도록 해. 하지만 적어도 며칠 동안은 팔을 고정시켜 두는 것이 좋을 거야. 힐링 포션을 마신다고 하더라도 뼈가 완전히 붙으려면 며칠은 걸릴 테니까."

퉁명스럽게 말한 쟌은 그때까지 멍한 표정을 짓고 있는 두 남녀의 모습에 짜증스러운 표정을 지었다.

"뭘 그렇게 보고 있는 거야? 알마니아 시가 멀지 않으니까 부지런히 간다면 저녁에는 도착할 수 있을 거야. 저녁 식사는 알마니아 시에서 할 거니까 부지런히 걸어야 할 거야."

말을 마친 쟌은 아무 일도 없었다는 듯 걸음을 떼었다.

"멈춰! 당장 멈추란 갈이야! 지금 날보고 걸어가라는 거야?"

카타리나의 찢어지는 듯한 고함 소리에 쟌의 눈초리가 하늘 높은 줄 모르고 치켜 올라갔다.

"이런 빌어먹을……. 어디서 재수없게 빽빽거리고 지랄이야. 난 여자의 비명 소리나 아이의 울음소리를 아주 싫어하는 사람이야. 분명히 경고하는데, 날 자극하지 않는 것이 좋을 거야. 난 결코 상대가 여자라고 해서 그냥 보고 지나치는 인간이 아니니까 말이야."

마지막 말은 너무 작아 알아듣기도 힘들었지만 쟌이 말하고자 하는 바를 깨닫기엔 충분했다. 살벌하기 이를 데 없는 쟌의 말에 카타리나는 자신도 모르게 목소리가 작아졌다.

"그렇지만… 난 지금까지 한 번도 먼 거리를 걸어본 적이 없단 말이야. 그렇게 가야 한다면 당장 마차를 준비해.”

“흥! 어려서부터 왕가의 애완 동물로 사육되었으니 당연히 먼 거리를 걸어본 적이 없겠지. 주는 먹이나 받아먹고 주인의 사랑을 받기 위해서 재롱이나 떠는 것 말고 네가 할 줄 아는 것이 있기나 해?”

쟌의 독설에 카타리나는 새파랗게 질렸다.

이런 모욕은 난생처음이었다. 그녀가 치욕을 참지 못해 온몸을 파르르 떠는 것을 지켜보면서도 쟌은 보는 사람의 기분을 엉망으로 만드는 비릿한 미소를 여전히 짓고 있었다.

“왜, 내 말이 틀렸어? 다섯 살 먹은 어린아이라도 자신의 발로 대지를 밟고 설 줄 알고, 자신의 발로 원하는 곳까지 걸어갈 줄 알아. 그렇게 걷기 힘들다면 누군가 널 업어야 하는데… 그런데 누가 업지? 이 비실이가? 아니면 이 중년 환자가? 그것도 아니라면…… 흐흐흐, 내가 업어줄까?”

쟌의 음흉한 웃음소리에 카타리나는 진저리를 쳤다. 치욕감을 견디지 못한 그녀가 막 소리치려 할 때 거짓말처럼 웃음을 지운 쟌이 그녀를 노려봤다.

“널 도와줄 사람은 아무도 없다는 것을 분명히 명심하고, 오직 네 발로 카블렌스 시까지 걸어가야 한다는 것을 미리 알아두도록 해. 혹시 말을 탈지도 모른다는 희망 따위는 일찌감치 버리는 것이 좋아. 그리고 두 사람, 혹시 이 여자를 도울 생각을 하고 있다면 지금 즉시 포기해. 만약 나 몰래 이 여자를 돕다가 들키면 그 자리에서 당장 온몸의 뼈를 모조리 부러뜨리고 들개의 먹이로 만든 다음 가버릴 테니까 내 말 잊지 않는 것이 좋을 거야.”

그 말만을 남기고 쟌은 그대로 가버렸고, 뒤에 남은 글렌과 알카레스는 카타리나의 얼굴만 바라보며 어쩔 줄 몰라 했다. 그런 쟌의 뒷모습을 표독스러운 표정으로 바라보던 카타리나는 신경질적으로 일어서는 걸음을 옮겼다.

그 모습을 지켜보던 두 사람은 고개를 절레절레 흔들고는 곧 카타리나의 뒤를 따라갔다.

그들 네 사람이 알마니아 시에 도착한 것은 저녁 식사 시간이 훨씬 지난 한밤중이었다.

정상적인 속도로 왔다면—물론 건장한 사내들을 기준으로해서 계산한 것이지만—저녁 식사 전에 도착했을 것이다. 하지만 그들 네 명 가운데에는 평생 동안 살면서 100미터 이상 되는 거리는 단숨에 걸어본 적이 없는 사람이 있기에 어쩔 수 없는 일이었다.

걷다 쉬기를 수십 번도 더 하고서야 겨우 알마니아 시에 드착할 수 있었다. 지쳐 죽을 것 같은 인상을 한 카타리나는 금방이라도 쓰러질 듯 비틀거리고 있었고, 글렌과 알카레스는 그녀를 부축하지도 못한 채 안쓰러운 얼굴로 그녀를 바라보고 있었다.

그들이 도착한 알마니아 시는 비록 시라고 부르기는 하지만 인구가 500명도 안 되는 아주 작은 마을에 불과했다. 그러니 제대로 된 식당이나 여관이 있을 리 만무했다.

여관을 겸한 식당 하나에 잡화상 하나가 이 마을에 있는 가게의 전부였다. 하긴 자급자족을 하는 이 마을에서 집을 놔두고 다른 곳에서 잘 리도 없는 일이고, 또한 식당의 음식이 황홀할 정도로 맛있어서 그렇게 자주 찾아가는 것도 아니니 식당과 여관이 더 있을 리 없었다.

쟌이 찾아 들어간 곳은 알마니아 시의 유일한 식당이자 여관인 '소몰이' 라는 이름의 여관이었다.

삐이걱.

일단은 여관의 문부터 요란한 비명을 지르며 일행을 맞이했다.

여관 안으로 들어서자 작은 등잔불이 초라하기 이를 데 없는 실내를 밝히고 있었는데, 불빛에 보이는 것이라고는 낡아 빠진 테이블 네 개와 두 사람씩 앉도록 만들어진 여덟 개의 허름한 의자가 전부였다. 비록 테이블 위에 먼지가 앉아 있지는 않았지만 모든 것이 지독히 낡아 보여 도저히 장사를 하는 곳의 집기들이라고는 볼 수 없었다.

낡은 천장의 구석은 거미가 한창 자신의 집을 신축 중이었고, 고풍스러운 벽과 천장에서는 금방이라도 흙먼지가 떨어져 내릴 듯 낡아 보였다.

실내로 들어선 카타리나는 쓰러지듯 자리에 주저앉았고, 가쁜 숨을 몰아쉬기에 바빴다. 오면서 흘린 땀이 흙먼지와 엉겨 붙어 너무나 꾀죄죄해 그녀의 부모가 본다 해도 몰라볼 정도로 지저분했다. 지금 그녀의 얼굴은 거의 기절하기 일보 직전인 듯 보였다.

겨우 숨을 돌린 카타리나는 엄청나게 낡은 실내의 모습에 놀라움을 금치 못했다. 자신의 애마를 두던 마구간보다도 더 낡은 이곳을 어떻게 식당이라고 부를 수 있는지 의심스럽지 않을 수 없었다.

너무나 불결하다는 생각에 그녀의 얼굴이 사정없이 일그러졌을 때 주방이라고 예상되는 곳에서 40대 후반으로 보이는 달덩이처럼 둥근 얼굴 하나가 갑자기 나타났다.

"댁들은 누구슈?"

"여행자들이오. 음식과 쉴 곳이 필요하오."

쟌의 말에 일행의 행색을 살피던 주인은 퉁명스럽게 입을 열었다.

“혹시 죄를 짓고 쫓기는 사람들은 아니오?”

“그게 무슨 소리요?”

“내참, 댁들의 행색을 보시오. 댁 한 사람만 빼고 나머지는 정상적인 사람이 없지 않소?”

주인의 퉁명스러운 말에 정상적인(?) 쟌이 고개를 저었다.

“보기엔 이래 뵈도 죄를 지은 사람은 없소.”

“음식은 스튜와 옥수수 빵, 딸기잼뿐이오.”

“상관없소. 쉴 곳은?”

“방이 있긴 있소이다만…… 별로 깨끗하지 않아서 마음에 들지 모르겠소. 2년 전인가 손님이 한 번 들고 난 후에 댁들이 처음이니까. 그렇지만 지저분해도 할 수 없을 거요. 이 마을에 식당이나 여관은 이곳뿐이니까 말이오.”

피둥피둥 살이 쪄 오크처럼 보이는 주인의 얼굴에는 묵으려면 묵고 싫으면 나가라는 식의 배짱이 엿보였다.

“상관없으니 식사 4인분과 4인용 방을 주시오.”

“기다리쇼.”

피둥피둥한 주인의 얼굴이 사라지자마자 알카레스가 쟌에게 질문을 했다.

“4인용 방이라니, 그게 무슨 소리요?”

“안 잘 거야?”

“그게 아니라 카타리나님의 방은 따로 잡아드려야 하지 않겠소? 카타리나님은 여자란 말이오.”

“내가 남자 여자도 구별하지 못하는 병신인 줄 알아?”

“그렇다면 어떻게 결혼하지도 않은 여성과 같은 방을 쓸 수 있단 말이오? 카타리나님께는 당연히 다른 방을 얻어드려야……."

"돈 있어?"

쟌의 짜증 섞인 말에 알카레스는 말문이 막혔다.

"그리고 따로 방을 얻어주었다가 누군가의 기습이라도 받아 포로가 되거나 납치된다면 그땐 어쩔 거야? 불편한 것보다는 안전이 먼저 아니야? 그리고 마지막으로 경고하는데, 내가 하는 일에 이러니저러니 함부로 지껄이지 마."

쟌의 설명 아닌 설명에 알카레스나 글렌은 아무 말도 할 수 없었다.

기실 카타리나를 호위를 이중으로 호위했던 이유는 바리타스 왕국에 숨어 있는 트레슈나 제국의 스파이들을 색출하려는 계획도 있었지만 무엇보다 우선은 그녀를 카블렌스 시에 있는 레피온 신전까지 무사히 호위하기 위해서였다. 하지만 적들은 그런 이쪽의 의도를 간파한 듯 많은 수의 용병을 고용해 공격했고, 애꿎은 병사들만 목숨을 잃었다.

비록 쟌에 의해 그들이 물러서기는 했지만 그것으로 저들의 모든 공격이 끝났다고 안심할 수 없는 일이었다.

방금 쟌이 말한 대로 적의 공격을 가장 효과적으로 막는 방법은 한 곳에 같이 있는 것뿐이었다. 비록 부상을 입었다고는 하지만 알카레스와 글렌은 카타리나를 보호하는 데 너끈히 한 사람의 몫을 할 수 있었다. 그사이 쟌이 적의 우두머리를 제압한다면 충분히 승산이 있었다.

그런 반면 단순히 한 사람의 편의 때문에 카타리나를 다른 방에 묵게 해 그녀가 만약 적에게 포로가 되거나 납치라도 된다면 지금까지 해왔던 모든 것이 허사임은 말할 필요도 없는 일이었다.

쟌이 말한 의도나 진의는 충분히 짐작할 수 있었지만 그렇다고 공주와 함께 잘 수도 없는 일이었다.

하지만 정작 당사자인 카타리나는 멍한 표정으로 쟌의 얼굴간 바라보고 있을 뿐이었다. 물론 그의 말이 맞다는 것을 모르지는 않지만 그렇다고 같이 자겠다는 말을 할 줄은 몰랐기 때문이다.

알카레스와 글렌이 그 문제에 대해 나름대로 고심하고 있을 때 투박한 그릇에 담긴 음식을 들고 주인이 나타났다.

거무튀튀한 색을 띠고 있는 딱딱한 옥수수 빵, 검붉은색을 띠고 있는 딸기잼, 무슨 재료가 들어간 것인지 전혀 짐작조차 할 수 없는 스튜가 테이블 위에 놓여졌다.

험한 생활에 익숙한 알카레스와 글렌조차도 선뜻 손이 가지 않을 정도로 음식은 형편없었다. 그러니 카타리나가 이런 음식을 본 척할 리 만무했다.

세 사람에게 식사를 하라고 권하지도 않은 채 쟌은 묵묵히 옥수수 빵에 딸기잼을 발라 스튜와 함께 먹기 시작했다. 잠시 쟌의 모습을 보고 있던 알카레스가 조심스럽게 카타리나에게 음식을 권했다.

"카타리나님, 아침부터 전혀 식사를 못하셨지 않습니까? 음식이 마음에 들지는 않으시겠지만 일단 요기라도 하십시오."

카타리나의 얼굴에 당장 경멸의 표정이 떠올랐다.

"지금 나보고 개도 먹지 않을 이따위 음식을 감히 먹으라는 거냐?"

그녀의 말에 근처에서 테이블을 닦으며 일행을 힐끔거리던 주인의 얼굴이 당장 일그러졌다. 그가 막 입을 열려고 하는 순간 스튜를 먹던 쟌이 고개도 들지 않은 채 말했다.

"먹기 싫으면 처먹지 마."

사실 아침부터 먹은 것이 없어 극도의 허기를 느끼고 있었지만 쟌의 말 한마디에 발끈한 카타리나는 자리에서 벌떡 일어섰다.

"흥! 그 따위 음식은 너희나 처먹어! 방이 어디냐?"

"제기랄, 듣는 사람 기분 더러워지니까 함부로 반말하지 마쇼. 퉤! 따라오쇼."

주인은 노골적으로 기분 나쁘다는 표정을 지으며 걸음을 떼어놓았고, 카타리나는 한동안 기가 막히다는 표정을 짓다가 절뚝거리는 발걸음으로 주인의 뒤를 쫓아갔다.

잠시 그 모습을 지켜보던 알카레스와 글렌도 식사를 시작하기는 했다. 그렇지만 옥수수 빵은 딱딱하기 이를 데 없었고, 딸기잼도 어떻게 만든 것인지 단맛보다는 신맛이 났다. 그래도 스튜는 먹을 만했기에 옥수수 빵을 스튜에 불려서 겨우겨우 식사를 마칠 수 있었다. 하지만 전체적으로 깔끄러운 것이 여간 먹기 힘든 것이 아니었다.

"잘 것이 있으니까 먼저 자."

식사를 마친 쟌은 두 사람에게 한마디를 남기고 그대로 식당을 빠져나갔다.

식사를 마친 두 사람은 주인의 안내를 받아 자신들의 방으로 갔다. 조심스럽게 방에 들어가니 약하게 코 고는 소리가 우선 들렸다. 그리고 작은 등불 때문인지 방 안의 모든 물건들이 어슴푸레하게만 보였다.

물건이라고 해봐야 허름한 침대 네 개와 침대 사이에 놓인 작은 테이블 두 개, 찌그러진 주전자와 이 빠진 나무 컵 두 개가 전부였다. 희미한 등불이 바람에 흔들릴 때마다 주위의 모든 것이 흔들렸다.

어둠에 겨우 눈이 익었을 때 알카레스는 침대에 엎드린 채 정신없이 잠에 빠져 있는 카타리나의 모습이 보였다.

헝클어지고 지저분한 옷차림에, 피곤에 지쳐 초췌한 모습을 하고 있는 카타리나의 모습은 너무나 안쓰러워 보였다.

알카레스가 하염없이 그녀를 보고 있을 때 글렌이 카타리나에게 다가가 그녀가 신고 있던 신발을 조심스럽게 벗겼다. 글렌의 예상대로 그녀의 발에는 여러 개의 물집이 잡혀 있었고, 몇 개는 터져 새빨간 속살이 그대로 보였다.

상당히 고통스러웠을 텐데도 불구하고 카타리나는 그저 몇 번 쉬기만 했을 뿐 발이 아프다는 말은 단 한 번도 하지 않았다. 자신이 보기엔 그녀가 인내심이 강해서라기보다는 순전히 쟌에 대한 오기 때문에 말을 하지 않은 것 같았다.

이런 쟌에 대한 분노가 후일 일시에 터지게 된다면 쟌이 어떤 보복을 당하게 될지 오히려 자신이 걱정되었다.

"여기 포션이 있소."

알카레스가 내민 포션 병을 받아 든 글렌은 품에서 나이프를 꺼내 카타리나의 발에 생긴 물집을 살짝 그어 진물을 뽑아냈다. 얼마나 피곤했는지 카타리나는 아픔조차 느끼지 못한 채 깊은 잠에 취해 있었다.

품에서 손수건을 꺼내 진물을 모두 닦아준 글렌이 상처에 포션을 막 뿌려주려고 할 때였다.

"잠깐. 이것부터 바르고 난 후에 포션을 뿌려줘. 그리고 붕대는 여기 있어."

무뚝뚝한 쟌의 음성이 뒤에서 들려왔다. 그에게서 고약과 붕대를 받아 든 글렌은 고약을 골고루 발라준 후 포션을 약간 뿌려주었다. 그리고는 깨끗한 붕대로 양쪽 발을 골고루 싸매주었다.

그때까지도 카타리나는 정신없이 깊은 잠에 빠져 있었다.

"내일 아침 일찍 출발할 거야. 조금이라도 일찍 자둬."

말을 마친 쟌은 조금의 거리낌도 없이 카타리나 옆의 침대에 몸을 뉘었다. 그리고는 곧 깊은 잠에 빠졌다.

그런 쟌의 행동을 알카레스와 글렌은 도저히 이해할 수 없었다. 거침없이 행동을 하면서도 세심한 배려를 아끼지 않는 청년, 게다가 무기를 사용하지 않은 채 맨손으로만 상대를 꺾는 사내는 흔히 볼 수 있는 것은 아니었다.

한동안 두 사람의 모습을 바라보던 글렌이 입을 열었다.

"자네 먼저 자도록 하게. 나중에 깨우겠네."

"아니, 제가 먼저……."

"자네는 아까 피를 많이 흘리지 않았는가? 조금이라도 더 휴식을 취해야만 하네."

"하지만……."

"내가 자네보다 연장자이니 내 말을 듣도록 하게."

글렌이 억지로 알카레스를 침대로 데리고 가자 알카레스는 어쩔 수 없이 침대에 앉았다.

"알겠습니다. 그럼 잠시 눈을 붙이겠습니다. 하지만 곧 교대해 드리도록 하겠습니다."

"알았으니까 어서 자도록 하게."

"그럼 먼저 눈을 붙이겠습니다."

대답을 한 알카레스는 옷도 벗지 않은 채 침대에 누웠고, 눕자마자 그대로 코를 골며 잠에 빠져들었다. 마치 잠의 요정 샌드맨의 지배라도 받는 것인지 순식간에 잠에 빠졌고, 글렌이 보기에는 이미 혼수상태였다.

　모두들 깊은 잠 속에 빠져든 것을 확인한 글렌은 조심스럽게 자신의 왼쪽 어깨를 만졌다. 탈골된 어깨도 제자리에 들어갔고, 쟌의 발에 의해 두 동강이 난 어깨뼈도 제대로 맞춰 있었다.

　어깨뼈를 부러뜨린 사람도 쟌이었고 그것을 치료해 준 사람도 쟌이었다. 부상을 치료해 본 경험이 많은지 왼쪽 어깨와 팔을 붕대로 고정시켰음에도 불구하고 오른팔을 움직이기에는 별로 불편함이 없었다.

　물론 불편함이 전혀 없는 것은 아니었지만 무기를 뽑아 휘두르기에는 충분했다. 몇 번이나 공중에 가볍게 손을 휘둘러 보던 글렌은 이상이 없다는 것을 확인하고서 자신의 침대에 앉아 낮에 있었던 싸움에 대한 기억을 되살렸다.

　무기를 든 상대에게 맨손으로 갈려가던 쟌의 모습은 어찌 보면 신선, 그 자체였다. 동작은 간결했지만 그 위력은 강렬하기 이를 데 없었다. 그리고 손과 발, 특히 발을 그렇게 자유자재로 사용하는 사람은 일찍이 한 번도 본 적이 없었다.

　맨손으로 싸우는 모습을 본 적은 적지 않지만 쟌처럼 마음먹은 대로, 또 자유자재로 발을 사용하는 사람이 지상에 존재하리라고는 한 번도 생각해 본 적이 없었다.

　그렇다고 트레슈나 제국에서 열린다는 판클라치온 대회의 우승자라거나 너클 파이터들이 최후에 도달한다고 알려진 너클 마스터라고 생각되지는 않았다. 하지만 너클 파이터 가운데 상당히 강한 자라는 생각은 하고 있었다.

　하여간 쟌의 출현은 글렌의 입장에서 보면 신선한 충격이었다. 게다가 그의 종잡을 수 없는 성격조차 글렌에게는 충격이었다. 자신이 보기에 알카레스는 쟌에게 상당한 호감을 느끼고 있는 듯했지만, 자신이 보기에 쟌 같은 자에게 호감을 느낀다는 것은 말도 안 되는 소리였다.

그동안 지켜보아 온 알카레스 같은 모범생은 저런 무법자와 사는 세계가 달라도 너무 달랐다.

이런저런 생각을 하는 동안 어느새 시간은 새벽을 가리키고 있었다. 슬슬 하품이 나오는 것이 자고 싶다는 생각이 들었다. 하지만 심한 부상을 입은 알카레스를 깨우고 싶은 생각은 없었다.

잠시 망설이고 있을 때 그는 쟌이 천천히 자리에서 일어나는 것을 발견했다.

"왜 일어나시오?"

"안 잘 거야? 내가 교대해 줄 테니 잠시라도 눈을 붙이도록 해. 오늘도 하루 종일 걸어야 할 거야. 시간있을 때마다 충분히 휴식을 취해야 한다는 것은 굳이 말하지 않아도 잘 알고 있겠지?"

쟌이 자리에서 일어나며 가볍게 근육을 푸는 모습을 지켜보던 글렌은 그를 설득하는 것을 포기하고는 자신의 침대에 누웠다.

"그럼 부탁하겠소."

"잘 자."

무뚝뚝한 쟌의 대꾸에 눈을 감으면서 글렌은 첫인상과는 달리 그가 꽤 괜찮은 사람일지도 모른다는 생각을 했다. 그리고는 곧 잠 속에 빠져들었다.

"일어나, 어서. 출발 시간이 얼마 남지 않았단 말이야."

누군가가 자신을 격렬하게 흔드는 것을 느끼며 알카레스는 짜증이 나는 것을 참을 수 없었다.

전날의 격전과 그전부터 시작된 도피 생활로 쌓인 극심한 피로와 격전으로 인한 근육통 때문에 누군가 자신을 깨우는 것을 느끼면서도 곧바로 눈을 뜰 수 없었다.

겨우겨우 눈을 뜨고 주위를 살피니 이미 글렌은 자리에서 일어나 있었고, 등을 보인 쟌이 누군가를 깨우는 모습이 보였다. 잠시 혼란스러운 정신을 차리고 보니 쟌은 무지막지한 동작으로 카타리나를 깨우고 있었다.

겨우 자리에서 일어나 알카레스가 호흡을 가다듬었을 때 쟌은 고개를 몇 번 젓더니 카타리나의 뒷덜미를 움켜쥐고는 그대로 바닥에 팽개쳤다.

휙! 쿵!

"아얏!"

팔짱을 낀 채 바닥에서 버둥거리는 카타리나를 내려다보는 쟌의 시선은 길거리의 강아지를 보듯 조금의 감정도 실려 있지 않았다.

"여기는 네가 살던 왕궁이 아니야. 오늘 하루 동안 정해진 거리를 가려면 여기서 미적거릴 시간이 없어. 일어나."

쓰러진 자리에서 벌떡 일어선 카타리나는 주위를 둘러보다가 쟌을 발견하고는 발끈해 매섭게 그를 노려보며 이를 갈았다.

"뿌드득~ 무슨 일인데 새벽부터 이 난리야?"

"새벽 같은 소리 하고 있네. 벌써 아침이다. 그리고 식사를 한 후 곧바로 출발할 거니까 이걸로 바꿔 입도록 해."

쟌은 뭔가를 카타리나의 침대에 훌쩍 던지고는 그대로 방을 나가 버렸다. 알카레스와 글렌은 잠시 카타리나를 쳐다보다가 곧 방을 나와 1층에 있는 식당으로 향했다.

내려가 보니 쟌이 이미 테이블을 차지하고 있었다.

　두 사람은 곧 테이블로 다가가 앉고는 쟌을 바라봤다. 특히 알카레스는 자신 대신 불침번을 선 쟌에 대해 미안한 생각과 함께 그가 왜 자신을 깨우지 않았는지 궁금한 생각이 들었다.

　잠시 후 주인이 내놓은 음식은 베이컨과 달걀을 함께 익힌 베이컨 스크램블과 맑은 수프, 그리고 밀로 만든 빵이 전부였지만 어제저녁에 먹었던 식사에 비하면 훨씬 훌륭했다.

　빵을 쪼개어 그 속에 익힌 달걀과 베이컨을 넣고 수프와 함께 먹는 맛이란 너무나 훌륭했다. 생각 같아서는 당장이라도 감탄을 터뜨리고 싶었지만 분위기가 그래서는 안 될 것 같다는 생각에 알카레스는 묵묵히 식사를 할 뿐이었다.

　세 사람이 거의 식사를 마쳤을 때쯤이 되어서야 카타리나가 모습을 드러냈다. 식탁 위에 놓여 있는 음식을 흘낏 쳐다본 카타리나는 눈살을 잔뜩 찌푸렸다. 도저히 저따위는 음식이라고 부를 수도 없는 쓰레기였다.

　한편 알카레스와 글렌은 치렁치렁한 드레스를 벗고 간편한 여성용 여행복으로 갈아입은 카타리나의 모습에 속으로 감탄을 터뜨렸다.

　그도 그럴 것이 상아색의 여행복과 하얀 피부, 어깨까지 드리워진 붉은색을 띤 금발이 조화를 이루어 너무나 아름다워 보였던 것이다. 물론 그녀의 얼굴도 한몫하기는 했지만 말이다.

　알카레스는 그런 그녀의 모습을 보며 '성질만 조금 고치면 정말 누구든 칭송할 미인일 텐데' 하는 생각을 했다. 그와 동시에 그녀가 사람 열받게 만드는 데 정말 누구보다 탁월한 재능을 가지고 있다는 사실을 새삼스럽게 떠올렸다.

　누구보다 고집 세고, 독선적이며, 주위에 존재하는 모든 것들이 본인을 위해 존재한다고 생각하는 탓에 옆 사람을 불편하게 한다는 것을 카타리나 자신은 전혀 모르고 있었다. 아니, 어쩌면 알면서도 그냥 행동하는지도 몰랐다. 어쨌든 그녀는 이 왕국에 단 한 명뿐인 공주이니까.

"카타리나님, 식사부터 하십시오. 이제 곧 출발한다니까 시간이 별로……."

"건방지게 감히 누구에게 명령이야! 내가 식사를 마칠 때까지 기다려."

차갑게 대꾸한 카타리나가 자리에 앉자 비대한 체구의 주인은 못마땅한 표정을 지으며 그녀 앞에 역시 같은 음식을 내려놓았다.

마치 못 먹을 음식이라도 되는 양 포크로 기름투성이의 베이컨과 시커먼 에그 스크램블을 뒤적거리다가 결국 밀빵을 맑은 야채 수프에 찍어 먹기 시작했다.

그녀가 빵을 반쯤 먹었을 때 쟌이 자리에서 벌떡 일어서서는 무뚝뚝한 음성으로 입을 열었다.

"출발할 시간이야. 일어나."

쟌의 말에 글렌과 알카레스는 무의식 중에 카타리나를 쳐다봤지만 그녀는 쟌의 말에는 아랑곳하지 않고 여전히 포크로 음식을 깨작거리고 있었다.

아무 말 없이 카타리나 뒤에 선 쟌은 카타리나의 뒷덜미를 잡고는 그대로 일으켜 세웠다. 영문을 몰라 어리둥절한 표정을 짓고 있던 카타리나가 자신을 일으켜 세운 사람이 쟌이라는 것을 알고는 막 소리치려 했을 때였다.

"시끄럽게 떠들지 말고 어서 나와."

말을 마친 쟌은 여관을 빠져나갔다.

"카타리나님, 그만 나가셔야 할 것 같습니다."

"어서 식사를 마치시는 것이……."

"닥쳐! 그리고 내가 식사를 끝낼 때까지 기다려."

카타리나의 말에 알카레스와 글렌은 아무런 말도 할 수 없었다. 두 사람이 엉거주춤하고 있을 때 카타리나의 얼굴은 소름이 오싹 끼칠 정도로 싸늘해졌다.

"네놈들은 대체 누구의 부하야? 충성을 바쳐야 할 상대가 누군지도 모르는 놈들이 감히 누구에게 뭐라고 하는 거야?"

카타리나의 날카로운 음성에 두 사내는 아무런 말도 하지 못했다. 두 사람이 아무런 대꾸도 하지 못하고 있을 때 카타리나는 잔뜩 인상을 일그러뜨리며 다시 식당 안으로 들어오는 쟌을 노려보았다.

"이게 전부 네놈 때문이야! 네놈만 아니었다면……."

"떠드는 것을 보니 식사가 끝난 모양이군. 따라와."

말과 함께 쟌은 카타리나의 손목을 거칠게 잡아끌며 식당을 빠져나왔다.

어쩔 수 없이 쟌에 의해 밖으로 끌려나온 카타리나는 매섭게 그의 손을 뿌리쳤다.

"난 안 가! 가려면 네놈들이나 가란 말이야!"

완강히 버티는 카타리나의 모습에 쟌의 눈매가 가늘어졌다.

"어제 분명히 경고했지만 한 번만 더 말하지. 난 여자라고 해서 봐주는 성격이 아니야. 이 이상 여행에 방해를 한다면 두들겨 패서라도 끌고 갈 테니 알아서 해."

"네놈이 감히 나에게 행패라도 부리겠다는 말이냐?"

“행패? 그걸 행패라고 부른다면 언제든 행패를 부려주지.”

비릿한 웃음을 지으며 쟌이 말하자 카타리나는 치미는 분노를 참지 못하고 몸을 부르르 떨었다. 때마침 가게에서 나온 글렌과 알카레스는 개와 고양이처럼 팽팽하게 맞서고 있는 두 사람의 모습에 한숨이 절로 나왔다.

3장

웨스펀 시 2

"뭐 하고 있어? 힘들어? 그럼 잠깐 쉬어갈까?"

왠지 상대의 음성에는 조롱하는 기색이 역력했다.

지면임에도 아랑곳하지 않고 털썩 주저앉은 카타리나는 가쁜 숨을 몰아쉬면서도 쟌을 노려보는 눈길을 거두지 않고 있었다.

"시, 시끄러. 헉헉~ 조, 조금만 더 쉬면… 충분히 갈 수… 있단 말이야. 헉헉~"

"오~ 그러셔. 그렇다면 조금만 더 가서 휴식을 하도록 하지. 후후후."

카타리나의 오기에 찬 음성에 쟌은 여전히 상대의 기분을 사정없이 짓밟는 비릿한 미소를 짓고 있었다.

그들 네 사람이 알마니아 시를 떠난 지도 벌써 3일이 지났다. 일행

은 그동안 계속해서 야영을 해야만 했기에 결코 편안한 여행이라고는
할 수 없었다.

하루 종일 걷고 또 걷기를 반복하다가 겨우 쉴 만한 곳이 발견되면
그 자리에서 식사를 했다. 식사라고 해봐야 동물이나 식물이 장화를
신고 지나간 것 같은 맑은 수프와 함께 싸구려 고기에 갖은 양념을 발
라서 뜨거운 햇볕에 바싹 말린 육포뿐이었다.

물론 하루 이틀 동안은 처음 먹어본 것이기에 신선함도 있었고 또
나름대로 맛도 있었다. 그러나 카타리나는 평소 그렇게 딱딱한 음식을
먹어본 적이 없었기에 처음엔 이빨이, 다음에는 잇몸과 턱이 아팠고 마
지막엔 머리마저 아팠다.

그럼에도 불구하고 카타리나는 조금이라도 더 쉬고 싶었기에 딱딱
한 육포를 씹고 또 씹었다.

물론 식사 시간 동안 쉴 수 있다는 그녀의 생각을 모르는 것은 아니
지만 쟌은 매정하게 몸을 일으켰다. 그리고 일행에게 입을 열었다.

"충분히 쉬었으니까 그만 일어서. 조금만 더 가면 허리가 아프도록
쉴 수 있으니까 어서 일어나."

말을 마친 쟌은 그대로 걸음을 옮겼고 알카레스와 글렌도 주춤거리
며 그의 뒤를 따라 걸음을 옮겼다. 그들이 약 10미터쯤 멀어졌을 때 카
타리나가 퉁퉁 부운 자신의 발과 종아리, 허벅지를 매만지며 천천히 자
리에서 일어섰다.

지난 2, 3일 동안 지내면서 카타리나는 지긋지긋할 정도로 쟌이 어
떤 인간이라는 것에 대해 잘 알게 되었다. 만약 자신이 조금이라도 더
쉬겠다고 했으면 자신의 목에 밧줄을 걸어서라도 끌고 갔을 것이다.
그런 인간이라는 것을 알기에 내키지 않는 마음을 추스르며 자리에서

일어나야만 했다.

　끝도 없이 이어진 길 양편에는 새파란 빛을 뿌리고 있는 곡식들이 따가운 햇살에 익어가고 있는 아주 평화스러운 풍경이 끝도 없이 지평선까지 이어지고 있었다. 오가는 사람들도 없고 따분하기 이를 데 없는, 게다가 흙먼지 날리는 황톳길을 터덜터덜 걸어가던 카타리나는 너무나 힘들어 죽고 싶은 생각뿐이었다.

　먹고 싶은 것도 제대로 먹지도 못하고, 쉬고 싶을 때 마음대로 쉴 수도 없는 이따위 여행을 한시라도 빨리 끝내고 싶은 생각뿐이었다. 하지만 자신의 마음대로 끝낼 수 있는 것이 아니기에 그저 모든 것에 짜증과 화만 날 뿐이었다. 그리고 이 모든 사태의 원흉이 쟌 때문이라고 생각하다 보니 시간이 지나면 지날수록 그를 원망하는 마음이 하루가 다르게 무럭무럭 커지고 있었다.

　자신의 신분을 무시한 것은 말할 것도 없었고 어떤 협박이나 설득에도 눈썹 하나 까딱하지 않았다. 아직까지 직접적인 행패는 부리지 않았지만 매번 자신을 조롱하는 듯 쳐다보는 그 눈과 입가에 걸린 비릿한 미소만 보면 오기가 나서라도 걸음을 떼지 않을 도리가 없었다.

　얼마나 그렇게 걸었을까?

　오로지 지면만 보고 걸음을 옮긴 지 아마도 두 시간 이상 지났을 것 같았다. 하염없이 걷고 또 걷던 카타리나에게 갑자기 낯선 음성이 들렸다.

　"통행증을 내놓으시오."

　그제야 고개를 들고 보니 끝도 없이 이어진 성벽이 보였고, 자신이 그 성벽 가운데에 위치한 성문 앞에 서 있는 것을 발견할 수 있었다. 그리고는 자신도 모르게 대꾸했다.

“뭐?”

그녀의 반말조 대꾸에 성둔 앞을 지키고 있던 병사들의 눈썹이 당장 하늘 높은 줄 모르고 치켜 올라갔다.

“통행증을 내놓으란 말 안 들리나?”

그 모습을 발견한 근처에 있던 글렌이 조금은 근엄한 표정으로 대꾸를 했다.

“이봐. 자네들, 말조심하는 게 좋아. 비록 신분을 밝힐 수는 없지만 평소 같으면 자네들이 감히 쳐다볼 수도 없는 분이시니까 말이야.”

너무도 당당한 글렌의 태드에 병사들은 움찔하는 모습을 보였고, 그들이 우왕좌왕하는 모습을 보일 때 성문을 지키는 책임자인 듯 보이는 중년의 사내가 재빨리 다가왔다. 카타리나와 일행 쪽을 잠시 훑어보다가 글렌이 내민 통행증을 살피면서도 계속해 일행을 흘깃거렸다.

일행에게는 관심도 보이지 않는 쟌과 일행 가운데 유일한 여인인 카타리나에게 신경을 쓰고 있는 젊은 사내와, 조금은 나이를 먹은 사내의 모습에 뭔가 특이함을 느끼면서도 특별한 이상을 느끼지는 못했다.

“웨스펀 시를 방문한 목적을 말해 주시겠소?”

“격투 대회에 참가하기 위해서.”

쟌의 말에 중년 사내는 쟌의 아래위를 찬찬히 살폈다.

“가진 무기는?”

“금속성의 무기는 이것밖에 없소.”

말을 마친 쟌은 상의에서 무언가를 꺼내 중년 사내에게 토였다. 그것은 손가락만한 길이에, 역시 손가락 정도의 넓이를 가진 엷은 금속 조각들이었는데 쟌이 손가락을 움직이자 곧 부채처럼 활짝 펴졌다 오므려졌다를 반복했다.

쟌의 차례가 지나고 나머지 세 사람의 모습을 살피던 중년 사내는 자신이 격투 대회 때문에 신경이 너무 날카로워진 것 같다는 생각에 곧 고개를 끄덕였다.

"알겠소. 통과해도 좋소."

중년 사내의 말에 쟌과 일행은 일단 성문을 통과했다.

성문을 통과한 일행의 눈에 거리를 가득 메운 사람들의 모습과 정면에 쭉 뻗어 있는 도로 양쪽에 끝도 없이 늘어선 갖가지 상점의 모습이 보였다.

쟌은 이미 정해놓은 곳이 있는지 거침없이 걸음을 옮겼지만 뒤따라오던 글렌과 알카레스는 뒤처진 카타리나가 따라오기만을 기다리고 있었다.

쟌의 뒤를 따르던 세 사람은 정신없이 그의 뒤를 따르다가 그가 자꾸만 골목 안으로 접어드는 것을 느끼고는 조금은 이상한 생각이 들었다.

크고 넓은 여관이 얼마나 많은데 왜 하필이면 이렇게 허름한 뒷골목까지 온 것인지 영문을 알 수 없었다. 하지만 쟌은 상당히 익숙한 듯 '달무리' 란 이름을 가진 여관 안으로 들어섰고, 뒤따라가던 세 사람은 조금은 찜찜한 느낌을 버리지 못한 채 여관 안으로 들어섰다.

여관 안으로 들어선 세 사람은 적당히 낡은 내벽에, 지저분한 바닥에, 또한 시끄러운 실내 분위기가 1층 식당에서 연출되는 것을 멍하니 바라봤다.

특히 카타리나로서는 이렇게 지저분하고 시끄러운 식당은 난생처음이었다.

이미 점심 식사 시간은 지났기에 당연히 식사하는 사람들의 숫자는 적었어야 함에도 불구하고 식당 안은 발 디딜 틈도 없을 정도로 북적거리고 있었다.

쟌이 앉은 자리에 따라 앉은 세 사람은 주위를 둘러보고는 무의식 중에 눈살을 찌푸렸다. 아무리 이해하려고 해도 이곳은 시끄러워도 너무 시끄러웠다.

그런 분위기에 누구보다 심하게 반응했던 이는 당연히 카타리나였다.

"뭘 주문하시겠어요, 손님? 어머! 쟌 아저씨."

주문을 받기 위해 다가온 사람은 이제 겨우 13, 4세밖에 되지 않아 보이는 연한 갈색 머리를 길게 땋은 어린 여자 아이였다. 그런 여자 아이를 바라보는 쟌의 시선이나 표정은 지금껏 보아왔던 모습과는 달리 너무나 부드러워 보였다.

지금껏 보이던 싸늘하고 독선적인 모습과는 달리 마치 스스로 프리스트라도 된 듯 보였다.

"요즘은 어때? 지내기는 괜찮다?"

"아저씨 덕분에 잘 지내고 있어요. 아저씨는 어때요?"

"임마, 아저씨라고 부르지 말라고 했잖아."

"헤헤헤, 그래도 아저씨는 아저씨라고 불러야 하잖아요."

테이블로 다가온 아이는 주근깨가 얼굴 가득한 어린 소녀였다. 하지만 커다란 눈과 얼굴 가득한 웃음이 보는 사람까지 유쾌해지게 만드는 매력적인 아이였다.

일행에게 무엇보다 의외였던 것은 쟌의 얼굴에 그렇게 편안하고 부드러운 미소가 떠오를 수 있다는 것이었다.

"격투 대회가 벌어지는 동안 여기서 묵을 거니까 4인용 방 하나를 준비해 주고, 간단한 식사 4인분을 준비해 줘. 그리고 작은아버지가 그 동안 정말 괴롭히지 않은 게 분명하지?"

쟌의 말에 잠시 얼굴을 붉히던 여자 아이는 곧 고개를 끄덕거리고는 식당 쪽으로 달리듯 걸음을 옮겼다.

"아는 소녀요?"

"전에 본 적이 있어."

"이름을 알 정도면 잘 아는 소녀인가 보구려."

쟌이 미소를 짓는 모습을 처음 보았기 때문인지 알카레스는 호기심을 드러냈고, 다른 사람들도 마찬가지였다.

*　　　*　　　*

아마도 거의 1년 전쯤의 일이었을 것이다.

유난히도 비가 주룩주룩 내리던 날, 그날도 쟌느는 작은어머니의 구박과 잔소리를 들으며 식탁을 치우고 있었다.

그때였다.

유난히 삐걱거리는 소리를 내며 문을 열고 들어온 사람은 비에 흠뻑 젖은 검은 머리카락을 늘어뜨린 보통 체격의 사내였다.

짙은 갈색의 하드 레더에 망토를 걸쳤지만 속까지 흠뻑 젖은 사내는 실내에 들어와선 잠시 주위를 둘러보다가 곧 모닥불을 피워놓은 벽난로 쪽으로 다가갔다. 그리고는 젖은 외투를 벗어서 곁에 있던 의자에 걸쳐 놓고는 부츠 안에 고인 물을 뽑아내기 위해 거꾸로 기울였다. 젖은 옷을 말리기 위해 그가 벽난로 주위로 옷을 늘어놓고 있는 동안 조금은 겁먹은 표정으로 쟌느가 다가갔다.

이렇게 비 오는 날, 더구나 이 사람처럼 흠뻑 젖은 채 가게를 찾는 손님들은 대부분 기분이 안 좋다는 것을 그동안의 경험을 통해 잘 알고 있었기 때문이다. 그렇기에 그녀의 말은 몹시도 조심스러웠다.

"저어… 손님, 뭘 가져다… 드릴까요?"

"두라이언 1병, 스튜, 빵 하나."

"예, 곧 가져다 드리겠습니다."

가녀린 쟌느의 음성을 들으면서도 사내는 고개를 돌릴 생각조차 하지 않았다. 잠시의 시간이 흐른 뒤 음식을 가져왔다는 쟌느의 음성이 다시 들렸다.

그제야 고개를 돌린 사내, 쟌의 눈초리가 당장 하늘 높은 줄 모르고 치켜 올라갔다. 그도 그럴 것이 여자 아이의 왼쪽 볼과 오른쪽 이마에 검붉은 자국이 있는 것이 누군가에게 얻어맞은 것이 분명해 보였기 때문이다.

"누구야?"

"예?"

"누가 널 이렇게 만들었냐 말이야?"

낮게 으르렁거리는 듯한 사내의 말이 막 끝났을 때 주방 쪽에서 신경질적인 음성이 들려왔다.

"대체 뭣하고 있는 거야? 망할 년이 틈만 나면 게으름을 부리려고 해? 지 부모가 죽었을 때 그냥 팔아치워 버렸어야 했는데 그놈의 인정 때문에……."

그 음성이 들린 순간 쟌느는 찔끔하는 표정을 지었고, 그 모습을 지켜보는 사내의 얼굴이 삽시간에 싸늘해졌다.

"빨리 안 와? 설거지를 해야 할 것 아니야, 이년아!"

　주방용 식칼을 든 퉁퉁한 체격의 사내가 주방에서 나오자 쟌느는 겁에 질려 그 자리에 털썩 주저앉은 채 꼼짝도 하지 못하고 있었다. 그 모습에 사내의 얼굴은 더욱 일그러졌다.

　주방 밖으로 나온 중년 사내는 얼굴이 시뻘겋게 변한 채 다가왔다. 그 모습에 쟌느의 안색은 더욱 창백하게 변했고, 사정없이 그녀의 머리채를 움켜쥔 중년 사내는 그대로 질질 끌고 갔다.

　"아악! 작은아버지, 잘못했어요. 제발 용서해 주세요!"

　"시끄러, 이년아! 그래도 형님 자식이라 고아원에 보내지 않고 보살펴 줬더니 틈만 나면 감히 내 눈을 속일 생각을 해? 오늘 네년을 당장 노예 상인에게……."

　"그 손 놔."

　귓전을 자극하는 낮은 음성에 중년 사내는 발걸음을 멈추곤 벽난로의 불에 의복을 말리고 있는 쟌의 뒷모습을 쳐다보았다. 하지만 그의 왼손은 여전히 쟌느의 뒷머리를 움켜쥐고 있었다.

　"이건 우리 집안일이니 참견하지 마쇼. 괜히 끼어들었다 다치면 손님 손해 아니겠소? 흐흐흐."

　"까불지 말고 지금 즉시 그 손을 놓으면 용서를 하겠지만 조금만 늦으면 손가락을, 더 늦으면 손목을, 후에는 팔을, 그 다음에는 다리를 비롯해 온몸의 뼈를 박살 낼 테니 알아서 손을 놓는 것이 좋을 거다."

　고개도 돌리지 않은 채 옷을 말리고 있는 쟌의 말이 뜻밖이었는지 중년 사내는 잠시 기막혀하다가 실소를 터뜨렸다.

　"흐흐흐, 감히 네가 그럴 만한 능력이 있는지 어디 한번 보고 싶군."

　"아! 아얏! 작, 작은아버지 아파요. 제발~"

　가녀린 여자 아이의 음성이 실내에 울려 퍼지는 순간 벽난로 앞에 앉아 있던 쟌의 모습이 감쪽같이 사라졌다.

중년 사내가 잠시 주위를 두리번거리는 동안 그의 손에 잡혀 있던 쟌느의 눈에 한 마리 새처럼 허공에서 몸을 비튼 채 떨어져 내리는 쟌의 모습이 너무도 선명하게 들어왔다. 그리고 그의 발이 사정없이 작은아버지의 얼굴을 걷어차는 모습도 똑똑히 볼 수 있었다.

와장창!

작은아버지의 퉁퉁한 몸이 공중에서 몇 바퀴나 돌며 날아가 주위의 테이블을 박살 내며 사정없이 식당 한구석에 처박혔다. 작은아버지처럼 거대한 체구의 사내가 쟌의 발길질 한 번에 그렇게 맥없이 날아가는 모습이 도저히 이해가 되지 않는지 쟌느는 입을 쩍 벌리고 자리에 주저앉아 있었다.

비틀거리면서 일어선 중년 사내는 입가로 흘러내린 피를 닦아내며 잠시 쟌을 노려보더니 주방 옆에 매달려 있던 손때 묻은 끈 하나를 힘차게 잡아당겼다. 그리고는 쟌에게 위협하는 것을 잊지 않았다.

"흥! 네놈이 우리 가게를 우습게 여긴 모양인데, 그 아이를 안으려면 적어도 100코렌 이상을 주어야 한다는 건 몰랐을 거다. 감히 우리 형님의 딸을 꼬셔서 그냥 품으려 하다니, 너 같은 놈은 오늘……."

"형님, 무슨 일이오?"

중년 사내의 말이 끝나기도 전 식당의 문을 열고 들어온 사내들은 그야말로 웨스펀 시의 모든 불량감자들을 대표하는 듯 보이는 사내들이었다.

팔과 가슴, 그리고 얼굴이 문신과 상처에 뒤덮여 보기만 해도 몸이 떨릴 정도로 하나같이 흉악한 인상을 자랑하는 자들이었다.

특히 가장 앞쪽에 서 있던 자가 두목으로 보이는 사내였는데 40대 후반으로 보이는 흠집이 잔뜩 난 얼굴에 하는 행동만 봐서는 이런 일이 한두 번이 아닌 듯 비릿한 미소를 지은 채 한껏 무게를 잡고 있었다.

그와 그의 부하들은 갖가지 무기를 꺼내 소녀를 보호하고 있던 쟌에게 협박성 멘트를 날렸다.

"이봐, 우린 이 도시의 자경단 역할을 하는 사람들이야. 그러니 괜한 사고 치지 말고 조용히 하룻밤 묵고 가란 말이야. 그리고 그 계집아이가 마음에 들면 주인에게 충분한 사례를 하면 될 텐데 왜 소란을 피우는 거야? 그리고 자네가 적당한 사례를 할 용의가 있다면 내가 주선해 줄 수도……."

한껏 무게를 잡고 말을 하던 두목은 자신에게 급격하게 다가오는 쟌의 무릎에 말꼬리를 흐렸고, 그리고 그것이 그날 두목으로 보이는 사내가 정상적으로 말한 마지막 말이었다.

급격히 다가온 사내는 그대로 몸을 날려 두목의 머리를 잡고는 엄청난 완력으로 자신의 몸 쪽으로 끌어당겼다. 그리고는 탄력을 이용해 오른쪽 무릎으로 그의 콧등을 그대로 주저앉혔다.

그가 막 고통을 참지 못하고 비명을 지르려는 순간 급격히 커다란 돌덩이, 아니, 쟌의 머리가 다시 날아들며 격렬한 충돌을 일으켰다.

퍽!

두목은 머리가 쪼개지는 것 같은 충격에서도 과거 자신을 가르쳤던 스승이 욕했던 것만큼 자신의 머리가 그리 딱딱한 돌은 아니라는 생각이 문득 들었다.

그의 의식이 새하얗게 변하는 순간 쟌의 몸은 다시 허공을 날았고, 그때부터 쟌의 일방적인 구타 내지는 폭행이 시작되었다. 그의 공격을 받은 사내들은 하나같이 지옥문을 하나둘 보기 시작했다. 그리고 최대의 희생자는 쟌에게 가장 처음 시비를 걸었던 소녀의 작은 아버지였다.

열 손가락, 두 손목, 두 팔꿈치, 두 어깨와 열 개의 발가락, 두 개의 발목, 두 정강이, 두 허벅지와 갈비뼈, 그리고 가슴뼈까지 하나도 남김없이 정성스러운(?) 손길로 두 동강을 냈다. 물론 옆에서 광란의 몸짓을 보이던 쟌느의 작은어머니란 여인도 예외는 아니었다.

결국 쟌의 지나치게 친절한(?) 손길에 멀쩡한 사람은 쟌과 쟌느밖에 없었다.

작은아버지와 작은어머니가 지르는 처절한 비명에 겁에 질린 쟌느를 달래던 쟌은 자신과 이름이 비슷한 어린 소녀에게 관심을 보였고, 그녀에게 있었던 가슴 아픈 가족사(家族史)에 대해 진심으로 애도를 보냈다. 그녀의 이야기를 듣고 보니 조카를 학대한 작은아버지 내외의 파렴치한 행동에 치를 떨지 않을 수 없었다.

그가 막 근처에 쓰러져 있던 자신의 작은아버지을 다시 걷어차려는 순간 쟌느가 눈물을 글썽이며 쟌의 몸에 매달렸다.

"아저씨, 그만 하세요. 그래도 지금까지 저를 먹여주시고 키워주신 분이세요."

"널 이렇게 고생시키고 학대를 했는데도 어째서 그를 감싸는 것이냐?"

쟌의 냉랭한 말에도 쟌느는 조금도 겁먹은 모습을 보이지 않으며 힘없이 고개를 저었다.

"물론 편한 생활이라고는 할 수 없지만 지금 당장이라도 거리에 나가면 저만한 또래의 아이들이 집도 없이 떠돌아다니는 것을 자주 볼 수 있어요. 그 아이들에 비하면 그래도 전 훨씬 행복해요. 그러니 저희

작은아버지을 용서해 주세요."

커다란 눈에 반쯤 눈물이 찬 쟌느의 모습은 쟌의 마음을 너무나 가슴 아프게 만들었다. 애써 고개를 돌린 쟌은 바닥에서 꿈틀대는 쟌느의 작은아버지을 바라봤다.

'이마가 좁은 것을 보면 당연히 물려받은 재산도 없을 것이고, 미간이 좁은 것을 보면 성급한 성격이야. 하지만 눈망울이 큰 것이나 광대뼈 주위에 살집이 두둑한 것을 보면 결코 악한 사람은 아닌 것 같으니 오늘 확실하게 군기(?)를 잡고 가면 괜찮을 것 같기도 하군.'

"이봐, 너."

사내의 부름에 주인은 부르르 떨었다.

지금껏 장사를 하며 행패를 부리는 손님을 만나지 못한 것은 아니었다. 하지만 지금 자신의 눈앞에 보이는 이자만큼 지독하고, 악랄하고, 잔인한 인간은 단 한 번도 만나본 적이 없었다. 그저 이자가 한시라도 빨리 자신의 여관을 나가주었으면 하는 생각뿐이었다. 하지만 그런 주인의 생각을 이미 간파했는지 사내는 비릿한 미소를 지었다.

"한 일주일 동안 이곳에서 묵고 싶은데 방은 있겠지?"

"예?"

"식사는 오늘 나온 정도라면 괜찮지만, 대신 주위가 조용했으면 좋겠어. 오늘 널 돕기 위해 온 이 불량감자들의 패거리가 얼마나 되는지는 모르지만 혹시 이것들을 믿고 다시 한 번 나를 귀찮게 한다면 너희 부부를 평생 다시는 침대에서 일어나지 못하게 만들어주지. 자신있으면 언제든 불량감자들을 불러 나를 공격해도 좋으니 어디 한번 해봐."

주인은 쟌의 입가에 걸린 스산한 미소를 발견하고는 온몸에 소름이 오싹 끼치는 것을 느껴야 했다.

“스튜를 조금 더 가져다 주겠니?”

“예, 아저씨. 잠시만 기다리세요.”

쟌느가 스튜 접시를 들고 가는 모습을 부드러운 미소를 지으며 쳐다보던 쟌이 고개를 돌려 말했다. 하지만 그의 표정이나 음성은 쟌느를 대할 때완 판이하게 달랐다.

“아이 앞이라 오늘은 그저 뼈를 부러뜨리는 것으로 끝냈지만 만약 저 아이에게 눈곱만한 해코지를 하거나 못된 짓을 한다면 그때는 부러뜨린 뼈를 내 손으로 직접 몸속에서 뽑아내 주지. 기대를 해도 좋아. 자신의 몸속에 어떤 뼈가 있는지 궁금해하는 인간들이 의외로 많거든. 물론 끝까지 확인하는 인간은 지금까지 하나도 없었지만 말이야.”

쟌의 낮은 음성에 주인은 머리털이 쭈뼛 서는 것을 느꼈다. 희미한 미소와 함께 장난스럽게 말을 하기는 했지만 절대 농담으로 받아들일 수 있는 말이 아니었다.

쟌느를 대할 때의 부드러운 미소와 자신을 대할 때 짓는 냉혹한 미소를 아무렇지도 않게 번갈아 짓는 쟌의 모습을 보면서 왠지 그가 살인을 하고도 태연히 웃음 지으며 다른 사람과 만나 식사를 할 것 같다는 생각이 들었다.

그 생각이 드는 순간부터 전신이 떨려오는 것을 도저히 참을 수 없었다. 생각 같아서는 당장이라도 도망치고 싶었지만 부러진 뼈 때문에 단 1센티미터도 움직일 수 없었기에 상대에 대한 공포는 더욱 컸다. 게다가 극심한 공포 때문인지 고통도 느껴지지 않았다.

쟌의 시선과 마주치는 순간 주인은 무의식 중에 고개가 부러져라 끄덕이고 있었고, 그런 상대의 모습을 보고서야 쟌은 흡족하다는 미소를 지었는데, 그 미소조차 주인이 보기에는 끔찍할 정도로 살벌하게만 느껴졌다.

　그것이 쟌과 쟌느의 첫 만남이었다.

＊　　　＊　　　＊

　쟌느가 주문을 받고 주방으로 사라지자 쟌이 조금은 퉁명스러운 말투로 대답했다.

　"알기는…… 1년 전에 와보고 오늘이 두 번째야."

　조금 전과 달리 무뚝뚝하게 대꾸하는 쟌의 대답에 알카레스나 글렌은 고개를 갸웃거렸다. 하지만 어린아이인 쟌느가 1년 전에 본 손님을 기억할 정도라면 쟌과의 첫만남이 상당히 인상적이었을 것이란 생각을 막연히 할 뿐이었다.

　잠시 후 일행의 테이블로 음식이 나왔는데 조금 전 쟌이 주문한 것과는 다른 음식들이 나왔다.

　소고기를 곱게 갈아 양파와 감자를 섞어 조리한 소고기 크로켓과 시금치를 삶아 곱게 채에 내린 그린피스 수프, 보기만 해도 침이 넘어갈 것 같은 로스트 비프, 그리고 싱싱한 갖가지 야채에 각종 양념에 식초, 백포도주에 레몬 즙을 가미한 프렌치 드레싱이 듬뿍 뿌려져 나왔다.

　보기만 해도 침이 흐를 것 같은, 게다가 그 향기가 식욕을 엄청 자극하는 음식이었다.

　쟌은 가만히 고개를 돌려 테이블에 음식을 내려놓고 있던 중년 사내를 쳐다봤다. 막 음식을 내려놓고 입을 열려던 중년 사내는 쟌과 눈이 마주치자 찔끔하는 표정을 짓고는 황급히 고개를 숙였다.

　"이건 뭐지? 내가 주문한 것이 아닌 것 같은데……."

"저, 저희 집을 다, 다시 차, 찾아주셔서……."

비대하다 할 정도로 풍뚱한 돋집을 가진 주인이 쟌과 눈도 마주치지 못한 채 말까지 더듬는 모습은 주위 사람들의 관심을 끌기 충분했다.

쟌이 아무런 대꾸를 하지 않자 주인은 다시 다급히 입을 열었다.

"너, 너무 감사해서 제, 저가 특별히 대접을 하려고……."

"그러니까 고마운 마음에 가져왔다?"

"그, 그렇습니다."

주인은 황급히 고개를 끄덕였다. 그를 바라보는 쟌의 눈매가 가늘어지자 주인은 어쩔 줄 몰라 했다. 그때 주위 테이블에서 식사를 하던 사내들이 거칠게 항의를 했다.

"뭐야? 우리에겐 이다위 음식이나 주면서 왜 저 작자들에겐 저렇게 훌륭한 음식을……."

"우리가 그렇게 우습게 보여? 정말 본때를 한번 보여줘?"

주위가 시끄러워지자 고개를 돌린 주인의 얼굴은 당장 험악해졌다.

"닥쳐! 맛있는 음식을 처먹고 싶으면 돈을 내! 돈도 없는 것들이 감히 어디서 지껄이는 거야? 네깟 놈들이 협박을 한다고 내가 겁이라도 먹을 줄 알아?"

주인의 험악한 음성에 식당 안이 당장 조용해졌다.

"처먹기 싫은 놈들은 당장 나가. 아니면 대가리 처박고 곱게 음식이나 처먹어."

아무도 자신의 말에 대꾸하지 못하자 주인은 가소롭다는 표정을 짓고는 다시 쟌에게 고개를 돌렸다. 그런 주인의 얼굴은 누가 봐도 겁을 먹었다고 느낄 정도로 움찔하는 표정이 역력했다.

"이건 제가 서비스로 대접하는 것이니 부담없이……."

“알았으니까 두라이언이나 한 병 가져와. 그리고 우리 네 사람이 묵을 방 하나 준비하고.”

“자, 잠깐만 기다리십시오.”

대답을 한 주인은 황급히 주방으로 달려갔고, 곧 두라이언과 적포도주 한 병을 들고 왔다. 조심스럽게 테이블에 내려놓으며 입을 열었다.

“저기… 격투 대회에 참가하기 위해 오신 겁니까?”

“그건 왜 묻는 거지?”

“그, 그냥… 얼마나 계실지 몰라서…….”

쟌의 한쪽 입꼬리가 치켜 올라갔다. 그 모습에 주인은 황급히 뒤로 물러섰다.

“내가 빨리 꺼졌으면 좋겠지?”

“아, 아닙니다. 제, 제가 어, 어떻게 가, 감히…….”

더듬거리는 주인의 얼굴에는 보기 안쓰러울 정도로 식은땀이 흘러내렸다. 글렌이나 알카레스로서는 주인이 왜 이렇게 쟌을 두려워하는 것인지 영문을 몰라 어리둥절할 뿐이었다.

“걱정하지 마, 대회가 끝나면 곧 이 도시를 떠날 테니까. 그건 그렇고… 설마 또 쟌느를 괴롭히는 것은 아니겠지?”

“그, 그, 그럴 리가 있겠습니까? 저, 절대 그런 일 없습니다! 쟌느에게 물어보십시오.”

쟌의 말에 주인의 얼굴은 완전히 사색이 되었다.

천천히 자신의 잔에 두라이언을 따른 쟌은 한 모금 마시고는 잔을 내려놓으며 입을 열었다.

“내 경고를 아직도 기억하는지 모르겠지만 네 몸속의 뼈를 눈으로 직접 확인하고 싶지 않다면 쟌느를 괴롭힐 생각은 꿈에서도 하지 않는

게 좋을 거야."

"며, 명심하겠습니다."

"가봐."

"가, 감사합니다."

대답을 한 주인은 꽁지가 빠져라 주방으로 사라졌고, 그 모습에 식당 안에 있던 사람들은 고개를 갸웃거리다가 곧 식사에 열중했다. 식당 안은 금세 시끌벅적해졌다.

"흥! 대체 어떻게 괴롭혔기에 주인이 저렇게 떠는 것이지? 힘없는 사람들을 괴롭히는 불한당 같은 놈."

카타리나의 독설에 쟌은 다시 두라이언을 한 모금 마시고는 피식 미소를 지었다.

"힘없는 사람을 괴롭히는 불한당 같은 놈이라… 맞아, 난 그런 놈이거든. 후후후, 그러니까 너도 까불지 마. 나한테 맞고 난 다음에 후회하지 말고."

자신의 독설에 태연스럽게 대꾸하는 쟌의 태도에 카타리나는 약이 바싹 올랐다.

자신이 볼 때 저 악당은 마치 자신을 약 올리고 괴롭히기 위해 세상에 태어난 존재 같았다. 행동 하나하나 말 한마디 한마디가 어쩌면 저렇게 얄미운 것인지…… 생각하면 할수록 피가 거꾸로 치솟는 것 같았다.

"카타리나님, 일단 식사부터 하십시오."

알카레스의 권유에 카타리나는 매섭게 쟌을 한 번 노려보고는 곧 식사에 열중했다.

그녀가 식사하는 모습은 예전의 그녀라면 감히 상상할 수도 없을 정도로 난잡했다.

손으로 음식을 집어 먹는 것은 예사였고, 수프를 먹을 때도 스푼의 사용을 잊어버리기라도 한 듯 후루룩 소리를 내며 접시를 들고 마셨다.

주위 사람들이 자신을 바라보고 있다는 것을 알면서도 그녀의 행동은 멈춰지지 않았다.

그녀가 왜 이렇게 허겁지겁 식사를 하는 것인지 그 이유를 모를 알카레스는 아니었지만 예전과는 너무나도 다른 모습에 딱한 생각까지 들었다.

이곳까지 오는 지난 며칠 동안 그녀는 쟌에 의해 철저하게 행동에 제약을 받았다. 특히 가장 심했던 것은 식사에 관한 것이었다. 식사라고 해봐야 바싹 말린 육포와 희멀건 수프가 전부였지만 카타리나로서는 그런 음식을 제대로 구경도 해본 적이 없었다.

쟌을 만나기 전 알카레스와 도피 생활을 하는 동안에도 매 끼니마다 그녀에게 제대로 된 음식을 조달하느라 알카레스는 없던 흰머리가 다 생길 정도였다.

그런 그녀의 식성이 쟌과 동행을 한다고 해서 갑자기 없어질 리도 만무한 일, 카타리나는 당연히 제대로 된 음식을 요구했지만 쟌은 들은 척도 하지 않았다.

일부러 그런 것인지는 모르지만 쟌이 준비한 육포는 가장 싸고 질도 안 좋은, 거의 나무 껍데기같이 딱딱하고 양념이나 간도 제대로 배지 않은 육포였다.

그녀는 당연히 거들떠보지도 않았고 쟌도 당연히(?) 절대 한 번 이상은 권하지 않았다. 권유를 거절한 카타리나는 말 할 것도 없이 굶어야만 했고, 그녀의 배고픔은 웨스펀 시로 향하는 일행의 발목을 잡고 늘어졌다. 그러나 그걸 용납할 쟌이 아니었다.

피로와 허기로 기진맥진한 그녀를 거의 질질 끌고 가다시피 해서 어떻게든 하루 동안 목표로 한 거리만큼은 이동했다.

어떤 불평이나 불만도 쟌에게는 통하지 않았다.

굶어봐야 자신만 손해라는 생각 때문인지 카타리나는 여행을 시작한 지 사흘째가 되던 날부터 딱딱한 육포를 씹고 멀건 수프를 마시기 시작했다. 그리고 퉁퉁 부은 다리도 곧잘 일행을 따랐다. 하지만 허약하기 이를 데 없는 그녀의 체력으로 하루 종일 걷는다는 것은 거의 불가능한 일이었다.

하여간 웨스펀 시에 도착하기 전까지 두 사람은 사사건건 부딪쳤고, 패자는 언제나 카타리나였다. 그런 탓인지는 모르지만 쟌에게 대드는 횟수가 시간이 지나면 지날수록 점점 줄어들었다. 그렇다고 결코 쟌에 대한 분노까지 사라진 것은 절대 아니었다. 틈만 있으면 독설을 퍼부었지만 조금 전처럼 본전도 못 찾는 경우가 다반사였다.

"대회가 모레부터 시작되니까 그때까지 쉬고 있어. 그리고 알카레스는 내일 나랑 같이 접수하러 가도록 해."

"어? 그게 무슨 말이오?"

알카레스가 어리둥절한 표정을 지으며 반문하자 쟌은 가볍게 눈살을 찌푸렸다.

"내 말 못 들었어? 접수하러 가자고 했잖아."

"그 소리를 못 들은 것이 아니라 내가 왜 격투 대회에 접수를 해야 하느냔 말이오?"

“거참, 말 많네. 그럼 카블렌스 시까지 걸어갈 거야? 말을 살 돈이라도 마련해야 될 것 아니야.”

“그럼 말 살 돈을 마련하려고 대회에 참가한단 말이오?”

알카레스의 말에 쟌은 잠시 허공을 쳐다보다가 대답했다.

“반은 맞고 반은 틀렸어. 말을 살 돈이 필요한 것도 사실이긴 하지만 내가 격투 대회에 참가하려는 진짜 목적은 따로 있어. 내가 얼마나 강한지 알고 싶기 때문이야.”

쟌의 말에 글렌과 알카레스는 그의 얼굴을 쳐다봤다.

“내가 익힌 무술은 ‘비격(飛擊)’이라는 건데, 혹시 들어본 적 있어?”

“비기억?”

“비기억이 아니라 비격이야.”

“미안하지만 한 번도 들어본 적이 없소.”

“글렌은?”

“나도 그런 말은 들어본 적이 없소. 정확히 어떤 무술인지도 모르겠소.”

“역시 그랬군. 누군간 틀림없이 내 무술을 알아보는 사람이 있을 텐데……. 대체 난 어디서 이 무술을 익힌 거지?”

쟌의 말에 글렌과 알카레스는 물론 식사를 하고 있던 카타리나마저 손을 멈추고는 그의 얼굴을 멍하니 바라봤다.

“본인이 익히고도 어디서 익혔는지도 기억 못한단 말이오?”

“후후후, 정말 우스운 일이지 않나? 분명히 몸은 기억하고 있는데 기억은 전혀 나지 않으니 말이야. 난 대체 어디서 태어났고, 어떻게 이 무술을 익혔을까? 어째서 난 과거를 기억하지 못하는 것이지? 어떻게 해서 과거를 잃어버린 거냔 말이야? 빌어먹을.”

쟌은 갈증을 느낀 사람처럼 신경질적으로 술을 마셨다.

잠시 어리둥절한 표정을 짓던 글렌이 조금은 조심스럽게 입을 열었다.

"그, 그러니까 당신은 과거를 기억하지 못한단 말이오?"

"그래."

"그럼 당신 이름이 쟌 가이야라는 것은 어떻게 기억하는 거요? 그리고 비격이라는 무술 이름은?"

"2년 전 내가 부상에서 회복했을 때 기억하고 있던 것은 오직 내 이름이 장가야(張伽倻)라는 것과 비격이라는 이름을 가진 이 무술뿐이었어. 하지만 조금 전에 말한 대로 어디서 익혔는지, 누구에게 배웠는지 전혀 기억이 나질 않아."

"그럼 격투 대회에 참가하는 이유 중 하나가 귀하의 무술을 아는 사람을 찾기 위해서요?"

고개를 끄덕이는 쟌의 모습에 알카레스가 계속해서 질문했다.

"그리고 나까지 참가하는 것은 우승할 확률을 높이기 위해서요?"

"뭐? 우승? 후후후. 정말 나를 웃기는군. 하하하."

알카레스의 말에 쟌은 웃음을 터뜨렸고, 알카레스는 기분이 상했는지 잔뜩 인상을 쓰고 있었다.

"이봐, 알카레스. 미안한 이야기지만 당신이 우승할 수 있다고 생각하는 거야? 내가 보기엔 좀 힘들 것 같은데…… 그런 생각은 안 들어?"

명색이 왕국 최강 기사단인 근위 기사단의 십인장인 자신의 실력을 믿을 수 없다니……. 알카레스는 상처받은 자존심을 달랠 길 없었다. 당연히 그의 대꾸도 별로 곱지 않았다.

"귀하가 보기에… 내 실력이 그렇게 형편없소?"

"자존심이 상한 모양이군. 하지만 내가 보기엔 우승하긴 힘들 것 같아. 실력이 모자란다는 것보다는 경험이 부족해. 뭐라고 하면 좋을까. 잔뜩 굳어 있다고 할까? 여유가 전혀 없어. 상대와 싸울 때 필요 이상의 힘이 들어가 있어 보는 사람을 힘들게 만들거든."

그동안 카타리나를 은밀히 호위했던 글렌도 알카레스에게 그런 점을 느끼기는 했다. 하지만 그 차이라는 것이 너무나 미미해 쟌처럼 '넌 경험이 부족해' 하고 단정적으로 지적할 정도는 아니었다. 하여간 근위 기사단의 십인장인 알카레스의 자존심에 상처를 입혔으니 그가 앞으로 쟌을 어떻게 대할지 두고 볼 일이었다.

한편 알카레스는 자신의 검술이 감히 상대를 찾아볼 수 없다고 생각할 만큼 강하다고 착각하고 있지는 않았지만 그렇다고 지금처럼 남에게 지적받을 만큼 약하다고 생각하지도 않았다.

물론 자신보다 뛰어난 실력을 가진 쟌이 한 말이기에 참고하기는 하겠지만 자존심이 상하는 것만큼은 어쩔 수 없는 일이었다.

그들 사이에 잠시 어색한 분위기가 이어졌다.

"들어가서 씻을 거니까 나중에 들어와."

식사를 마친 카타리나는 쟌느의 안내를 받아 방으로 가버렸고 세 사람은 더욱 어색한 분위기 속에서 오로지 술만 마시고 있었다.

부스럭~ 삐걱~

침대보가 스치는 소리와 침대에서 나는 삐걱거리는 소리에 신경이 곤두선 카타리나는 짜증스런 목소리로 소리쳤다.

"조용히 안 해? 시끄러워서 잠을 잘 수 없잖아!"

삐걱~

잠시 조용하더니 곧 다시 사각거리는 소리가 신경을 자극해 도저히 잠을 잘 수 없었다.

삐이익~

카타리나가 몸을 일으키자 침대에서는 비명 같은 소음이 들렸다.

주위를 둘러보니 가볍게 몸을 움직이고 있는 글렌과 알카레스의 모습이 보였고, 침대에 다리를 꼰 채 앉아 눈을 지그시 감고 있는 쟌의 모습이 보였다.

"아침부터 대체 뭘 하고 있는 거야? 시끄러워서 도저히 잠을 잘 수 없잖아."

"죄송합니다, 카타리나님. 오늘 격투 대회에 호레즈 군이 참석하지 않습니까? 가볍게 몸을 푼다는 것이 카타리나님의 잠을 깨운 모양이군요. 죄송합니다."

"알카레스는 그렇다 하더라도 넌 뭐 때문에 아침부터 설치는 거야?"

카타리나의 앙칼진 음성에 글렌의 얼굴이 미미하게 찌푸려졌다.

아무리 카타리나가 공주라고는 하지만 자신의 딸 정도밖에 안 되는 그녀에게 아침부터 설친다는 말을 들었으니 기분이 좋을 리 없었다.

"니가 더 시끄러워. 입 닥쳐."

"뭐? 너, 너……."

"한마디만 더 하면 창문 밖으로 던져 버릴 테니까 알아서 해. 내가 정말 던질지 아닐지 궁금하면 한 번 더 지껄여 봐."

내심을 알 수 없게 무표정한 얼굴을 하고 있는 쟌을 노려보던 카타리나는 신경질적으로 고개를 돌렸다.

그가 정말 자신을 창문 밖으로 집어 던질지 아닐지 알 수는 없지만 감히 그걸 시험해 보고 싶은 생각은 전혀 없었다. 세상에서 가장 믿을 수 없는 인간이 바로 쟌이라는 것을 지난 여행 동안 뼛속 깊이 느끼고 있었기 때문이다.

"어제 치료받은 것은 어때? 괜찮은 것 같아?"

"이제는 다 나은 것 같소. 역시 프리스트들이 가진 신성력의 효과는 정말 대단한 것 같소. 보통 뼈가 부러지면 포션을 마신다 하더라도 한 달 가까이 걸리는데, 단 한 번의 치료로 완전히 나은 것 같소."

"나았다니 다행이군. 그 치료를 받는다고 자그마치 100코렌이나 줬는데 당연히 나아야지. 알카레스는?"

"나도 이상없소. 그때 입었던 상처도 다 나았고. 상처 때문에 실력 발휘를 하지 못했다는 말은 하지 않을 거요."

"후후후, 그래? 그래야지. 어디 두고 보지."

쟌의 말에 알카레스의 얼굴은 더욱 굳어졌다.

"대회가 10시부터 시작되니까 좋은 자리를 잡으려면 아침 식사를 빨리 마치고 가야 할 거야."

쟌의 말에 어쩔 수 없이 카타리나도 자리에서 일어나야만 했다.

식사를 마친 일행은 좁은 골목을 빠져나와 광장으로 향했다. 커다란 분수대와 몇 개의 동상이 서 있는 광장은 사방에서 모여든 사람들로 그야말로 발 디딜 틈도 없었다.

사람들을 헤치고 가느라 일행은 가진 힘을 다 써버렸을 정도였다. 어렵게 사람들을 헤치고 일행이 도착한 곳은 거대한 원형 경기장이었다.

정문의 크기만 해도 폭이 5미터에, 높이는 거의 10미터는 족히 되어 보였다. 정문은 약 20여 명의 무장한 병사들이 철저하게 입장객들을 통제하고 있었다.

길게 늘어서 자신의 차례를 기다리던 입장객들의 입에서는 당연히 불만에 가득 찬 말이 터져 나왔지만 병사들은 아랑곳하지 않고 입장객들의 입장표를 일일이 검사한 후에야 차례로 통과시켰다.

거의 1시간 이상이 흘러서야 쟌 일행의 차례가 되었다.

네 사람의 앞을 가로막은 병사들은 그들에게 입장표를 요구했다.

쟌은 두 장의 입장표를 내밀었다.

"왜 두 장뿐이오?"

"나와 이 사람은 격투 대회 참가자요."

"참가자? 당신 무기는 어디 있소? 마법사요?"

"난 너클 파이터요."

쟌의 대답에 중년 병사는 그의 위아래를 훑어봤다.

검은 머리카락에 눈매가 조금 날카로운 것을 제외하면 평범하기 이를 데 없는 용모였다. 게다가 체격마저 보통이어서 도저히 격투사로 보이지 않았다. 하지만 격투 대회에 꼭 우람한 근육질의 사내들만 참가하는 것은 아니기에 일단 그대로 그들을 통과시켰다.

"1등 관람석은 저 계단으로 통해 올라가면 되고, 격투 대회 참가자들은 저쪽 통로로 들어가시오."

"고맙소."

"잠깐."

시합장 안으로 들어서려는 쟌 일행을 부른 중년 병사는 쟌에게 충고를 했다.

"규칙을 알고 있는진 모르겠지만 우리 웨스펀 시의 격투 대회는 격투 도중 목숨을 잃어도 결코 상대에게 책임을 묻지 않소. 그러니 지금이라도 무기를 마련하는 것이 좋을 거요."

"충고는 고맙지만 난 맨손이 편하오."

멀어져 가는 일행의 뒷모습을 바라보며 중년 병사는 고개를 저었다.

"쯧쯧쯧, 괜한 호기 부리다가 병신이 되거나 죽으면 자기 손해일 텐데도 고집을 부리는군. 에잉~ 요즘 젊은 것들은 제 몸 아까운 줄 모른단 말이야."

그런 중년 병사의 마음을 아는지 모르는지 쟌과 알카레스는 카타리나와 글렌과 헤어져 참가자들이 모여 있는 대기 장소로 향했다.

쟌이 도착한 곳은 사방 10미터쯤 되어 보이는 밋밋한 방에 몇 개의 긴 의자가 전부인 곳이었다. 중앙에 놓인 무기대에는 여러 가지 무기가 가지런히 비치되어 있었지만, 격투 참가자들은 이미 각자 자신의 무기를 소지하고 있었기에 무기대는 거들떠보지도 않았다.

다만 쟌과 알카레스가 대기실로 들어오자 참가자들은 잠시 두 사람을 바라보다가 곧 고개를 돌려 버렸다. 아마도 두 사람은 자신의 적수가 아니라고 생각했기 때문일 것이다.

가볍게 몸을 푸는 사람도 있었고, 짙은 회색의 로브를 머리끝까지 뒤집어쓴 채 묵묵히 앉아 있는 사람도 있었다. 연신 주위를 두리번거리고 있는 청년도 있었고, 이미 은퇴를 했어야 마땅할 노인들도 상당수 있었다. 게다가 여자 용병도 여럿 있었고 수련 마법사로 보이는 젊은 여성의 모습도 간간이 보였다.

비어 있는 자리에 털썩 앉은 쟌은 팔짱을 낀 채 지그시 눈을 감았다. 쟌 곁에 앉은 알카레스는 진정이 되지 않는지 크게 숨을 몰아쉬고 있었다.

알카레스는 호레즈 남작가의 세 아들 가운데 막내아들로 위의 두 형이 갑자기 목숨을 잃지 않거나 전쟁터에서 뛰어난 전공을 세우기 전까지는 알카레스가 남작의 작위를 이어받을 가능성은 전혀 없었다. 그렇기 때문에 어린 시절 왕립 아카데미에 들어가 기사 수업을 받았고, 각고의 노력 끝에 어린 나이임에도 불구하고 근위 기사단의 십인장 자리에 오를 수 있었다.

거의 10여 년 동안 기사로서의 수업과 훈련을 받기는 했지만 실전 경험은 이번에 카타리나를 호위하면서 경험한 것이 전부였다.

어제저녁 쟌의 냉혹한 말에 거부 반응을 보이기는 했지만 미천한 경험 때문에 불안한 생각이 드는 것은 어쩔 수 없는 사실이었다.

빵빠라바~

"와~"

갑자기 커다란 나팔 소리와 함께 하늘이 무너져 내릴 것 같은 엄청난 함성 소리가 들려왔다.

함성 소리를 들은 참가자들의 얼굴에 일제히 흥분이 떠오르는 순간 참가자들이 대기하고 있던 장소로 청년 한 명이 뛰어들어 왔다.

"어서 나와 시합장 중앙으로 집합하시오!"

청년의 말에 참가자들은 일제히 출구로 향했다.

"와~"

"와아~!"

얼마나 함성이 컸던지 온몸이 다 떨릴 정도였다.

시합장의 중앙으로 걸음을 옮기던 쟌은 참가자가 자신이 있던 대기실의 사람뿐만이 아니라는 것을 알 수 있었다.

중앙을 기준으로 동서남북 네 개의 커다란 출구가 있었고, 출구를 통해 갖가지 복장을 한 참가자들이 줄을 이어 걸어나오고 있었는데 그

수가 최소 500명은 족히 넘어 보였다.

참가자들이 중앙으로 모여들자 관람석 하단에 마련되어 있던 네 명의 나팔수들이 일제히 기다란 나팔을 불었다.

뿌우우~

웅장하게 울린 나팔 소리에 소란스럽기 이를 데 없었던 경기장의 소음이 조금씩 잦아들었다. 어느 정도 조용해지자 로열석에서 한 사람이 일어나 커다란 음성으로 외쳤다.

"저희 주넨 격투장을 찾아주신 여러분께 진심으로 감사를 드립니다! 오늘 대회는 9월 말에 있을 챔피언 전의 예선전 성격을 띤 대회라 할 수 있소. 오늘 대회의 준결승 진출자 네 명은 모두 챔피언 전에 참가할 자격이 주어지고, 만약 그 챔피언 전에서 승리를 하게 되면 엄청난 상금과 명예를 얻게 될 것이오!"

중년 사내의 말에 참가자들의 눈빛이 일제히 번뜩였다.

참가자들이 이런 격투 대회에 참가하는 이유는 대부분 뻔했다. 기사라면 당연히 최강의 승리자란 명예를 택하겠지만 용병이나 마법사들은 우승자란 명예보다는 엄청난 상금을 노리고 참가하는 경우가 대부분이었다.

"참가자들이 많은 관계로 일단 64강 전까지는 네 곳에서 예선전이 치러질 것이오. 토너먼트로 벌어지는 격투 대회이기 때문에 단 한 번의 실수로 승패가 결정되니 승부에 집중해야만 할 것이오. 그리고 당부의 말을 하겠소이다. 이 대회는 무기를 사용해 상대와 격투를 벌이는 대회인만큼 부상자는 물론 사망자까지 나올 수 있다는 것을 명심하고 본인의 안전에 만전을 기해야만 하오."

중년 사내의 경고에도 불구하고 그의 말에 신경 쓰는 참가자들은 단

한 명도 없었다.

"마지막으로 본 대회를 주최하신 자오넨 자작님의 개회사가 있겠소. 자오넨 자작님이십니다. 열렬한 박수로 자작님을 환영해 주십시오!"

짝짝짝~

열렬한 박수를 받으며 앞으로 나선 사람은 50대 중반쯤으로 보이는 풍부한 뱃살을 자랑하는 중년 사내였다. 한껏 근엄한 표정을 짓던 중년 사내는 천천히 입을 열었다.

"이렇게 화창한 날에 대회를 열게 되어 나 역시 상당히 기쁘게 생각하오. 모두 자신들의 실력을 마음껏 발휘하기 바라오. 모두 전사의 신 알바도네의 가호가 함께하길 빌겠소."

"그럼 지금부터 대회를 시작하겠습니다."

잔과 참가자들은 진행요원들이 나누어준 종잇조각을 받아 들고 내용을 확인했다. 잔이 들고 있는 숫자는 25였고 알카레스의 숫자는 482였다.

"1번에서 150번까지는 동쪽 시합장으로, 151번에서 300번까지는 남쪽 시합장으로 가시오. 450번까지는 서쪽 시합장으로, 597번까지는 북쪽 시합장로 가시오. 각자 시합장으로 가 그곳 진행요원들의 지시에 따르면 될 것이오."

진행요원의 말에 잔은 긴장하고 있는 알카레스에게 말을 건넸다.

"이봐, 그렇게 긴장해서 제 실력이 나오겠어? 조금 있다 보자고."

"알겠소. 당신도 조심하시오."

무뚝뚝하게 대꾸한 알카레스는 다른 참가자들과 함께 북쪽 시합장으로 향했고, 잠시 그의 뒷모습을 바라보던 잔은 발걸음을 옮겨 동쪽 시합장으로 향했다.

　도착하고 보니 우락부락한 근육질의 사내들이 몸풀기에 여념이 없었다. 그들 가운데는 로브를 입은 사람도 있었고 여자 용병들의 모습도 간간이 보였다.

　4만 명 이상 되는 관중들이 질러대는 고함과 응원 소리 때문에 귀가 다 멍멍해지는 것을 느끼며 쟌이 귀를 만지작거리고 있을 때 진행요원 하나가 자신에게 뭐라고 소리치며 손짓하는 것이 보였다. 하지만 관중들의 응원 소리 때문에 전혀 들리지 않았다.

　쟌이 다가가자 진행요원이 큰 소리를 지르며 격투장을 가리켰다.

　"당신 차례요! 어서 올라가시오!"

　고개를 끄덕인 쟌은 가볍게 근육을 풀며 격투장으로 향했다. 격투장이라고 해봐야 지상 1미터 높이의 나무로 만든 단 위의 평평한 바닥에 직경 10미터쯤 되어 보이는 커다란 원이 그려져 있는 것이 전부였다. 그리고 쟌의 상대는 이미 올라와 자신의 상대가 나서기만을 기다리고 있었다.

　격투장 안으로 들어선 쟌은 먼저 상대를 살폈다.

　역시나 우람한 근육을 자랑하는 30대 초반으로 보이는 사내였다. 2미터에 가까운 큰 키에 험상궂은 얼굴, 상처가 간간이 나 있는 전신은 보는 사람에게 위압감을 주기에 충분했다.

　사내는 자신에 비해 왜소한(?) 체구를 가진 쟌의 모습에 가소롭다는 표정을 지었다. 아마도 쉽기 1승을 거둘 수 있다고 생각하는 모양이었다.

　물론 그런 상대의 생각을 모를 쟌이 아니었다. 그러나 태연한 표정으로 팔을 늘어뜨린 채 상대를 바라볼 뿐이었다.

“귀하의 무기는?”

“난 너클 파이터요.”

쟌의 대꾸에 진행요원이나 상대로 나선 사내의 얼굴에는 진한 비웃음이 떠올랐다.

물론 맨손으로 상대를 제압하는 너클 파이터가 왕국 내에 전혀 없는 것은 아니지만 일반적으로 무기를 든 상대를 맨손으로 상대한다는 것은 그야말로 미친 짓이라는 것을 잘 알고 있었기 때문이다.

“시작!”

땡땡땡~

진행요원이 격투의 시작을 알리는 외침과 함께 격투장 한쪽에 매달려 있던 종을 요란하게 쳤다.

순간 쟌은 앞으로 쏜살처럼 뛰어나갔다. 당황한 상대가 핼버드를 휘두르려고 하는 순간 이미 쟌은 자세를 낮추었고, 동시에 몸을 회전시켜 발뒤꿈치로 상대의 두 발목을 걸어찼다.

퍽!

둔탁한 소리와 함께 발목을 걸어차인 사내의 몸이 공중으로 떠오르자 쟌은 그대로 경기장 바닥을 박차고 뛰어올라 사내의 가슴을 주먹으로 힘껏 쳐 올렸다. 사내가 커다란 충격을 받고 경기장 바닥에 떨어지는 순간 그의 가슴을 향해 떨어진 쟌은 발뒤꿈치로 다시 한 번 상대의 가슴을 내려찍었다.

우두둑!

뼈 부러지는 소름 끼치는 소리에 두 사람의 대결을 지켜보던 근처의 참가자들과 관객들은 자신도 모르게 몸을 부르르 떨었다.

이미 거품을 물고 쓰러진 상대의 얼굴을 힐끔 바라본 쟌은 지체없이 걸음을 옮겼고, 그제야 정신을 차린 진행요원이 큰 소리로 외쳤다.

"이, 이번 대결은 쟈, 쟌 가이야의 승리요. 다음은……."

쟌이 격투장 밖으로 나오자 근처에 있던 사람들은 황급히 옆으로 피하며 통로를 만들어주었다. 쟌이 자신의 자리에 앉자 참가자들과 구경꾼들은 조금 전까지 그를 무시했던 생각은 새까맣게 잊고 두려움이 역력한 표정으로 쟌을 힐끔거렸다.

너무도 빠른 쟌의 동작에 그가 어떤 공격을 상대에게 한 것인지 제대로 본 사람은 그리 많지 않았다. 하지만 쟌의 빠른 공격보다 쓰러진 상대를 재차 공격하는 그의 무자비한 행동에 사람들은 두려움을 느끼지 않을 수 없었다.

쟌이 태연한 표정으로 격투장을 바라보는 동안 격전은 계속해서 벌어졌고, 그때마다 승리에 환호하는 사람들과 패배에 억울해하는 사람들로 나누어졌다.

승부에서 이기고도 부상이 심해 기권하는 사람도 있었고, 격렬한 격투를 벌이다 무승부를 기록했지만 역시 부상이 너무 심해 기권한 사람들도 있었다. 하지만 쟌만큼 빨리 승부가 난 경우는 극히 드물었다. 그렇기에 쟌에게 쏠리는 사람들의 시선은 시간이 흐를수록 더욱 많아졌다.

그러는 사이 다시 쟌의 차례가 돌아왔다.

상대는 역시 근육질의 몸매를 한 20대 중반의 여자 용병이었다. 상대가 뜻밖이었는지 쟌은 가볍게 눈살을 찌푸렸다.

그가 고심하고 있는 사이 상대방도 쟌의 모습을 보고는 긴장한 듯 숨을 깊게 들이마시고는 그의 얼굴을 유심히 바라보고 있었다. 그녀도 조금 전 쟌이 상대방을 무자비하게 꺾는 모습을 보았기 때문이다.

그녀가 평범한 롱 소드를 가슴 앞에 세운 채 조심스럽게 한 걸음을 내딛자 쟌이 조금은 싸늘하게 입을 열었다.

"그냥 기권하는 것이 어때? 나에게 무기를 겨눈 자는 반드시 후회하게 돼 있거든. 왜냐고? 내가 그냥 두지 않으니까. 내가 경고를 했음에도 불구하고 계속 대항하는 자는 더욱 박살을 내지. 경고를 무시한 자에게 그에 합당한 처벌이 가해지는 것은 당연한 일이니까."

쟌의 말에 잠깐 멈칫하던 여자 용병은 기가 막히다는 표정을 지었다.

지금까지 꽤나 많은 격전을 치러봤지만 쟌처럼 대결을 벌이기도 전에 자신에게 항복을 권유하는 상대는 처음 보았다. 하지만 자신도 자신이 있었기에 이 대회에 참가한 것이니만큼 상대의 말 한마디에 무기를 거두고 물러선다는 것은 있을 수 없는 일이었다.

"흥! 그렇게 자신이 있으면 어디 덤벼보시지!"

"왜 매를 버는 거지? 이해를 못하겠군."

고개를 흔들던 쟌은 거의 무방비 상태로 여자 용병을 향해 다가들었다. 그 모습에 여자 용병은 옆으로 걸음을 옮기며 쟌과 일정한 거리를 두려 했다. 조금 전 쟌의 기민한 동작을 이미 봤기에 그녀로서는 당연한 반응이었다.

여자 용병이 좀처럼 공격할 기미를 보이지 않자 쟌은 성큼성큼 큰 걸음으로 다가들었다. 갑작스런 쟌의 행동에 찔끔한 여자 용병은 뒤로 물러섰고, 그 순간 쟌은 폭발적인 속도로 여자 용병 곁으로 다가가 그녀의 다리에 강렬한 발차기를 했다.

쟌이 조금 전 보였던 공격이기에 여자 용병은 거의 동시에 롱 소드를 내려 쟌의 다리를 향해 휘둘렀다. 하지만 쟌의 정강이는 롱 소드와 부딪치기 직전 거두어졌고, 눈 깜짝할 사이에 여자 용병의 턱을 향해 다시 날아갔다.

퍽!

둔탁한 소음과 함께 여자 용병의 머리가 크게 흔들렸고, 금방이라도 쓰러질 듯 비틀거리며 몇 걸음이나 뒤로 물러났다. 몇 번이나 머리를 흔들며 정신을 차리려 하는 모습을 바라보던 쟌이 불쌍하다는 듯 말을 건넸다.

"쯧쯧쯧, 그러기에 내가 뭐라고 했어? 기권하라고 했잖아. 어때? 지금이라도 늦지 않았으니까…….'

쨍그랑!

신경질적으로 바닥에 자신의 검을 내던진 여자 용병은 허리에 차고 있던 커다란 두 자루의 대거를 뽑아 들었다. 왼손에 든 대거는 똑바로, 오른손에 든 대거는 거꾸로 들고는 쟌을 노려봤다. 그런 그녀의 얼굴에는 격렬한 분노가 어려 있었다.

주먹으로 맞은 것도 아니고 발로 얼굴을 맞았기 때문이다. 충격이 강렬했던 것보다도 지저분한 발에 걷어차였다는 것이 더 기분 나쁜 듯했다.

대결의 승패는 어찌 되어도 좋으니 건방진 쟌의 몸뚱이에 몇 줄기의 상처를 입히지 않고는 도저히 참을 수 없을 것만 같았다.

"야앗! 죽어라!"

커다란 기합 소리와 함께 여자 용병이 달려들자 쟌은 어쩔 수 없다는 듯 고개를 흔들고는 그녀를 맞이했다. 머리를 향해 날아드는 대거를 쟌은 자신의 어깨를 향해 내리꽂히는 상대의 팔을 휘감고는 그대로 그녀의 품으로 뛰어들어 경기장 바닥을 향해 메다꽂았다.

쿵!

여자 용병은 경기장 바닥으로 내동댕이쳐지기 바로 직전 손에 들고 있던 대거를 쟌의 얼굴을 향해 재빨리 집어 던졌다. 쟌의 고개가 홱 꺾이는 것을 발견한 여자 용병은 회심의 미소를 지었다.

불과 몇십 센티미터도 안 되는 거리에서 던진 대거였다. 빗나갈 리도 만무하고 피할 만한 시간적인 여유도 없었다. 자신의 공격이 틀림없이 성공했다고 확신한 여자 용병이 자리에서 일어나려는 순간 고개를 돌렸던 쟌은 천천히 고개를 쳐들었다.

그런 쟌의 입에는 여자 용병이 던진 대거가 물려 있었다.

서서히 대거를 손에 든 쟌의 얼굴은 싸늘하게 굳어 있었다.

"감히 나에게 대거를 던져?"

"이, 이럴 수가……?"

너무나 놀라 벌린 입을 다물지 못하고 있는 여자 용병의 손목을 밟았고, 그녀가 잠시 움찔해하는 사이 쟌의 손이 빠르게 움직였다. 밟고 선 쟌은 흉악스러운 인상을 쓰며 그대로 대거를 잡은 손을 빠르게 내려 꽂았다.

팍!

"큭!"

쟌의 손에 들렸던 대거가 사정없이 여자 용병의 손등을 꿰뚫으며 경기장 바닥을 파고들었고, 고통에 찬 신음 소리와 함께 순식간에 바닥은 붉게 피로 물들었다. 얼마나 강하게 대거를 내리꽂았던지 여자 용병이 아무리 애를 써도 경기장 바닥에 박힌 대거는 꿈쩍도 하지 않았다.

좀 전과는 달리 싸늘한 얼굴로 쟌이 입을 열었다.

"더 할까?"

"크윽! 져, 졌다."

여자 용병이 패배를 인정하자 쟌은 몸을 돌려 자신의 자리로 향했고, 대기하고 있던 진행요원이 잽빨리 그녀에게 다가가 대거를 뽑으려 했지만 혼자로선 어림도 없었다. 두 명이 달라붙고서야 겨우 대거를 뽑을 수 있었다.

진행요원들의 부축을 받으며 격투장 밖으로 나가던 여자 용병은 쟌의 모습을 힐끔 쳐다봤다. 그런 그녀의 얼굴에는 뜻밖에도 분노와 원한 같은 것은 보이지 않았다.

격전은 계속해서 이어졌고, 관객들의 환호성 소리는 시간이 갈수록 더욱 커져 갔다. 뜨거운 열기가 이어지며 부상자들이 속출했고, 간간이 목숨을 잃는 자들도 나왔다.

그러는 동안 어느덧 예선전이 모두 끝나고 본선에 진출할 64명의 참가자들이 결정되었다. 그들 가운데는 알카레스도 끼어 있었다.

상대와의 대결에 익숙해진 탓인지 알카레스의 얼굴은 아침보다 훨씬 편해 보였다. 긴장했던 아침과는 달리 지금은 다른 경쟁자들이 싸우는 모습을 살피는 여유마저 가지고 있었다.

집합이 끝나자 아침에 대회의 시작을 알렸던 중년 사내가 다시 일어나 본선에 대한 설명을 시작했다.

"예선을 무사히 통과한 여러분에게 먼저 축하를 드리겠소. 점심 시간 동안 식사와 휴식을 한 후 2시에 다시 이곳에 모여 본선을 시작하겠소. 본선의 대진은 다시 추첨에 의해 동쪽과 서쪽 격투장에서 시합이 벌어질 것이오. 그리고 준결승전부터는 중앙에 마련된 시합장에서 대결이 벌어지게 되오. 부상을 입은 사람은 도움을 주기 위해 오신 프리스트께 치료를 부탁하면 될 것이고, 휴식이 필요한 사람은 식사 후 충분히 휴식을 취하도록 하시오. 여러분들의 식사는 따로 준비했으니 진행요원들을 따라가도록 하시오. 그럼 잠시 후에 만나도록 합시다."

중년 사내의 말이 끝나자 진행요원들이 다가왔고, 64명의 본선 진출자들은 그들의 뒤를 따라 식사 준비가 되어 있는 대기실로 향했다.

쟌과 알카레스도 진출자들과 함께 식사를 하기 위해 진행요원들의 뒤를 따라 걸음을 옮겼고, 치열한 예선전을 관람하던 관객들도 가지고 온 음식을 먹으며 어서 본선이 시작되기를 기다렸다.

글렌도 식당에서 미리 준비해 온 바구니를 꺼내 펼쳐 보았다. 그리 크지 않은 바구니에는 갖가지 음식이 차곡차곡 쌓여 있었다.

부드러운 화이트 레이어 케이크와 입맛을 돋우는 사과가 듬뿍 든 월도프, 신선한 과일 맛의 후르츠 펀치와 애플파이가 예쁘장한 그릇과 포장지에 싸여 있었다.

"카타리나님, 식사하시죠."

그 말에 애플파이를 집어 든 카타리나는 전혀 우아하지 않은 모습으로 크게 입을 벌리고는 애플파이를 덥석 베어 물었다. 그리고는 글렌에게 질문을 했다.

"알카레스와 그 자식의 대결은 어떻게 됐어?"

카타리나가 말한 '그 자식'이 쟌을 가리키는 말이라는 것을 깨닫고는 쓴웃음을 짓는 글렌이었다.

"두 사람 모두 예선을 통과해 잠시 후에 있을 본선에 진출했습니다."

"그래? 이 많은 인간들 가운데 그래, 그 자식을 혼내줄 인간이 하나도 없단 말이야?"

푸념 같은 그녀의 말에 글렌은 더욱 쓰디쓴 미소를 지을 수밖에 없었다.

첫 번째 덩치는 어떻게 이긴 것인지 알아챌 시간도 없이 이겼을 뿐 아니라 두 번째 여자 용병은 그렇게 심하게 하지 않았어도 될 상황이었음에도 불구하고 대거로 손에 상처를 입히는 짓까지 했다. 하지만 그전에 보여준 그의 눈부신 반응을 보면 대체 쟌이 얼마나 강한 자인지 도저히 짐작이 가지 않았다.

물론 자신이 나섰어도 쟌이 상대했던 두 사람을 이기는 것은 문제가 아니었지만 그처럼 짧은 시간에, 그처럼 간결하게 끝내기는 힘들다는 것을 인정하지 않을 수 없었다. 하지만 그 모습만 보아서는 쟌이 얼마나 강한 존재인지 전혀 짐작되지 않았다.

그에 비해 알카레스는 잔뜩 긴장을 했는지 첫 번째 상대인 큰 키의 용병을 만났을 때 상당히 고전을 하고서야 상대를 꺾을 수 있었다. 누가 기사단의 기사 아니라 할까 봐 그의 공격은 뻔히 눈에 보였다. 게다가 상대의 자세가 흐트러지면 그가 자세를 잡을 때까지 기다려 주기까지 했다. 그러니 어찌 상대를 쉽게 이길 수 있었겠는가?

거의 40분 이상 격전을 치르고야 첫 번째 상대를 꺾을 수 있었다. 그런 알카레스의 두 번째 상대는 40대로 보이는 중년 사내였는데 걸치고 있는 로브가 회색인 것을 보니 수련 마법사였다. 당연히 고생을 하리라고 생각했던 글렌의 예상과는 달리 시합을 개시하자마자 빠르게 달려들어 상대가 미처 공격 준비를 할 사이도 없이 시합을 끝내고 말았다. 그리고 그의 예선전 마지막 상대는 쟌과 마찬가지로 여자 용병이었다.

상대에 대한 배려인지 아니면 기회를 잡지 못한 것인지 알카레스는 결정적인 기회를 몇 번인가 놓쳐 버렸고, 그때마다 그는 상대의 강력한 반격을 당해야 했다. 그때마다 허둥대기는 했지만 결국 상대의 목에 자신의 무기를 갖다 대는 것으로 승부를 결정지었다.

물론 그가 전형적인 기사임을 모르는 것은 아니지만 너무나 고지식한 그의 행동과 생각에는 실소가 절로 나오는 것을 느끼는 글렌이었다. 물론 고지식하기는 하지만 알카레스의 생각이나 행동이 올바른 것이란 걸 글렌도 알았다. 하지만 잘 알기에 고전을 하는 알카레스가 안타까워 답답함을 느끼지 않을 수 없었다.

글렌이 잠시 생각에 빠져 있는 동안 식사를 마친 카타리나는 주위를 둘러보았다. 삼삼오오 모여서 식사를 하는 사람들의 모습도 보였고, 조금 전 있었던 예선전에서의 결투에 대해 치열하게 말싸움을 벌이는 사람들도 있었다.

하지만 어디에도 그녀가 관심을 가지는 보석이나 귀족가의 파티에 대해 이야기하는 사람은 없었다. 또한 이름난 기사나 미남에 관해 이야기하는 사람 역시 없었다. 한마디로 그녀의 호기심을 충족시킬 대화를 나누는 사람은 없었던 것이다.

그랬던 그녀의 눈이 갑자기 빛났다. 누군가와 대화를 나누고 있는 쟌의 모습이 보였기 때문이다. 그리고 난처한 표정을 짓고 있는 알카레스의 모습도 보였다.

무슨 일 때문인지는 알 수 없지만 쟌과 알카레스는 중년 사내에게 작은 가죽 주머니를 건넸고, 주머니를 받아 든 사내는 뭔가를 쓴 종이를 쟌에게 건넸다. 종이를 받아 든 쟌은 만족스런 미소를 지으며 종이를 받아 들었고, 그런 반면 알카레스는 뭔가 불만스러운 것이 있는지 잔뜩 인상을 쓰고 있었다.

너무나 대조적인 두 사람의 모습에 호기심이 일기도 했지만 그렇다고 찾아가 뭘 하고 있었던 것이냐 묻고 싶은 생각은 더 더욱 없었다.

잠시의 시간이 흐른 뒤 본선 진출자들이 시합장 양편으로 나뉘어 집 결했다. 그리고 다행인지 불행인지 쟌과 알카레스는 각기 양편으로 나누어 서 있었다.

"지금부터 본선 시합을 시작하겠소. 모두 네 번의 승리를 거두어야 준결승전에 참가할 수 있소. 알바도네의 가호가 여러분과 함께하시길 기원하겠소이다."

"와~"

중년 사내의 말이 끝나자 관갹들은 일제히 함성을 질렀고, 동편과 서편에 마련된 시합장에서 다시 시합이 시작되었다.

몇 번의 시합이 지나고 드디어 쟌의 차례가 되었다.

가볍게 몸을 풀며 시합장 안으로 들어서고 보니 상대는 음침한 인상의 40대 초반으로 보이는 깡마른 사내였다. 말상의 얼굴에 검게 그을린 얼굴 눈 옆에 매달린 검은 사마귀가 특징인 사내는 마법사인 듯 검은색의 로브를 걸치고 있었다.

쟌을 발견하자마자 스펠을 캐스팅한 중년 마법사는 쟌의 모습을 유심히 살피고 있었다.

가벼운 발걸음이나 자세를 보면 상당한 훈련을 받은 자인 듯 보였는데, 그를 당황하게 만든 것은 상대가 빈손이라는 것 때문이었다. 하다 못해 막대기라도 하나 들고 있으면 마음 편하게 공격하련만 빈손임에도 불구하고 태연한 표정을 짓고 있는 것이 오히려 그를 찜찜하게 만들었다.

"빈손으로 나를 상대할 생각인가?"

"왜, 빈손으로 싸우면 안 되는 것인가?"

"안 될 거야 없지만 왠지 놀림을 받는 것 같아 불쾌하군."

"나참, 별것이 다 문제군. 내가 지더라도 비겁하다 말하지 않을 테니 걱정하지 말고 어디 공격이나 해보시지. 얼마나 대단한 공격인지 어디 구경이나 한번 하자고."

자신을 놀리는 듯한 쟌의 말에 중년 마법사의 얼굴이 당장 굳어졌다. 이미 수년간 용병 생활을 하면서 많은 사람을 만나고 또 그들과 목숨을 걸고 싸워도 봤지만 눈앞에 있는 인간처럼 싸가지없는 인간은 난생처음 봤다.

자신이 캐스팅하는 것을 봤음에도 불구하고 맨손으로 나선 것은 자신을 무시했기 때문이라고 생각한 중년 마법사는 시동어를 외쳤다.

"얼마나 대단한 공격인지 똑똑히 보여주지. 체인 파이어 볼!"

중년 마법사의 손이 허공에서 커다란 원을 그리는 순간 주먹만한 크기의 불덩이 10여 개가 모습을 드러냈다. 하지만 득의양양한 얼굴로 쟌을 바라보던 중년 마법사의 얼굴은 순식간에 일그러졌다.

겁을 먹기는커녕 쟌은 굉장히 신기한 것을 봤다는 듯 호기심 가득한 눈으로 불덩이를 바라보고 있었기 때문이다. 지금까지의 경험에 의하면 대부분의 상대들이 자신의 이런 모습을 보면 그때부터 잔뜩 긴장했는데 이 인간은 겁 세포가 모두 이상이 있는지 너무나도 태연했다. 그리고 그런 쟌의 행동은 중년 마법사를 더욱 열받게 만들었다.

"픽싱 타킷! 어택!"

허공에서 불타고 있던 불덩이들은 마치 스스로 의지를 가지고 있는 생명체처럼 중년 마법사의 명령에 일제히 쟌을 향해 날아갔다. 태연한 얼굴로 그 모습을 바라보던 쟌은 불덩이가 자신과 1미터쯤 떨어졌을 때 재빨리 상체를 숙이고는 지면을 박차 올라 허공으로 치솟았다.

불덩이들이 몸을 아슬아슬하게 스치듯 지나가자 지면에 내려선 쟌은 중년 마법사를 향해 달려가려 했다. 그러다 중년 마법사의 손가락이 까딱거리는 것을 발견하고는 재빨리 뒤로 고개를 돌렸다. 역시 그의 예상대로 그의 몸을 스치고 날아갔던 불덩이들이 중년 마법사의 손짓에 따라 다시 날아오고 있었다.

몇 번이나 공중제비를 돌며 몸을 피했지만 불덩이들은 중년 마법사의 조종에 따라 계속해서 쟌에게 따라붙고 있었다.

지면에 내려서는 순간 불덩이 가운데 하나가 쟌의 가슴을 향해 날아들었고, 그 모습을 본 중년 마법사는 회심의 미소를 지었다. 파이어 볼은 마법에 의해 만들어진 것이기에 어떤 물체든 완전히 태우기 전까지는 꺼지지 않는다는 걸 누구보다 잘 알고 있었기 때문이다. 죽지는 않는다 하더라도 극심한 부상을 입을 것이 분명했고, 또 설사 쟌이 죽는다 해도 시합 중에 일어날 수 있는 일이기에 자신의 책임은 아니었다.

그러는 사이 불덩이는 쟌과 더욱 가까워졌고, 그의 가슴과 불과 30센티미터쯤 떨어졌을 때 도저히 믿을 수 없는 일이 벌어졌다. 순식간에 뒤로 몸을 눕힌 쟌은 그대로 지면을 박찼고, 어이없게도 그 자세에서 연속적으로 불덩이들을 걷어차 버린 것이었다. 당연히 쟌의 몸에서 폭발했어야 할 불덩이는 쟌의 발길질에 의해 엉뚱한 곳으로 날아갔다.

퍼엉!

폭음과 함께 파이어 볼이 떨어진 지면에서는 커다란 불길이 치솟았고, 돌 조각과 함께 흙먼지가 일어나는 것이 얼마만한 위력을 가지고 있었는지 충분히 짐작할 만했다.

모든 사람들이 멍한 표정을 짓고 있을 때 가볍게 텀블링으로 벌떡 일어난 쟌은 중년 마법사를 향해 쏜살같이 달려갔다. 자신의 공격이 성공할 것을 믿어 의심치 않았던 중년 마법사는 믿을 수없는 광경에 멍청히 서 있다가 쟌이 휘두른 무자비한 주먹에 턱을 맞고는 그대로 정신을 잃었다.

"쯧쯧쯧, 멍청하기는… 내가 누구처럼 정신차릴 때까지 기다려줄 매너 좋은 인간인 줄 알았냐?"

정신을 잃고 쓰러진 중년 마법사를 잠시 바라보던 쟌은 가볍게 혀를 차고는 자신의 자리로 향했다.

관람석에서 쟌이 피하는 모습을 보던 카타리나는 진심으로 말상의 중년 마법사가 그를 혼내주기를 진심으로 바랬다. 그리고 불덩이가 쟌을 향해 날아갔을 때 쟌이 비참한 패배를 당할 것을 확신하고 있었다. 덤으로 쟌이 큰 부상을 입길 간절히 기원했다. 하지만 쟌은 그런 카타리나의 믿음을 훌륭하게 배신했다.

공중으로 몸을 띄운 채 파이어 볼을 차버리는 쟌의 그림 같은 모습에 자신도 모르게 입을 쩍 벌리고 멍한 표정을 짓지 않을 도리가 없었다. 그리고 쟌이 휘두른 주먹에 중년 마법사가 기절할 때까지 카타리나는 벌린 입을 다물지 못했다.

"글렌, 어, 어떻게 저런 일이 가능하지? 저 자식이 숯덩이가 되어야 정상 아니야? 어떻게 저렇게 멀쩡할 수 있지? 빨리 설명해 봐!"

자신의 말에 아무런 대꾸가 없자 잔뜩 인상을 쓰며 고개를 돌리고 보니 글렌 역시 멍한 표정으로 쟌이 대결했던 시합장을 바라보고 있었다. 카타리나가 짜증스러운 음성으로 재차 입을 열자 그제야 정신을 차리고 대답을 했다.

"그, 글쎄요? 저도 저런 모습은 난생처음 보는 것이라 뭐라고 설명

드릴 수가 없군요. 파이어 볼을 발로 걷어차 버리다니…… 아마 남들에게 이런 말을 한다면 저보고 미쳤다고 할 겁니다.”

“어째서 남들에게는 불가능한 일이 저 인간한테는 가능하난 말이야? 아휴~ 정말 짜증나 죽겠네. 마법사나 돼가지고 저런 인간 하나 혼내주지 못하다니…… 대체 뭐 하러 마법을 익힌 거야?”

마치 쟌을 혼내주기 위해 마법을 익혔다고 생각을 하는지 어이없는 카타리나의 말에 글렌은 할 말이 없었다.

그러는 동안 64강전은 계속해서 진행되었고, 잠시 후 32명의 진출자가 정해졌다. 쉴 새 없이 32강전, 16강전, 8강전이 차례로 치러졌다.

쟌의 시합이 치러질 때마다 카타리나는 파르르 떨며 그의 승리를 못마땅해했다.

그녀가 중얼거리는 말을 들어보면 자신은 신에게 버림받은 게 틀림없다는 것이었다. 그렇지 않고서야 어떻게 쟌이 계속해서 승리할 수 있느냐는 말에 글렌은 더 이상 말을 할 수 없었다. 하지만 글렌은 쟌보단 반대 편 시합장에서 치열한 격전을 치르고 있는 알카레스에게 더욱 관심을 두었다.

알카레스가 근위 기사단의 십인장이라는 것은 이미 알고 있었지만 그가 준결승전에 진출한 것은 조금 의외였다. 그렇다고 그의 검술 실력이 형편없다는 것은 아니지만 그의 상대들은 대부분 알카레스에 비교하면 훨씬 풍부한 경험을 가진 자들이었다.

쟌처럼 일방적이고 화려한 승리는 아니었지만 탄탄한 방어와 지속적인 공격으로 상대를 몰아붙여 거둔 승리였다. 그야말로 방어와 공격의 모범을 보여주는 듯한 알카레스의 검술에 상대의 경험도 큰 효력을 발휘하지 못하는 듯 보였다. 하지만 글렌은 알카레스의 검술이 이전보다 훨씬 유연해지고 동작이 훨씬 간결해졌다는 것을 깨닫곤 고개를 끄덕였다.

"여기 있는 이 네 사람이 준결승에 오른 사람들이오. 여러분, 치열한 혈전을 치르고 이 자리에 선 네 명의 전사들을 위해 큰 박수를 보냅시다."

짝짝짝~

"와~"

"이제부터 벌어질 준결승전의 승패와 관계없이 이들은 9월 말에 있을 챔피언 전에 참가할 자격이 주어질 것이오. 그리고 그 챔피언 전에서 승리한 사람에게는 알바도네 교단에서 제작한 무구(武具) 일체가 지급됨과 동시에 30만 코렌의 상금이 수여될 것이오."

중년 사내의 말에 관객들은 놀라움을 금치 못했다.

작년까지만 해도 상금은 10만 코렌밖에 되지 않았고 알바도네 교단에서도 교단의 문장이 들어간 롱 소드 한 자루를 협찬하는 것이 전부였다.

30만 코렌이라면 중년 사내가 말한 대로 평생 동안 아무것도 하지 않고 먹고살아도 될 정도의 큰돈이었다. 시큰둥한 표정을 짓는 쟌과는 달리 알카레스도 놀랄 정도로 엄청난 상금이었다. 근위 기사단의 십인장인 그가 1년 동안 받는 연봉이 겨우 4천 5백 코렌에 불과했으니 평생 동안 모은다고 하더라도 불가능한 액수였다.

"오늘 우승자에게는 7만 코렌, 준우승자에게는 3만 코렌, 그리고 나머지 두 사람에게는 각각 만 코렌의 상금이 지급될 것이니 열심히 싸워주기 바라오. 그럼 지금부터 준결승전을 시작하겠소. 첫 번째는 알카레스 반 호레즈 대 페라도 디 에오스, 두 번째는 쟌 가이야 대 발그라 후 디폰의 대결이 계속해서 있겠소이다. 결승전은 두 번째 시합이 끝나고 30분 후에 벌어질 것이오."

"와~!"

관람석에서 다시 한 번 환호성이 터져 나왔다.

"잘해."

뜻밖에도 쟌이 격려의 말을 건네자 가볍게 목례를 한 알카레스는 천천히 시합장 안으로 들어섰다. 거의 동시에 상대도 시합장 안으로 들어왔다.

스르룽~

천천히 롱 소드를 뽑아 가슴 앞에 세운 알카레스는 상대를 향해 가볍게 고개를 숙였다. 그런 알카레스의 모습이 조금은 의외였는지 뜻밖이라는 표정을 짓던 상대 역시 답례하듯 고개를 숙였다.

상대를 바라보니 나이는 자신과 비슷한 20대 후반쯤이었고 둥글둥글한 얼굴에 평범한 용모였지만 입가에 걸린 의미를 알 수 없는 미소가 왠지 신경에 거슬리고 있었다.

상대가 들고 있는 무기는 컵 가드가 붙어 있는 사브르였는데, 가느다란 블레이드가 완만하게 휘어져 있는 것이 아마도 찌르는 것보다는 휘둘러 베는 것에 더 비중을 둔 것 같았다. 불규칙하게 움직이는 사브르의 끝을 주시하던 알카레스는 일반적으로 상대에게 강력한 타격을 줄 수 있는 무거운 무기를 택하지 않은 상대에게 은근히 압박을 받고 있었다.

페라도의 반격을 예상하며 알카레스가 한 걸음 내디뎠지만 상대는 가볍게 옆으로 움직이며 알카레스의 공격권에서 간단히 빠져나갔다.

알카레스가 다시 한 걸음 내딛는 순간 페라도는 순식간에 다가들며 알카레스의 가슴을 향해 사브르를 힘껏 찔렀다. 방비를 하고 있었다고는 하지만 상대의 공격은 너무나 빨랐다.

알카레스가 엉겁결에 롱 소드를 휘둘러 공격을 막아내자 페라도는 마치 그의 방어를 예상한 사람처럼 손목을 꺾었다. 가슴을 향해 휘둘러지던 사브르의 궤도가 급격하게 꺾이며 알카레스의 허벅지를 향해 날아갔다.

깜짝 놀란 알카레스는 황급히 옆으로 몸을 피했지만 완전히 사브르의 공세에서 벗어나지는 못했다.

스윽~

왼쪽 허벅지 부분의 옷이 작은 소리와 함께 잘려 나갔고 허벅지는 당장 벌겋게 물들었다. 깊은 상처는 아니었지만 상처에 신경 쓸 여유가 없었다. 페라도의 사브르가 다시 상체를 향해 날아들었기 때문이다.

알카레스는 상체를 옆으로 숙여 페라도의 공격을 피함과 동시에 롱 소드를 휘둘러 페라도의 옆구리를 공격했다.

채앵!

어느 틈에 사브르를 회수한 페라도는 알카레스의 공격을 막아냈다. 무기를 맞댄 채 잠시 힘 겨루기를 하던 두 사람은 곧 상대를 힘껏 밀어냈다.

몇 걸음 뒤로 물러섰던 알카레스는 다리에 힘을 주고 그대로 롱 소드를 올려쳤다. 하지만 통통한 몸집과는 달리 상대의 움직임은 예상외로 빨랐다. 롱 소드를 피함과 동시에 무서운 속도로 사브르를 휘둘렀다.

챙!

재빨리 롱 소드의 끝을 지면으로 향한 채 알카레스는 페라도의 사브르에 힘껏 부딪쳤고, 상대가 잠시 멈칫하는 사이 있는 힘을 다해 롱 소드를 한껏 휘둘렀다. 그러나 페라도의 반격도 만만치 않았다.

빠르게 뒤로 물러나며 페라도가 휘두른 사브르를 발견한 알카레스는 롱 소드를 내려쳐 상대의 공격을 막았다.

숨 쉴 틈 없이 상대의 빈틈을 향해 휘둘러진 두 사람의 무기는 중간 부분에서 불똥을 튀기며 계속해서 부딪쳤다. 외형상으로는 금방이라도 롱 소드에 의해 부러질 것 같았던 사브르는 몇 번이나 알카레스의 공격을 막아냈다.

사브르에 전해지는 충격을 발과 무릎으로 완화시키는 페라도의 모습에 알카레스는 이를 악물고 롱 소드의 손잡이를 두 손으로 움켜쥐었다. 그리고는 번번이 자신의 공격을 막아내던 사브르를 향해 있는 힘을 다해 내려쳤다. 그런 알카레스의 롱 소드엔 희미한 아지랑이 같은 기운이 어려 있었다.

챙! 뚝!

소름 끼치는 금속음과 함께 사브르의 중간이 부러졌고, 롱 소드는 남은 힘으로 페라도의 팔에 깊은 상처를 남겼다.

쨍강.

사브르가 지면으로 떨어지며 날카로운 소리를 냈고, 페라드는 오른쪽 상박을 잡고 두세 걸음 뒤로 물러섰다.

“시합은 끝났소. 승자는 알카레스 반 호레즈요. 박수로 그의 승리를 축하해 주시오!”

“와~”

관객들의 환호성을 들은 알카레스는 그때까지도 정신을 차리지 못하고 어리둥절한 표정을 짓고 있었다. 스스로도 자신의 승리를 믿을 수 없었던 것이다.

재빨리 상처에 포션을 뿌린 페라도는 상처에서 흐르던 피가 멎은 것을 확인하고서야 알카레스에게 말을 건넸다.

"좋은 시합이었소. 만약 나중에 폴렌 시에 찾아올 일이 있으면 나 페라도 디 에오스를 찾아주시오. 그때 다시 한 번 겨루어봅시다."

"오늘 내가 이긴 것은 운이었소. 귀하의 사브르가 부러지지 않았다면 오히려 내가 불리했을 것이오."

"운도 실력이오. 비슷한 실력에 운이 따르지 않았으니 지는 것이 당연한 것. 하지만 다음에는 다를 것이오. 그리고 승리를 축하하오."

"고맙소."

두 사람이 각기 시합장 밖으로 나서자 진행요원이 큰 소리로 외쳤다.

"다음 경기는 쟌 가이야 대 발그라 후 디폰의 시합이 있겠소! 두 사람은 지금 즉시 시합장으로 나오시오!"

머리를 좌우로 까닥거리며 앞으로 나선 쟌은 상대가 나서기만을 기다렸다. 곧 시합장 안으로 들어선 사람은 40대 초반으로 보이는 날카로운 인상의 회색 머리칼을 가진 중년인이었다. 날카로운 인상만큼이나 뾰족한 에스터크를 들고 있었는데 날렵해 보이는 체구와 상당히 어울려 보였다.

"시합 시작!"

진행요원의 외침으로 시합은 시작되었지만 쟌이나 발그라는 그저 상대를 노려볼 뿐 꼼짝도 하지 않았다. 관객들의 환호성은 시간이 지날수록 더욱 커져 갔지만 두 사람은 여전히 서로를 노려보고만 있었다.

에스터크를 늘어뜨린 발그라는 무심한 눈길로 쟌을 바라보다가 느릿하게 입을 열었다.

"무기를 들어라. 그렇지 않으면 넌 죽는다."

"능력이 되시면 어디 죽여보시지."

쟌의 입가에 걸린 조소를 본 발그라의 눈은 더욱 깊게 가라앉았다. 천천히 에스터크를 쳐들어 가슴 앞에 세운 발그라는 왼손을 허리 뒤쪽에 댄 채 비스듬히 몸을 틀고는 가볍게 무릎을 굽혔다.

"나를 무시한 죄로 넌 두 번 죽는다. 차앗!"

발그라의 무릎이 빠르게 굽혀졌다 펴졌다고 느끼는 순간 에스터크는 어느새 쟌의 목을 향해 뻗어지고 있었다.

슉!

공기를 가르는 소리와 동시에 에스터크가 날아들었지만 쟌은 이미 뒤로 두 걸음 정도 물러서 있었다. 발그라의 전진 속도가 예상외로 빠르다고 느낀 쟌은 주먹을 말아 쥐고는 발끝으로 가볍게 뛰기 시작했다.

쟌의 반응에 발그라는 더욱 안색을 굳히곤 에스터크를 휘둘러 쟌의 목을 계속해서 노렸다.

거대한 송곳처럼 생긴 에스터크는 오로지 찌르기 공격만을 위해 만들어졌다고 해도 과언이 아닌 무기였다. 에스터크의 끝은 바늘 끝처럼 뽀족했지만 상대를 벨 수 있는 블레이드 부분이 없기에 지금처럼 베는 동작은 전혀 무의미한 행동이었다. 하지만 발그라가 들고 있는 에스터크는 일반적인 에스터크와는 달리 엄청난 탄력을 가지고 있는 듯 활처럼 휘어지고 있었다.

에스터크의 끝이 쟌의 목을 향하는 순간 힘껏 팔을 뻗어 2차 공격을 하는 발그라였다.

재빨리 상체를 숙인 쟌은 그대로 지면을 박차고 발그라의 품 안으로 뛰어들었다. 그리고는 힘껏 주먹을 휘둘렀다.

휘익!

그러나 순순히 당할 발그라가 아니었다. 재빨리 왼팔을 들어 쟌의 오른 주먹을 막았다.

발그라의 왼팔과 부딪쳤던 쟌은 순간 오른손이 쩌릿한 것을 느끼고는 재빨리 뒤로 물러섰다. 손으로 느낀 감촉은 틀림없는 금속 덮개였다.

주먹을 폈다 오므렸다를 반복하는 쟌의 행동을 본 발그라의 입가가 비틀어졌다.

"후회는 아무리 빨라도 늦는다는 것을 똑똑히 가르쳐 주마. 사례는 네 목숨을 받는 것으로 대신하겠다."

"거참, 생긴 것 답지 않게 계집애처럼 말이 많은 놈이네. 내 목숨을 받겠다고? 넌 아마 지금 내게 절대 해서는 안 될 말을 했다는 걸 모르고 있겠지? 그렇다면 난 얼음장 같은 네놈의 얼굴을 박살 내는 것으로 사례를 대신하지."

쟌이 자신의 말투를 흉내 내자 발그라의 얼굴은 다시 무표정하게 변했다. 그런 발그라의 얼굴에서 눈을 떼지 않은 채 쟌은 품에서 긴 두 개의 가죽을 꺼내 양손에 동여맸다. 그리고는 조금 전처럼 가볍게 뛰기 시작했다.

시합장에는 다시 팽팽한 긴장감이 어리기 시작했고, 관객들은 숨을 죽인 채 두 사람의 승부에서 눈을 떼지 못했다.

발그라는 우승 후보로 첫손 꼽을 정도로 뛰어난 검술 솜씨를 가진 자로 이미 여러 대회에서 우승한 경험이 있었고, 쟌은 바리타스 왕국에서는 흔히 볼 수 없는 너클 파이터로 지금까지의 모든 대결을 눈 깜짝할 사이에 끝낸 막강한 실력파였다.

파이어 볼을 발로 걷어차는 놀라운 실력을 가지고 있으면서도 태연하게 잔인한 행동을 서슴지 않는 쟌의 행동에 사람들의 관심이 쏠리지 않을 까닭이 없었다.

그러나 항상 예외는 있는 법.

카타리나만은 쟌의 행동에 열광하는 관객들의 태도에 노골적으로 기분 나쁘다는 표정을 짓고 있었다. 그녀로서는 도저히 그런 관객들의 반응을 이해할 수 없었던 것이다.

칙칙하기 이를 데 없는 검은 머리카락에 평범한 얼굴, 평범한 체격, 어디 한 군데라도 사람들의 시선을 끌 만한 특별한 곳이 없는 그의 어디를 보고 이렇게 열광을 한단 말인가?

더더구나 자신에게 무례하기 이를 데 없었던 쟌의 지난 행적들을 떠올리자 카타리나는 새삼스럽게 분노가 치미는 것을 느꼈다. 공주라는 신분은 젖혀놓고라도 어떻게 여자를 완력으로 굴복시키려 한단 말인가?

저런 야만인이 세상에 존재할 것이라고는 생각조차 해본 적이 없었다.

지금 당장이라도 자오넨 자작에게 자신의 신분을 밝히고 쟌을 죽여버리라고 하고 싶었지만 그럴 수도 없는 것이 현재 그녀가 처한 상황 때문이었다. 글렌에게서 바리타스 왕국에 잠입해 있는 트레슈나 제국의 스파이들에 대한 이야기를 들었기 때문이다. 누가 제국의 첩자인지 모르는 상황에서 함부로 신분을 밝혔다가는 납치가 아니라 목숨을 잃을지도 모르는 일이었다.

그러는 사이 쟌과 발그라는 다시 접전을 벌이고 있었다.

"차앗! 산화(散花)!"

기합 소리와 함께 쟌의 다리가 빠르게 움직이더니 순식간에 10여 개로 늘어나 발그라의 전신으로 날아들었다.

하늘하늘 바람에 날리는 꽃잎들처럼 허공을 가득 메운 쟌의 발 그림자. 갑작스런 쟌의 공격에 잠시 동안 당황하던 발그라는 에스터크로 막기보다는 옆으로 피하는 쪽을 택했다. 하지만 그것은 쟌의 공격을 너무 단순하게 생각한 것이었다.

허공을 가득 메운 쟌의 발 그림자가 여전히 일정한 간격을 유지하며 전신으로 날아오는 것을 발견한 발그라는 어쩔 수 없이 에스터크로 쟌의 다리를 공격했다. 그렇지만 발그라의 에스터크에 걸리는 것은 아무것도 없었다.

시야를 온통 가렸던 쟌의 발은 마치 지각을 가진 생명체처럼 너무나도 간단히 발그라의 공격을 피하는 것이었다. 단순히 피하기만 한 것이 아니었다. 급격한 궤적을 그리며 떨어지던 쟌의 발은 에스터크를 잡고 있던 손목 부분을 정확하게 가격했다.

퍽!

둔탁한 소리와 함께 발그라의 손목이 힘없이 꺾였고, 허공으로 에스터크가 튀어 올랐다. 하지만 발그라는 재빨리 왼손으로 에스터크의 손잡이를 움켜잡고는 그대로 내뻗어 쟌의 머리를 노렸다.

슉!

공기를 가르는 소리와 함께 날아든 에스터크를 상체를 숙여 피함과 동시에 왼손으로 발그라의 팔을 휘감았고, 몸을 회전시켜 그의 몸 뒤로 돌아간 후 즉시 오른팔을 굽혀서는 팔꿈치로 발그라의 뒷덜미를 사정없이 강타했다.

퍽!

미처 피하고 말고 할 시간적 여유도 없었다.

뒷덜미에 강렬한 충격을 받은 발그라는 금방이라도 쓰러질 듯 비틀거리며 몇 걸음 앞으로 발걸음을 내디뎠지만 쟌의 공격은 그것으로 끝난 것이 아니었다.

발그라의 등을 그대로 왼쪽 무릎으로 찍어버리자 격한 신음과 함께 그의 허리는 뒤로 꺾였고, 가죽으로 감싼 쟌의 왼손 주먹이 연이어 발그라의 턱에 사정없이 작렬했다.

뚝 하는 소리와 함께 발그라의 턱이 부서졌고, 그대로 내려친 쟌의 팔꿈치에 그의 가슴뼈엔 금이 갔다. 하지만 쟌의 공격은 아직 끝나지 않았다.

제자리에서 맹렬하게 회전한 쟌은 그 원심력을 이용해 오른손 주먹으로 발그라의 옆구리를 강타했다. 몇 개의 뼈가 부러지는 소리와 함께 발그라의 옆구리가 그대로 함몰되었다. 동시에 발그라의 몸은 몇 미터 밖으로 낙엽처럼 날아갔다.

"쟌, 쟌 가이야의 승리요!"

쟌의 팔꿈치 공격이 성공할 때부터 마지막 공격으로 발그라의 몸이 날아갈 때까지는 겨우 한두 번 눈을 깜빡일 시간밖에 걸리지 않았다. 미처 진행요원이 쟌을 제지할 틈도 없었다. 그야말로 눈이 돌아갈 정도로 엄청난 콤비네이션이었다.

쟌의 시합을 지켜보던 관객들은 너무나 놀란 나머지 환호성을 터뜨릴 생각도 하지 못하고 있었다. 하지만 그것도 잠시, 곧 엄청난 환호성이 터져 나왔다.

쟌은 당연한 듯한 표정을 짓곤 자신의 자리로 돌아와 앉으며 알카레스가 자신을 쳐다보는 것을 발견하고는 뜻 모를 미소를 지었다. 그가 무슨 생각으로 자신을 바라보는 것인지, 또 그가 무슨 생각을 하는 것인지 알겠다는 듯한 쟌의 태도에 알카레스는 곤혹스러운 표정을 지었다.

방금도 직접 자신의 눈으로 확인한 것이지만 비록 쟌이 무기를 들지 않았다 하더라도 누구보다 위험하다는 것은 잘 알고 있었다. 하지만 너무도 강렬한 그의 공격을 직접 본 알카레스로서는 그와의 대결이 너무나도 두렵기만 했다.

무기를 들고 공격한다면 그 공격이 노리는 것을 대부분 짐작할 수 있었다.

두껍고 무거운 무기는 찌르기보다는 휘두르기에 적합한 무기였고, 가볍고 얇은 무기는 휘두르기보다는 찌르기에 알맞은 무기였다. 그래서 대응할 수 있는 수비 방법도 거의 정해져 있다시피 한 것은 검술을 익힌 사람이라면 누구라도 알고 있는 사실이었다.

알카레스는 프리스트에게 치료를 받으면서도 조금 떨어진 곳에 앉아 자신을 바라보고 있는 쟌에게서 위압적인 어떤 분위기를 느끼고 있었다. 알카레스가 숨을 크게 들이쉬었을 때 그의 상처를 치료해 주던 젊은 프리스트가 말을 건넸다.

"상처는 이미 치료가 완료되었습니다. 쓰러진 상대에게 무자비하게 공격하는 무례한 저자보다는 당신 같은 훌륭한 기사가 이기기를 간절히 바라겠습니다."

"고맙습니다."

"아무리 심한 상처라 하더라도 제가 치료해 드릴 테니까 후회없는 승부를 나누시길 바랍니다."

젊은 프리스트의 말에 고개를 끄덕이면서도 알카레스는 자신이 어떻게 해야 쟌에게 효과적인 공격을 할 수 있을 것인지 그것에 대해 고심했다.

하렌과의 대결, 글렌과의 대결, 또 예선전부터 지금까지의 대결을 너무도 자세히 지켜보았기에 아무리 쟌이 무기를 들지 않았다 하더라도 결코 자신이 유리하다고 볼 수 없었다.

물론 쟌에 비해 자신의 실력이 떨어진다는 것을 모를 알카레스는 아니었지만 지더라도 스스로 용납할 수 있는 패배를 당하길 원했다.

"지금부터 결승전을 시작하겠소. 준결승전에서 승리를 거둔 쟌 가이야와 알카레스 반 호레즈는 지금 즉시 시합장으로 나오시오."

"와~"

"와아~"

마침내 알카레스가 그렇게 기다리고 기다렸던 순간이 다가왔다.

자리에서 일어난 알카레스는 먼저 자신의 옷매무새부터 살폈다.

몇 겹의 몬스터 가죽을 덧붙여 만든 라이트 레더가 가슴 부분에 정확하게 있는가를 살펴봤고, 언제든 뽑을 수 있게 자신의 롱 소드가 제자리에 있는지를 확인했다.

"지금부터 쟌 가이야와 알카레스 반 호레즈의 결승전을 시작하겠소이다."

"와~"

모든 것이 제자리에 있는 것을 확인하고서야 알카레스는 시합장으로 발걸음을 옮겼다.

알카레스가 걸음을 옮길수록 관객들의 함성 소리는 더욱 커져 갔고, 그가 쟌과 5미터쯤 떨어진 곳에 도착했을 때 관객들의 함성 소리는 극에 달했다.

여전히 두 팔을 늘어뜨리고 있는 쟌의 모습에선 역시 어떤 빈틈도 찾아볼 수 없었다. 아니, 빈틈이 있었을지도 모르지만 지금 알카레스의 실력으로서는 전혀 발견할 수 없었다.

알카레스가 크게 숨을 들이마셨을 때 쟌이 입을 열었다.

"설마 결승전까지 진출할 줄은 미처 예상하지 못했어. 부상은 좀 어때?"

"상처는 이미 나았소."

"그래? 그럼 어디 근위 기사는 얼마나 대단한 솜씨를 가졌는지 맛이 나 볼까?"

말과 함께 쟌은 다리를 어깨 넓이로 벌린 채 양팔을 자연스럽게 늘어뜨리고 있었고, 알카레스는 아무런 말도 없이 롱 소드를 뽑아 가슴 앞에 치켜세웠다.

분명 상대가 자신보다는 뛰어난 실력을 가지고 있다 생각했기에 알카레스는 팔을 늘어뜨리고 있는 쟌의 무방비한 모습을 보고도 선뜻 공격할 수 없었다.

쟌이 가지고 있는 능력이 얼마나 되는지 짐작할 수는 없었지만 조금이라도 방심하면 자신은 반격할 기회조차 잡지 못할 것이란 생각에 쉽사리 움직일 수 없었다.

관객들의 환호성은 시간이 지날수록 커졌지만 오히려 알카레스에게는 커다란 부담이 되었다. 그런 반면 쟌은 너무나도 태연한 표정으로 알카레스를 바라보고 있었다.

결국 자신을 지켜줄 수 있는 것은 지금까지 수없이 연습해 왔던 자신의 검술뿐이란 생각에 알카레스는 두 발을 벌리고 서서 롱 소드의 끝을 내려 쟌의 가슴을 향해 겨누었다. 하지만 역시 쉽게 공격할 수는 없었다.

무의식 중에 원을 그리듯 옆으로 움직인 알카레스는 시선만 움직이는 쟌의 태도에 기습이라면 자신에게도 승산이 있을지 모른다는 생각이 들었다. 롱 소드의 끝이 가슴에서 우중단을 향하는 순간 알카레스는 달려나갔고, 쟌은 그때까지도 그저 알카레스의 행동을 지켜보고만 있었다.

알카레스의 롱 소드가 머리 위로 떨어지는 순간 쟌은 신속하게 뒤로 물러섰고, 그런 쟌의 반응에 알카레스는 더 이상 접근하지 않고 한 걸음 뒤로 물러서며 상대의 기습적인 공격에 즉시 반격할 준비를 했다. 하지만 쟌의 공격은 없었다.

오히려 쟌은 그런 자신의 반응이 훌륭하다는 미소를 보내고 있었기에 알카레스는 왠지 자존심이 상하는 것을 느꼈다. 차라리 조금 전 준결승 때처럼 일방적인 공격을 퍼부어 자신을 꺾었다면 차라리 자존심만은 지킬 수 있었을 텐데라는 생각이 들었다.

"좋은 자세야. 지금부터 공격할 테니까 조심하는 것이 좋을 거야. 난격(亂擊)!"

주먹을 단단하게 말아 쥔 채 미끄러지듯 알카레스의 곁으로 다가선 쟌은 알카레스의 상체를 향해 사정없이 주먹을 휘둘렀다. 그 움직임이 얼마나 빨랐는지 10여 개의 주먹은 희미한 잔상을 만들며 허공을 가득 메우고 있었다.

알카레스는 움찔하며 롱 소드를 들었지만 쟌의 주먹은 살아 있는 생명체처럼 상대의 검을 피해 그의 가슴으로 파고들며 명치를 가격했다. 하지만 알카레스도 그냥 서서 당하지는 않았다.

재빨리 몸을 옆으로 피하며 롱 소드를 아래에서 위로 쳐 올리며 방어와 동시에 쟌의 가슴과 복부를 공격했다. 비록 쟌만큼 빠른 공격은 아니었지만 정확하고 간결한 공격이었다. 하지만 쟌은 그런 알카레스의 반격을 예상이라도 했는지 눈부신 속도로 손을 뻗어 그의 팔을 잡고는 몸을 회전시키며 그대로 집어 던졌다.

너무나 빠른 쟌의 공격에 알카레스는 비명을 지를 새도 없이 허공을 날아갔다. 가까스로 몸을 뒤틀어 위태위태하게 지면에 내려섰을 때 이미 곁으로 다가온 쟌은 사정없이 알카레스의 뒷덜미를 향해 강렬한 돌려차기를 선사했다.

신음을 터뜨릴 사이도 없이 앞으로 몸을 날린 알카레스는 롱 소드를 휘둘러 쟌의 다리를 공격했다.

백텀블링으로 뒤로 몸을 날린 쟌은 즉시 자세를 낮추고는 오른손의 손가락을 꼿꼿하게 펴 평평하게 만들어 가슴 앞에 세우고는 한껏 상체를 비틀었다. 그리고는 알카레스가 일어나기만 기다렸다.

한 번도 본 적이 없는 독특한 쟌의 자세에 알카레스는 황급히 롱 소드를 들어 수비하려 했지만 쟌의 행동이 더 빨랐다. 구부렸던 왼발이 지면을 박차는 순간 눈 깜짝할 사이에 알카레스에게로 다가갔다. 동시에 오른발이 지면을 내딛는 순간 오른 손바닥을 힘껏 회전시켜 알카레스의 가슴을 가격했다.

펑!

커다란 가죽 공이 터지는 듯한 커다란 소리와 함께 알카레스는 사정없이 뒤로 날아갔다. 알카레스는 몇 바퀴나 지면을 구른 후 몸을 멈추려 안간힘을 썼고, 겨우 시합장을 표시하던 원의 경계에서 아슬아슬하게 멈출 수 있었다.

비록 타격을 받은 곳은 가슴이었지만 항거할 수 없는 거대한 힘에 의해 몸 전체가 날아갔다는 느낌이 들었다. 정신을 차린 알카레스가 반격을 준비하려고 롱 소드를 들었을 때 갑자기 입 안에 비릿한 맛이 퍼지더니 참을 수 없는 구역질이 치밀었다.

“우욱! 욱!”

몇 모금의 선혈을 토해내고서야 알카레스는 겨우 몸을 똑바로 세울 수 있었다. 알카레스가 안간힘을 써서 롱 소드를 세웠을 때 쟌이 입을 열었다.

"그만두는 게 좋아. 별 이상이 없는 것 같지만 지금 내장에 상당히 심각한 충격을 입었어. 다시 한 번 내부에 타격을 받으면 아마 내장은 넝마처럼 갈가리 찢길 거야."

쟌의 말에 알카레스는 피가 날 정도로 입술을 깨물었지만 그의 말대로 속이 엉망인 것을 스스로도 느끼고 있었다. 그렇지 않아도 쟌에 비해 자신의 실력이 떨어지는 것을 느끼고 있는 지금 부상을 입은 몸으로 그에게 이길 수 있는 방법은 더욱 없다는 것을 누구보다 잘 알고 있었다.

"져, 졌소."

"결승전의 승자는 쟌 가이야요! 모두 우승자에게……!"

"와~"

짝짝짝~

관객들의 열렬한 환호성이 일제히 터져 나왔고, 쟌은 미소를 지은 채 그런 관객들을 향해 여유있게 손을 흔들었다.

그 모습이 얼마나 자연스러웠던지 알카레스는 자신의 패배도 잊고 쓴웃음을 지었다. 그와 함께 역시 예상한 대로 쟌의 실력은 대단하다는 것을 인정하지 않을 수 없었다.

특히 쟌의 마지막 공격은 대단했다.

인간의 맨손 공격이, 그것도 특별한 부위를 공격한 것이 아니라 그저 손바닥으로 가슴을 공격했는데도 불구하고 마치 폭풍에 휘말린 것처럼 자신의 몸이 날아갔다는 사실을 지금도 믿을 수 없었다.

그러는 사이 다가온 쟌이 알카레스의 어깨를 툭 쳤다.

“뭘 그렇게 생각하고 있는 거야?”

“조금 전 그 공격… 대체 어떤 식으로 공격한 것이기에 겉은 멀쩡한데 속만 이렇게 상하게 만든 거요?”

“진각(震脚)과 전사(纏絲)로 샌긴 힘을 조화시켜 상대에게 강렬한 타격을 입히는 거지. 발경(發勁)이라고 하는데, 들어본 적이 없지?”

“진각? 전사? 발경? 그런 말은 지금까지 단 한 번도 들어본 적이 없소.”

“그럴 거야. 참! 그보다 속은 괜찮아? 물론 전력을 다하지는 않았지만 겉은 멀쩡해도 속은 엉망일 거야. 그러니 한시라도 빨리 치료를 받는 것이 나중을 위해서라도 좋아.”

상대의 기분은 아랑곳하지 않고 자신은 전력을 다하지 않았다느니, 빨리 치료하는 것이 좋을 것이라느니 하는 말을 서슴지 않고 하는 쟌의 무신경함은 여전했다.

알카레스가 알바도네 교단의 프리스트에게 치료를 받는 동안 석양은 점차 붉게 물들어갔다.

“알바도네의 보살핌으로 큰 불상사 없이 대회를 마치게 된 것을 다행으로 생각하며, 마지막으로 자오넨 자작님의 폐회사가 있겠습니다. 큰 박수로 맞이해 주십시오.”

중년 사내의 말에 앞으로 나선 자오넨 자작은 한껏 근엄한 표정을 지으며 입을 열었다.

“오늘 대회는 많은 전사들이 참가해 주어 대성황을 이룬 대회였소. 많은 참가자들이 참여해 대회를 빛내준 점 정말 고맙게 생각하오. 9월 말에는 더욱 성대한 대회가 될 수 있도록 만전을 기할 테니 그때도 이곳 주넨 경기장을 찾아주시오. 아마 바리타스 왕국 최대의 축제가 될 것이오."

"와~"

"와~"

관객들의 열렬한 환호성을 들은 자오넨 자작은 만족한 듯 흐뭇한 미소를 지으며 자신의 자리로 돌아갔다.

치료를 받는 알카레스 곁에 있던 쟌에게로 카타리나와 글렌이 다가왔다.

"축하하오."

글렌의 말에 쟌은 당연하다는 듯 미소를 씨익 지었다.

"당연한 걸 뭘 축하씩이나……."

"흥! 이따위 무례한 자가 우승을 하다니… 우리 왕국에도 정말 인재가 없군."

"까불면 맞는다고 했지? 후후후, 하지만 오늘은 상당히 기분이 좋으니 특별히 용서해 주지."

글렌은 그가 격투 대회에서 우승했기 때문에 기분이 좋은 것이라 생각했지만 쟌의 다음 말에 자신의 판단이 형편없이 빗나갔다는 걸 인정해야만 했다.

"이렇게 쉽게 큰돈을 벌기란 쉬운 일이 아니거든. 게다가 배당금까지 합치면 정말 상당한 돈이 될 거야."

"배당금? 그게 무슨 소리요?"

글렌의 반문에 오히려 쟌이 어리둥절한 표정을 지었다.

"배당금 몰라, 배당금? 누가 우승할 것이냐 하는 것에 거는 도박 있잖아. 거기에 나랑 알카레스가 돈을 걸었거든. 나는 승률이 상당히 낮았으니까 배당금이 상당히 될 거야."

쟌의 대답에 글렌은 황당하다는 표정을 지었고, 알카레스는 비록 쟌의 강요에 의한 것이기는 했지만 도박을 했다는 것에 상당히 불만스러운 표정을 지었다.

카타리나는 말이 필요없을 정도로 역력하게 상대를 경멸하는 표정을 지었다. 하지만 쟌은 신경도 쓰지 않았다.

그러는 사이 그들에게 사회를 보던 중년 사내가 다가왔다.

"우승을 축하합니다. 이번 대회에 너클 파이터가 참석할지도 몰랐고, 설마 우승을 할 줄은 더 더욱 몰랐습니다. 겉으로 보기엔 그렇게 강해 보이지 않는데 어디에 그렇게 강한 힘이 숨어 있는 것인지 정말 궁금하군요. 다시 한 번 우승을 축하드립니다."

"고맙소이다. 그런데 우승 상금은 어디서……."

"아~ 상금은 내일 시청에서 받으시면 됩니다. 간단히 신원을 확인한 후 시장님께서 직접 지급하실 겁니다."

"알겠소이다."

쟌의 대답을 들은 중년 사내는 근처에서 치료를 받고 있던 알카레스에게 말을 건넸다.

"부상은 심하십니까?"

"그냥 견딜 만하오."

"검술에 대해서 잘은 모르지만 상당히 정통적인 검술을 익히신 분 같던데…… 정말 아깝게 되었습니다. 하지만 9월 말에 성대한 대회가 다시 열리니 그때 설욕하시면 될 겁니다. 그리고 귀하의 상금 역시 내일 시청에서 지급할 것이니 받아가도록 하십시오."

"알겠소이다."

"그리고 괜찮으시다면 자작님께서 저녁 식사에 두 분을 초대하겠다는 말씀을 하셨습니다만…… 어떻게 하시겠습니까?"

중년 사내가 자오녠 자작의 초대를 알렸지만 두 사람에게서 돌아온 대답은 뜻밖이었다.

"거절하겠소이다."

"예?"

"못 들었소? 자작님의 초대를 거절하겠단 말이오. 개인적으로 처리해야 할 일이 있소."

"시, 실례지만 그 일이 무슨 일인지 알 수 있겠습니까?"

여전히 눈이 휘둥그레진 얼굴로 중년 사내가 묻자 쟌의 눈매가 가늘어졌다. 아마도 계속된 질문에 슬슬 열을 받는 모양이라고 알카레스나 글렌은 생각했고 또 그 판단은 상당히 정확했다.

"내가 그것까지 밝혀야 될 이유는 없을 것 같은데……."

쟌에게서 전해지는 위압감에 슬그머니 고개를 돌린 중년 사내가 이번에 알카레스에게 물었다.

"귀하께서는……."

"나 역시 거절하겠소. 보시다시피 상당한 부상을 입었는지라 초대에 응한다고 하더라도 오래 있지도 못할 것이오. 그건 자작님께도 예의가 아니지 않소. 오늘은 치료를 받은 후 쉬고 싶소이다."

알카레스의 정중한 거절에 중년 사내는 잠시 고심을 하다가 고개를 끄덕였다.

"알겠습니다. 자작님께는 그렇게 전해 드리겠습니다. 그럼 9월에 있을 챔피언전에서 뵙겠습니다. 그럼 이만……."

중년 사내가 사라지고도 한참 동안 쟌은 경기장을 빠져나가는 관객들을 유심히 살피고 있었다. 그들 가운데 자신을 알아볼 사람이 없을

것임을 잘 알고 있으면서도 미련을 버리지 못하는 쟌이었다. 관객들이
모두 빠져나간 후에야 쟌은 일행에게 말했다.

"우리도 가지. 오늘은 알카레스가 고생한 날이니 내가 한 턱 낼게."

"난 부상 때문에 술은 마실 수 없잖소. 그냥 쉬고 싶소."

"까불지 말고 따라와. 그리고 내가 언제 술 마신다고 했어? 넘겨짚
지 마."

쟌의 말에 알카레스는 할 말을 잃은 듯 멍하니 쟌의 얼굴만을 쳐다
봤다.

시합장을 빠져나온 쟌과 일행은 거리를 가득 메운 사람들을 발견하
고는 조금 놀란 표정을 지었다. 설마 이렇게 많은 사람들이 아직도 흩
어지지 않고 있을 줄은 미처 예상하지 못했기 때문이다.

쟌을 발견한 사람들은 일제히 환호성을 터뜨렸다.

"와~ 너클 파이터다!"

"우승자다!"

"이렇게 보니까 정말 잘생긴 얼굴인데……. 축하합니다."

격렬하다고 할 정도의 환호성에 잠시 어색한 표정을 짓던 쟌은 그들
을 향해 손을 흔들어주었다. 사람들의 환호성에 당연하다는 듯 쟌은
미소를 지으며 유유히 걸음을 옮겼지만, 글렌과 알카레스는 고개를 들
지 못했고, 카타리나는 사람들의 반응을 도저히 이해하지 못하겠다는
표정이 역력했다.

환호성은 한동안 계속되었고, 쟌은 어딘가를 향해 거침없이 발걸음
을 옮겼다. 하지만 한 턱 내기로 한 쟌이 식당을 몇 개나 그냥 지나치
자 카타리나는 더 이상 참지 못하고 짜증스러운 음성으로 입을 열었다.

“대체 어디로 가는 거야?”

“잔말 말고 따라와. 거의 다 왔으니까.”

“대체 어떤 음식으로 한 턱을 내려고 이 고생까지 해야 하는 거야?”

투덜대는 카타리나의 투정은 들은 척도 하지 않고 걸음을 옮기던 쟌의 발걸음이 곧 멈춰졌다. 쟌의 시선이 멈춘 곳에는 ‘달 그림자’ 라는 운치있는 이름을 가진 상당한 규모의 식당이 있었다.

“들어가지.”

앞장서서 식당 안으로 들어선 쟌은 찾는 사람이 있는지 식당 안을 쭉 살펴봤다. 하지만 찾는 사람을 발견하지 못했는지 시간이 지날수록 쟌의 얼굴은 딱딱하게 굳어, 아니, 험상궂게 일그러졌다.

쟌의 눈매가 극도로 가늘어졌을 때 날렵한 체격을 가진 점원이 다가와 입을 열었다.

“저희 달 그림자를 찾아주셔서 진심으로 감사드립니다. 저희 달 그림자는 웨스펀 시 최고의 맛을 자랑하는 식당으로 최고의 요리사와 친절한…… 캑! 캑!”

10대 후반으로 보이는 점원은 쟌이 갑자기 자신의 목을 움켜쥐자 순식간에 얼굴이 시뻘겋게 변한 채 숨을 몰아쉬었다.

“무세인, 그 자식 어딨어?”

“모… 모…….”

점원은 애절한 표정으로 본인의 목을 가리키며 풀어줄 것을 간절히 원했다. 쟌이 손을 놓아주자 점원은 그제야 겨우 숨을 몰아쉴 수 있었다. 하지만 점원이 좀처럼 입을 열 생각을 하지 않자 쟌은 다시 한 번 손을 뻗어 그의 멱살을 움켜잡고는 자신의 얼굴 앞으로 끌어당겼다.

“나 성미 무지하게 급한 놈이야. 가게를 다 때려부수기 전에 빨리 그 자식이 어디 있는지 말해!"

"저, 저희 식당 3층이 도박장입니다. 거, 거기에 가시면 그분을 만나실 수 있을 겁니다."

"그 자식이 있는 게 확실해?"

"트, 틀림없습니다. 조금 전에 올라가는 것을 제 두 눈으로 틀림없이 확인했습니다."

"3층으로 통하는 다른 통로가 있어?"

"어, 없습니다, 손님."

"확인해 보고 만약에 없다면 네 녀석의 뼈마디를 모조리 부러뜨려 주마."

한바탕 위협을 한 쟌은 천천히 계단을 올라가기 시작했다.

무슨 이유로 도박장을 찾은 것인지 깨달은 글렌과 알카레스는 쓴웃음을 지으며 쟌의 뒤를 따랐고, 카타리나는 열이 받은 쟌의 모습에 고소하다는 표정을 지으며 계단을 올랐다.

2층을 거쳐 3층에 도착했을 때 일행은 벌린 입을 다물 수 없었다.

30미터가 넘는 길이에, 20미터에 이르는 폭에, 높이만 해도 4미터는 족히 될 것 같은 상당한 넓이의 도박장이었다. 하지만 정작 일행을 놀라게 한 것은 도박장의 넓이가 아니라 빼곡하게 들어선 도박 테이블과 테이블에 모여 있는 엄청난 수의 도박꾼들이었다.

자욱한 담배 연기에 아슬아슬한 복장을 한 웨이트리스들이 쟁반에 술병과 잔을 올리고는 발 디딜 틈도 없이 복잡한 테이블 사이를 곡예하듯 지나다니고 있었다. 또 도박장 한쪽 벽에는 조금 전 격투 대회의 64강전 참가자들의 이름이 빼곡하게 적혀 있었다. 그리고 그 벽 앞에 쟌이 찾던 인물이 곤란한 표정을 지은 채 사람들에게 둘러싸여 있었다.

“지금부터 한 놈도 이 자리를 도망치지 못하게 입구를 지키도록 해.”

미처 두 사람이 대답을 할 사이도 없이 쟌은 거칠게 도박꾼들 사이를 헤치고 지나갔다.

“뭐, 뭐야?”

“누구야?”

“어떤 빌어먹을 자식이야?”

갖가지 욕설을 퍼붓던 도박꾼들은 살벌한 쟌의 눈빛에 본인도 모르게 입을 다물었고, 쟌은 도박꾼들의 반응에는 아랑곳하지 않고 자신이 찾던 자를 향해 일직선으로 걸음을 옮겼다.

“왜 배당금을 안 주는 거야?”

“나도 빨리 달란 말이야. 이봐, 무세인. 배당금 안 줄 거야?”

사람들의 성화에 중년 사내 무세인은 이마에 가득 맺힌 식은땀을 닦고 있었다.

“자, 잠깐만 기다리시오. 곧 배당금을 지급할 테니까 제발 차례를 지켜주시오.”

무세인의 말에도 배당금을 타기 위해 모여든 사람들이 좀처럼 진정하지 못하고 있을 때 그들을 거칠게 헤치고 앞으로 나서는 사람이 있었다.

그를 발견한 무세인의 안색은 금세 허옇게 변했다.

“내놔.”

“가, 가이야 씨.”

“잔말 말고 빨리 배당금 내놓으란 말이야.”

“그, 그게…….”

무세인은 식은땀을 뻘뻘 흘리며 말을 더듬거렸다. 상대의 반응이 마음에 들지 않았는지 쟌의 눈매가 극도로 가늘어졌다. 쟌의 표정 변화에 무세인은 황급히 침을 삼키고 변명을 시작했다.

"그, 그게 워낙 배당이 높은지라 아직 돈을 마련하지 못했소이다."

"몇 배야?"

"……."

쟌의 질문에 무세인은 선뜻 다답하지 못했다. 쟌의 질문에 대답한 사람은 조금 전 배당금을 달라고 무세인에게 조르던 사내였다.

"배당은 무려 632배요. 여태껏 주넨 경기장에서 터진 배당 중 최고의 배당이오."

"632배? 그럼 내가 모두 960코렌을 걸었으니까… 그럼 몽땅 얼마야?"

"632배에 960코렌? 그, 그럼 모두… 60만… 6,720코렌?"

자신있게 입을 열었던 사내는 곧 멍한 표정을 짓고는 말꼬리를 흐렸다. 너무나도 엄청난 금액이었다.

60만 코렌은 제외하고 6,720코렌만 하더라도 도박장이 휘청거릴 정도의 큰돈이었다. 그런데 60만 코렌이라니……?

도박장이 아무리 크다 하더라도 지급할 만한 금화를 가지고 있을 턱이 없었다.

사실 무세인은 별 볼일 없어 보이는 쟌이 처음 스스로에게 엄청 큰돈을 걸었을 때 속으로 그의 어리석은 선택을 한참 동안 비웃었다. 제법 이름이 알려진 자들도 상당수 참여한 데다 게다가 스스로를 너클 파이터라고 했으니 더 더욱 우승할 확률이 없다고 판단했다. 그런데 그 빌어먹을 인간이 설마 우승할 줄이야.

만약 일반인이 배팅한 것이라면 아이(?)들을 풀어서 죽여 버리고 아무 곳에나 묻어버리면 조용히 끝날 문제겠지만 상대는 격투 대회 우승자가 아닌가! 게다가 일행으로 보이는 사람들 가운데에는 준우승자까지 끼어 있으니 함부로 그를 공격했다가는 오히려 자신들이 작살날 판국이었다.

그가 전전긍긍하고 있을 때 한쪽 눈에 안대를 댄 근육질의 사내가 무세인 곁에 다가왔다.

"뭐야? 대체 어떤 놈이 도박장 분위기를 흐리는 거야?"

애꾸눈사내가 등장하자 무세인은 당장 그의 귀에 대고 뭔가를 소곤거리기 시작했다. 잠시 무세인의 말을 자세히 듣던 대머리사내는 팔을 늘어뜨린 채 서 있는 쟌의 태도에 코웃음을 쳤다.

눈앞의 이 비실비실해 보이는 청년이 어떻게 격투 대회에서 우승을 했는지는 몰라도 재수가 엄청 좋았거나 그것이 아니라면 대회에 참가한 자들의 실력이 몽땅 형편없거나 둘 중 하나일 것이라고 생각했다.

"그렇게 큰돈을 위험하게 여기에 둘 수는 없는 일. 나를 따라오면 배당금을 지급하지."

"그래? 그렇다면 당연히 가야지."

무엇을 생각하는 것인지 애꾸눈사내와 쟌의 입가에는 거의 동시에 비릿한 미소가 떠올랐다.

애꾸눈사내의 뒤를 따라가던 쟌은 도박장 곳곳에서 몸을 일으키는 사내들의 수가 상당하다는 것을 눈치 챘다. 하지만 개의치 않았다. 은밀하게 서로 눈빛을 주고받은 글렌과 알카레스는 카타리나와 함께 조용히 애꾸눈사내와 쟌의 뒤를 따라갔다.

세 사람은 식당을 빠져나와 골목을 통해 뒤편으로 돌아갔다. 그들이 도착한 곳에는 꽤나 널찍한 공터가 있었다.

앞서 걸음을 옮기던 애꾸눈사내는 공터 중앙에서 걸음을 멈추고는 뒤돌아 쟌이 오기를 기다렸고, 약 1미터쯤 떨어진 곳에 쟌이 사내와 마주 보고 섰다. 그와 동시에 사방에서 몰려든 우락부락한 30여 명의 사내들이 갖가지 살벌한 무기들로 중무장을 한 채 두 사람을 빙 둘러쌌다. 그리고 조금 떨어진 곳에서 글렌과 알카레스는 각자의 롱 소드 손잡이에 손을 얹은 채 그들을 살피고 있었고, 조금 떨어진 곳에 있던 카타리나는 애꾸눈사내 일행이 쟌을 박살(?) 내주기만 간절히 바라고 있었다.

"배당금 어딨어? 빨리 내놔."

쟌의 말에 애꾸눈사내는 기가 막히다는 듯 한쪽 눈을 끔뻑거리며 쟌의 얼굴을 멍하니 바라봤다. 여기까지 왔으면 아무리 멍청한 인간이라도 상황이 어떻게 돌아가는 것인지 알 만할 텐데도 불구하고 이 무슨 뚱딴지 같은 소리란 말인가?

"상황 파악이 전혀 안 되는 인간이군. 어때, 아직도 배당금을 원하나?"

"당연하지, 임마. 설마 내가 이 넝마들에게 겁이라도 먹고 도망갈 줄 알았냐? 까불지 말고 좋은 말로 할 때 배당금을 가지고 와. 그럼 용서해 주겠지만 만약 나를 희롱한 것이라면 네놈들은 오늘 살아남기 힘들 거야. 괜히 지옥으로 단체 여행 갈 생각하지 말고 돈이나 가져와."

"주둥아리로 대회에서 승리한 모양이군. 이런 자식은 죽을 때가 되어야 본인의 선택이 잘못되었다는 것을 깨닫게 되지. 애들아, 단단히 버릇을 가르쳐 줘라!"

애꾸눈사내의 말에 두 사람을 포위하고 있던 사내들이 일제히 한 걸음 앞으로 나섰다. 그 모습에 비릿한 미소를 짓고 있던 쟌의 얼굴이 딱딱하게 굳어졌다. 동시에 품에서 가죽 끈을 꺼내서는 양손에 감기 시작했다.

"멍청한 두목을 둔 것을 죽을 때까지 원망해야 할 거다."

말이 끝났을 때는 쟌이 이미 주먹에 가죽 끈을 꽁꽁 동여맨 후였다. 쟌의 눈매가 가늘어졌을 때 뒤쪽에 있던 텁석부리 사내 하나가 모닝스타를 휘두르며 달려들었다.

부웅!

무거운 뭔가가 바람을 가르는 소리에 쟌은 고개도 돌리지 않은 채 크게 뒤로 한 걸음 물러서고는 그대로 발을 뒤로 뻗어 상대의 가슴을 걷어찼다.

퍽!

둔탁한 소리와 함께 사내는 그대로 허공을 날아갔고, 쟌은 지체없이 몸을 회전시켜 근처에 있던 사내의 턱을 걷어찼다. 그와 동시에 좌우에 있던 사내들도 일제히 무기를 휘두르며 쟌에게 달려들었다.

금방이라도 난도질당할 것 같았던 쟌은 순식간에 주저앉아 크게 원을 그리며 사내들의 발목을 걷어찼다.

퍼퍼퍼퍽~

"윽! 큭! 어이쿠!"

갖가지 독특한 신음과 비명 소리를 터뜨리며 사내들은 맥없이 쓰러졌고, 지면을 박차고 몸을 날린 쟌은 동료들이 쓰러지는 모습에 잠시 멍하니 쳐다보고 있던 다른 사내들을 공격해 갔다.

"난격!"

쟌의 주먹이 10여 개로 변해 쭉 늘어난다고 느끼는 순간 그의 정면에 있던 사내의 얼굴은 순식간에 늘어난 10여 개의 주먹에 격타당해 눈 깜짝할 사이 피투성이로 변했다. 하지만 쟌이 상대해야 할 상대는 너무나 많았다.

쟌이 싸우는 모습을 지켜보던 글렌과 알카레스는 중과부적이라 판단하고는 그를 도와야겠다고 생각했다. 서로 눈빛을 교환한 두 사람은 가까이 있던 사내들부터 공격했다.

두 사람의 개입으로 인해 싸움은 더욱 혼란스러운 양상을 브였다.

얼마나 치고 받고 했을까?

"멈춰!"

갑자기 터진 커다란 음성에 쟌과 글렌, 그리고 알카레스가 소리 들린 곳으로 고개를 돌렸을 때 목에 나이프가 겨누어진 채 애꾸눈사내에게 사로잡혀 있는 카타리나가 보였다.

카타리나를 위협하고 있던 애꾸눈사내는 바닥에 널브러져 있는 자신의 부하들을 발견하고는 말문이 막혔다. 쟌과의 싸움이 시작되고 난 후 글렌과 알카레스가 싸움에 끼어들었고, 그로부터 10여 분밖에 되지 않았는데 상처를 입지 않은 부하는 고사하고 제대로 서 있는 부하가 단 한 명도 없었다.

누구에게 당한 것인지는 코기만 해도 충분히 짐작이 갔다.

글렌과 알카레스에게 당한 부하들은 대부분 어깨나 팔, 아니면 다리에 상처를 입고 있었다. 하지만 쟌에게 당한 사내들은 얼굴이 박살이나 피를 흘리고 있거나, 그렇지 않으면 하나같이 팔과 다리가 도저히 꺾여서는 안 될 방향으로 꺾여 있거나 부러져 있었다.

"잔인한 놈. 꼼짝하지 마! 조금이라도 움직인다면 이년을 그냥 두지 않을……."

"시끄러우니까 헛소리 그만 하고 내 돈이나 가져와!"

쟌의 싸늘한 말에 애꾸눈사내는 잠시 움찔했다. 하지만 카타리나를 인질로 잡고 있다는 생각이 떠오르자 안도의 한숨을 쉬면서 회심의 미소를 지었다. 하지만 쟌은 그런 애꾸눈사내의 기분은 아랑곳하지 않은 채 자신이 할 말만 했다.

"내 말 안 들려? 빨리 배당금이나 가져오란 말이야."

"네놈 눈에는 인질로 잡고 있는 이년이……."

"지금 인질로 날 협박하겠다는 거야? 죽일 테면 어디 죽여봐. 하지만 대신 넌 더욱 비참하게 내 손에 죽는다는 것만 알면 돼."

말을 마친 쟌은 오른손을 품속에 집어넣은 채 애꾸눈사내를 향해 거침없이 걸음을 옮겼다. 갑작스런 쟌의 행동에 놀란 사람은 글렌과 알카레스뿐만이 아니었다.

애꾸눈사내 역시 예상 밖의 쟌의 행동에 깜짝 놀랐다. 설마 그가 인질의 생사를 무시한 채 이렇게 다가올 줄은 몰랐기에 당황하지 않을 도리가 없었다. 물론 당사자인 카타리나의 얼굴이 새하얗게 질렸음은 더 더욱 말할 필요도 없었다.

처음 10여 미터쯤 떨어져 있던 두 사람의 거리가 7미터쯤으로 좁혀들었을 때 품속으로 집어넣었던 쟌의 오른손이 엄청나게 빠른 속도로 허공에 뭔가를 뿌려댔다.

휘리릭!

"으악! 내 눈! 내 눈!"

허공을 가르는 날카로운 소리와 함께 처절한 비명이 동시에 울려 퍼졌다. 순식간에 7미터의 거리를 좁힌 쟌은 카타리나의 허리를 낚아챔과 동시에 그대로 지면을 박차고 뒤로 물러섰다. 애꾸눈사내와 몇 미터 떨어진 곳에 그때까지 얼이 빠진 표정을 짓고 있던 카타리나를 내려놓은 쟌은 천천히, 아주 천천히 애꾸눈사내에게 다가갔다.

조금 전 쟌이 던진 것은 버드나무 잎 모양을 가진 손잡이가 없는 작은 나이프였다. 너무도 얇고 날카로운 그것들은 애꾸눈사내의 한쪽 눈썹 바로 위와 그의 양쪽 팔에 10여 개나 박혀 있었다.

눈과 팔에 박힌 날카로운 나이프에서는 계속해서 피가 흘러내리고 있었고, 애꾸눈사내는 지면에서 버둥거리며 괴로워하고 있었다. 그런 사내의 모습을 바라보던 쟌은 그의 왼쪽 팔을 잡고는 그대로 잡아당겼다.

뚝!

기이한 소음과 함께 애꾸눈사내의 왼팔은 힘없이 뽑혀졌다. 탈골이 된 것이었다. 하지만 쟌의 행동은 그것이 끝이 아니었다. 다시 다른 쪽 팔을 잡고는 힘껏 당겼다.

역시 뚝 하는 소리와 함께 애꾸눈사내의 오른팔 역시 축 늘어졌다. 그리고는 그의 가슴과 옆구리, 다리 등을 사정없이 짓밟았다.

우둑! 뚝! 뿌드득!

소름 끼치는 소리와 함께 애꾸눈사내는 비명을 지를 사이도 없이 축 늘어졌지만 잔인한 쟌의 행동은 잠시도 멈출 줄 몰랐다. 마치 자신이 짓밟지 않은 곳을 꼼꼼히 살피듯이 쟌의 발은 사정없이 애꾸눈사내의 전신을 짓밟았다.

언뜻 보기에도 애꾸눈사내는 앞으로 정상적인 생활을 하기는 힘들 것 같았다. 하지만 쟌의 행동은 멈춰질 줄을 몰랐다.

그런 쟌의 행동을 글렌과 알카레스는 물론 쓰러져 있던 애꾸눈사내의 부하들은 공포에 질린 얼굴로 지켜보고 있었다. 차라리 단번에 죽였다면 모르겠지만 혹시 자신이 빠뜨린 곳이 있지는 않은지 확인을 해가며 골고루 짓밟는 쟌의 행동은 도저히 정상적인 인간의 행동이라고 볼 수 없었다. 게다가 하나밖에 남지 않은 애꾸눈 바로 위에도 날카로운 나이프가 스치고 지나간 상처에서 흘러내린 피로 완전히 장님이 되지 않을 도리가 없었다.

주먹에 두른 가죽 끈은 피로 물든 지 이미 오래전의 일이었지만 쟌의 얼굴은 여전히 싸늘했다.

"퉤!"

바닥에 침을 뱉은 쟌은 그제야 몸을 일으켰다. 애꾸눈사내는 피투성이가 된 채로 그저 자신이 살아 있음을 증명이라도 하듯 꿈틀거리고 있었다.

쟌이 사내를 향해 입을 열었다.

"편안하게 죽여줄까? 아니면 앞으로 살기가 고통스럽겠지만 살려줄까?"

평온했다.

조금 전까지 눈뜨고 쳐다볼 수 없을 만한 만행을 저지른 사람답지 않게 쟌의 음성은 너무나도 평온하고 자연스러웠다. 피투성이가 된 애꾸눈사내는 경련이 일어나는지 부들부들 떨며 입을 열었다.

"사, 사, 살려……."

"그럼 배당금 내놔."

"지, 지금은……."

"빨리 내놔."

쟌의 음성은 한 치의 변화도 없었다.

그런 쟌의 기세가 전해졌는지 잠시 동안 떨고 있던 애꾸눈사내의 입이 다시 열렸다.

"무… 세… 인…… 잡아……."

애꾸눈사내의 말에 너무나 두려운 나머지 두목 근처에 다가오지도 못했던 부하들은 즉시 두목의 더듬거리는 그 말의 뜻을 알아챘다. 비교적 부상이 덜한 10여 명의 사내들이 그 자리를 떠나자 그제야 정신을 차린 카타리나가 쟌에게 표독한 음성으로 따지듯 입을 열었다.

"조금 전 뭐라고 했어? 뭐? 나를 죽일 테면 죽여보라고? 감히 네깟 놈이 이 왕국의 공주인 내 목숨을 가지고 장난을 해? 너같이 미천한 놈은 만 명이 있다고 하더라도 결코 내 목숨과는 비교도……."

짜악!

날카로운 소리가 울렸고, 그 소리에 사람들은 소리가 들린 곳으로 고개를 돌렸다. 그곳에는 멍한 표정을 짓고 있는 카타리나와 싸늘하게 얼굴을 굳힌 쟌이 있었다.

"보자 보자 하니까 정말 건방지기 짝이 없는 년이네. 뭐가 어째? 네깟 년의 목숨이 감히 만 명의 나보다 훨씬 귀중하다고? 누군가 보호해주지 않으면 단 한 시간도 살아갈 수 없는 어린 년이 감히 누구와 비교를 하는 거야?"

몸서리가 쳐질 정도로 너무나 싸늘한 음성이었다.

그 자리에서 굳어버린 듯 꼼짝도 못하고 있던 카타리나의 눈에서 갑자기 눈물이 흘러내렸다. 그러나 그것도 잠시뿐 매서운 눈으로 쟌을 노려보고는 표독하게 외쳤다.

"절대 용서 못해! 아니, 절대 안 해! 내 영혼을 다 바쳐서라도 네놈만은, 네놈만큼은 절대 용서 안 할 거야!"

눈물을 흘리면서 덜려가는 카타리나의 모습을 보고도 쟌의 얼굴은 조금의 변화도 없었다. 하지만 곧 입을 열었다.

"글렌, 알카레스, 어서 따라가 봐. 보나마나 여관을 못 찾아 길을 헤맬 테니까."

쟌의 말에 그제야 정신을 차린 글렌과 알카레스는 황급히 그녀의 뒤를 따라 자리를 떠났다.

쟌이 여전히 싸늘한 표정으로 그 자리에 서 있는 바람에 애꾸눈사내의 부하들만 그 자리에서 도망을 가지도, 그렇다고 두목을 구하지도 못해 안절부절못하고 있었다.

불량배에 불과한 그들이 그 비싼 포션을 가지고 있을 리 만무했다.

대충 상처를 닦아내고 싸구려 지혈제를 뿌린 후 옷을 찢어 상처를 싸매는 것이 전부였다. 하지만 쟌에게 당한 사내들은 치료할 방법이 없었다. 팔다리가 꺾이고 뼈가 부러졌으니 신전으로 데리고 가서 프리스트들에게 치료를 받는 방법밖에 없었다. 그러나 그렇게 하려면 엄청난 치료비가 드는 것은 너무나 뻔한 일이었다. 하지만 만약 신성력에 의한 치료를 받지 않는다면 모두 병신이 될 것 역시 틀림없는 일이었다.

그러는 사이 30분 정도가 지났다.

애꾸눈사내는 출혈 과다로 경련을 일으키고 있었고, 그 모습을 그의 부하들은 안타까운 눈으로 지켜보고만 있었다. 하지만 쟌은 여전히 싸늘한 표정으로 그 자리를 지키고 있었다.

애꾸눈사내의 부하들이 안절부절못하고 있을 때 조금 전 애꾸눈사내의 지시로 그 자리를 떠났던 그의 부하들이 누군가를 끌고 오는 것이 보였다. 그런데 한 사람은 조금 전 본 적이 있는 무세인이었지만, 다른 한 사람은 본 적이 없는 뚱뚱한 체격의 노년 사내였다.

두 사람을 거칠게 끌고 온 사내들은 쟌의 발 앞에 두 사람을 팽개치듯이 무릎을 꿇렸다.

"데리고 왔소."

"이 작자는 누구야?"

"달 그림자 식당의 주인이오. 그리고 도박장이 있는 건물의 주인이기도 하오."

"그래?"

"그리고 무세인, 이 자식은 보따리를 싸가지고 도망치려는 것을 잡아왔소."

텁석부리사내의 말에 쟌의 시선이 무세인에게로 향했다.

너무나도 서늘한 쟌의 시선에 무세인은 마치 독사와 눈이 마주친 개구리처럼 꼼짝도 할 수 없었다.

"내놔."

"그, 그게……."

"내놓으라고 했어."

영문도 모르고 이 자리까지 끌려왔던 노인은 여전히 영문을 모르겠다는 표정을 지으며 쟌과 무세인, 두 사람의 얼굴을 번갈아 쳐다보고 있었다.

"무세인, 저 청년의 말이 무슨 소린가?"

"저어, 그게……."

"내가 왜 이곳까지 끌려와야만 하는지 그 이유를 난 알아야겠네. 어서 말해 보게."

"사실은 그게……."

안색이 창백해진 무세인은 어쩔 수 없이 쟌과 있었던 일에 대해 자세하게 설명했다. 설명이 진행될수록 노인의 얼굴은 처참하게 일그러졌다.

"뭐라고? 10코렌 이상 걸지 못하게 된 규정을 어기고 960코렌이나 받았단 말인가? 게다가 뭐? 배당이 632배라고?"

그러나 그것도 잠시 노인의 얼굴에는 허탈함뿐이었다.

"당신이 도박장의 주인인가?"

"그, 그렇소이다."

"그럼 당신이 대신 배당금을 내놔."

"무, 물론 당신이 건 돈에 대한 배당금은 지급해야 하지만 법적으로 도박에 10코렌 이상은 걸 수 없게 되어 있소. 그러니……."

"내 배당금 내놔."

"방금 말했다시피……."

"빨리 내 배당금 내놔."

털끝만한 표정의 변화도 없이 똑같은 음성으로 같은 말을 하는 쟌의 태도에 노인은 그가 절대 설득이 통할 인간이 아니라는 것을 직감했다.

"미, 미안한 이야기지만 지금 나에게는 그렇게 많은 돈이 없소이다."

"없어?"

그렇지 않아도 가늘게 뜨고 있던 쟌의 눈매가 더욱 가늘어져 이제는 눈을 떴는지 감았는지 전혀 가늠할 수가 없었다. 하지만 그의 전신에서 풍기는 기운은 더욱 차가워졌다.

"하, 하지만 여유만 준다면 어떻게든 마련을 하겠소이다."

"당신을 어떻게 믿지?"

쟌의 반문에 뜻밖에도 노인은 불쾌한 자신의 감정을 숨기지 않았다.

"나 이젤 트루프는 한평생 내가 한 약속과 상대에 대한 신의만은 어떤 상황에서도 지켜온 사람이오. 비록 부하가 저지른 일이기는 하지만 내가 반드시 책임을 지겠소. 다만… 나에게 시간을 주시오. 그러면 틀림없이 귀하에게 약속된 배당금을 지급하겠소이다."

"기다리라니, 얼마나 기다리라는 거지?"

"으음……."

쟌의 질문에 잠시 고심하던 이젤은 곧 입을 열었다.

"석 달, 아니, 넉 달만 참아주시오. 오늘 10만 코렌을 드리고 나머지는 넉 달 후, 그러니까 주넨 경기장의 챔피언전이 벌어질 때 틀림없이 드리겠소이다."

자신을 바라보는 쟌의 시선에서 차가움이 사라졌다는 것을 직감한 이젤은 금세 말을 이었다. 누가 뭐라 해도 장사로 잔뼈가 굵은 이젤이었다.

"그리 크지는 않지만 난 상단도 운영하고 있소. 그리고 여러 도시에 식당과 여관, 다른 가게들도 많소. 약속한 그날까지는 틀림없이 돈을 마련해 두겠소. 상인으로서, 또 사내로서 약속할 테니 믿어주시오."

"좋아. 그럼 그 상인의 약속과 신의라는 것을 한 번 믿어보도록 하지. 하지만 만약 나를 속인 것이라면 죽을 때까지 두고두고 나를 저주하게 만들어주지. 그리고 배당금은… '달무리' 여관 알아?"

"달무리 여관? 뒷골목에 있는 식당과 겸하고 있는 그 여관을 말하는 것이라면 알고 있소."

"그럼 내일 정오까지 10만 코렌을 가지고 와. 오후에 출발할 거니까."

"알겠소. 내일 틀림없이 가지고 가겠소."

6장
베이룬 시에서 생긴 일

따각~ 따각~ 따각~

지면에 말굽이 부딪치는 소리가 경쾌하게 들리는 오후.

말굽이 일으키는 흙먼지를 뒤로하며 길을 재촉하는 여행객의 모습은 말 그대로 평화롭기 이를 데 없는 것이었다.

웨스펀 시를 출발한 쟌과 일행은 카블렌스 시를 향해 순조로운 여행을 계속하고 있었다. 하지만 보이는 것관 달리 일행에게 문제가 전혀 없는 것은 아니었다.

자신과는 한마디도 하지 않으려는 카타리나를 쟌이 질질 끌다시피 해서 말을 사고파는 시장에 간 것까지는 좋았다. 또 마차를 타겠다는 그녀의 의견을 묵살하고 말을 고른 것까지도 좋았다. 하지만 그렇다고 말을 탈 줄도 모르는 그녀를 단기간 연습을 시킨다고 해서 그렇게 금세 말을 탈 수 있을 리 만무했다.

　힘들다, 못하겠다, 어렵다 온갖 투정을 부리는 카타리나를 무자비하다고 느껴질 만큼 몰아붙여 하루 간에 어떻게든 겨우 말을 탈 수 있을 정도가 되었을 때 쟌은 지체없이 카블렌스 시를 향해 출발했다.

　여행 도구와 야영 도구를 사고, 식량과 각자의 무기를 손보느라 또 반나절을 허비해야 했지만 쟌은 강압적으로 일행을 몰아붙여 여행길에 올랐다.

　말이 좋아 여행이지, 여행이나 야영에 익숙한 세 남자와는 달리 카타리나는 그야말로 죽을 맛이었다. 걷는 것과는 또 다른 고통이 그녀를 괴롭혔던 것이다.

　걷는 것보다는 훨씬 편할 것이란 그녀의 예상과는 전혀 딴판이었다. 달리는 동안 흔들리는 몸을 고정시키려 무리하게 다리에 힘을 주느라 단련이 되지 않은 종아리에서는 쥐가 나서 참을 수 없었고, 말이 달릴 때마다 엉덩이로 전해지는 충격으로 허리가 금방이라도 끊어질 것 같은 통증 때문에 저절로 인상이 찌푸려졌다.

　그것뿐만이 아니었다. 편안한 마차와는 달리 말 위에서 계속해서 흔들리니 구토가 나 도저히 참을 수 없었을 뿐 아니라 바람이 불 때마다 전신으로 쏟아지는 흙먼지는 정말 참기 힘들었다.

　흔들리는 몸을 버티느라 다리엔 쥐가 났고, 끊어질 듯 아파 오는 허리, 안장과 계속 부딪쳐 이젠 통증까지 사라진 엉덩이, 불어오는 흙먼지에 눈도 뜰 수 없었고, 흙먼지를 얼마나 마셨던지 입 안이 다 깔깔했다. 게다가 햇살은 왜 그리 따가운 것인지……. 이미 녹초가 된 카타리나는 말고삐를 잡을 힘도 없어 그저 말이 가는 대로 몸을 맡길 뿐이었다.

　산뜻했던 그녀의 여행복은 흙먼지로 뿌옇게 된 지 오래였고, 비록 며칠 사이였지만 그녀의 얼굴도 햇볕에 타 약간 가무잡잡하게 변해 있었다. 그러나 피곤과 흙먼지로 꾀죄죄한 것이 아니라 상당히 초췌해 보였다.

그녀의 옆에서 말을 몰던 글렌과 알카레스는 그런 그녀를 안쓰럽게 쳐다보았지만 어떤 도움도 줄 수 없었다. 그녀 스스로 모든 일을 처리 하도록 하라는 쟌의 지시도 있었지만 웬일인지 며칠 전부터, 그러니까 그들이 웨스펀 시를 떠난 후부터 카타리나는 두 사람의 어떤 도움도 거절했다.

따분하고 지루한 여행이 한동안 계속되었다.

따각~ 따각~

"잠깐 물을 말이 있소."

"뭐야?"

"카블렌스 시로 가려면 아까 갈림길에서 반대쪽 길로 갔어야 했던 것 아니오?"

"나도 알아."

퉁명스러운 쟌의 대꾸에 알카레스는 잠시 멀뚱멀뚱한 표정을 짓지 않을 수 없었다.

"이쪽으로 계속 가면 베이룬 시가 나오는데…… 왜 이쪽으로 향한 것인지 그 이유를 말해 주겠소?"

잠시 알카레스를 째려보고는 조금은 짜증스러운 음성으로 대꾸했다.

"베이룬 시에서 찾을 물건이 있어."

"그게 뭔지는 모르지만 우리는 한시라도 빨리……."

"거참, 말 많네. 글렌처럼 무게를 좀 지키고 있으면 안 돼?"

괜히 가만히 있던 글렌까지 끌어들이자 글렌이나 알카레스 모두 머쓱한 표정을 짓지 않을 수 없었다.

그렇게 이틀을 더 여행한 일행은 베이룬 시에 도착할 수 있었다.

베이룬 시는 일반적으로 평야 지대에 위치한 다른 도시들과는 달리 험준한 산악 지대에 위치한 드시였다. 게다가 몬스터들의 출몰도 빈번해 사람들이 살기 힘든 곳이었다.

약 20여 년 전 바리타스 왕국의 국왕이 대규모 몬스터 토벌대를 보내 몬스터들을 토벌하고서야 하나둘 사람들이 모여들어 도시를 형성했고, 이 지역을 영지로 받은 귀족이 생긴 후 도시는 더욱 발달했다.

산악 지대였기 때문에 자연히 농사보다는 광산에 매달릴 수밖에 없었다. 당연히 제련 기술이 발달할 수밖에 없었고, 베이룬 시는 왕국 내에서도 가장 많은 철 제품을 생산하는 도시가 되었다.

베이룬 시 외곽에 도착했을 때 일행의 눈에 가장 먼저 들어온 것은 벌겋게 녹이 슨 채 끝없이 이어져 있는 기다란 철벽이었다.

"저럴 수가……."

성벽을 대신하고 있는 철벽을 발견한 알카레스는 자신도 도르게 탄성을 터뜨렸다. 말이 좋아 철벽이지, 높이 8미터에 끝도 없이 이어진 성벽 전체가 철로 만들어졌다니 놀라지 않을 도리가 없었다.

대체 얼마나 많은 철이 소비된 것일지 짐작조차 되지 않았다. 깜짝 놀라는 알카레스에게 자세히 설경해 준 사람은 글렌이었다.

"그렇게 놀랄 것 없네. 돌로 먼저 성벽을 쌓고 난 후 그 위에 쇳물을 부어서 만들어진 성벽이니까."

"설사 그렇다고 해도 굉장한 일 아닙니까?"

"후후후, 자네는 베이룬 시에 대해 전혀 들어보지 못했던 모양이군. 이곳은 우리 왕국 내 최대의 철 생산지가 아닌가?"

일행이 관문으로 다가가자 관문을 지키고 있던 병사들이 일행을 맞이했다.

"저희 베이룬 시를 찾아주신 것을 환영합니다. 저희 베이룬 시에는 어떤 일로 오신 겁니까?"

부드러운 미소를 지으며 일행을 맞이하는 중년 병사의 모습은 상대로 하여금 호감을 갖게 하기 충분했다.

"일전에 제작해 달라고 주문한 물건이 있어 그 물건을 찾으러 왔소."

"아~ 그러십니까? 저희 베이룬 시에는 경치가 아름다운 곳도 많으니 관광하시기도 좋을 겁니다. 또 이름난 식당도 많으니 즐거운 시간을 보내도록 하십시오."

"말씀 고맙소이다. 그럼."

친절한 병사의 인사를 받으며 일행은 철벽을 통과해 베이룬 시내로 향했다.

식당과 여관들이 길 양쪽에 많은 것은 다른 도시와 다를 바 없었지만 수많은 철로 만든 제품을 진열해 놓은 상점이 상당히 많다는 것을 한눈에 알아볼 수 있었다.

각종 무기나 생활용품은 물론, 심지어 아이들의 장난감이나 여인들의 액세서리까지 진열되어 있는 것이 이색적이었다.

잔은 그런 가게는 본 척도 하지 않은 채 거침없이 말을 몰았다. 덕분에 세 사람은 어쩔 수 없이 쟌의 뒤를 따라가야 했다.

쟌이 향한 곳은 번뜻한 가거 사이로 난 좁은 골목이었다.

몇 번이나 좁은 골목을 지나 쟌이 말을 멈춘 곳은 상당히 낡고 허름해 보이는 작은 가게 앞이었다. 뒤따라오는 일행은 신경도 쓰지 않은 채 말에서 내린 쟌은 그대로 가게 안으로 들어갔다.

캉~ 캉~

뭔가를 작은 망치로 내려치는 금속성이 들려오는 대장간 안은 지독하게 어두워 처음에는 아무것도 볼 수 없었다. 말에서 내린 글렌은 카타리나의 앞을 가로막은 채 컴컴한 가게 안을 유심히 바라봤다.

눈이 겨우 어둠에 익고서야 가게 안을 살필 수 있었다.

각종 농기구와 무기들이 양쪽 벽에 가지런히 진열되어 있었고, 중앙에는 하얀 불꽃을 피워 올리고 있는 커다란 화로가 있었다. 화로에는 시뻘겋게 달아오른 쇳덩이들이 몇 개 놓여 있었고, 누군가가 모루 위에 시뻘겋게 달아오른 쇳덩이를 망치로 내려치고 있는 것이 보였다. 그리고 그 옆에 팔짱을 낀 쟌이 내려다보고 있는 모습이 보였다.

어슴푸레하게 보이는 실내에서 작업하고 있는 사람은 의외로 키가 작아 겨우 10여 세쯤으로밖에 보이지 않았다. 이상하다는 생각에 시력에 신경을 집중해 바라보니 어린아이가 아니라 얼굴 전체에 수염이 빽빽하게 난 통통한 몸집의 드워프였다.

망치질을 잠시 멈추고는 집게에 잡혀 있는 길쭉한 물건을 좀시 살피던 드워프는 곧 그 물건을 다시 화로 속으로 집어 던지듯 집어넣었다. 그리고는 천천히 자리에서 일어났다.

그래 봐야 쟌의 가슴에도 미치지 못하는 키였지만 쟌을 노려보는 드워프의 눈길은 매섭기만 했다. 하지만 드워프의 시선은 곧 가게 밖에서 얼쩡거리고 있던 일행에게로 향했다.

"네놈들은 뭐야? 가게 앞에서 알짱거리지 말고 이놈하고 같이 온 놈들이면 당장 들어와. 가게 앞 가로막지 말고."

듣기 거북한 컬컬한 음성에 잠시 움찔하던 일행은 곧 가게 안으로 들어섰다. 일행이 들어서자 드워프는 작은 램프에 불을 붙였다. 그러자 곧 가게 안이 밝아졌다.

"아무 데나 앉아."

드워프는 자신의 자리에 털썩 주저앉았지만 일행은 아무리 주위를 둘러봐도 앉을 만한 곳이 없었다. 일행의 그런 모습은 신경도 쓰지 않은 채 드워프는 품에서 가죽으로 만들어진 작은 쌈지 하나를 꺼냈다. 작은 담배 파이프에 잘게 자른 담배 잎을 꾹꾹 눌러 담고는 불을 붙여 깊게 한 모금을 빨아 허공에 길게 내뱉었다.

"후~"

허공에 담배 연기가 흩어질 때 드워프가 입을 열었다.

"주문하러 왔어? 아니면 찾으러 왔어?"

"찾으러 왔소."

"찾을 물건이 뭐야?"

"갑옷과 나이프를 같이 주문했소."

쟌의 대답에 곰곰이 생각을 하던 드워프는 금방 생각이 나지 않는지 고개를 갸웃거렸다. 그런 드워프의 행동에 쟌은 품에서 뭔가를 꺼내 드워프에게 내밀었다.

그것은 도박장의 불량배들과 싸울 때 사용한 적이 있던 이상하게 생긴 나이프였다. 버드나무 잎을 닮은 모양이나 손잡이가 없는 것, 그리고 겨우 손가락 크기밖에 되지 않는 길이 모두 흔히 볼 수 있는 생김새가 아니었다.

쟌에게서 나이프를 받아 든 드워프는 잠시 나이프의 모양을 살피다 곧 고개를 끄덕였다.

"맞아. 1년 전쯤인가 어떤 날강도처럼 생긴 녀석이 찾아와서 이상하게 생긴 갑옷과 이렇게 생긴 나이프를 주문한 적이 있었지. 건방지게 대금은 후불로 하고 말이야."

"그 날강도가 바로 나요."

"물건 대금은 가지고 왔나?"

눈을 가늘게 뜬 채 쟌을 바라보는 드워프의 입가에는 의미를 알 수 없는 미소가 떠올라 있었다.

드워프의 말에 쟌은 허리에 차고 있던 커다란 주머니를 풀어 그에게 내밀었다.

콰당!

쟌이 가볍게 내밀기어 한 손으로 주머니를 받던 드워프는 주머니의 무게를 견디지 못하고 그대로 앞으로 고꾸라졌다. 순간 바닥과 부딪친 충격으로 주머니는 그대로 터져 버렸고, 동시에 금화가 가게 바닥으로 쏟아졌다.

차라라락~

수많은 금화가 불빛을 받아 영롱한 빛을 뿌리며 자신의 존재가 금화임을 증명하고 있었다. 일행의 눈이 휘둥그레지지 않을 리 만무했다.

"으윽~ 아이고, 허리야."

"100코렌짜리 1,500개. 도두 15만 코렌이오. 세어보시오."

드워프를 일으켜 줄 생각드 하지 않은 채 쟌은 자신이 할 말만 했다.

허리를 어루만지며 몸을 일으킨 드워프는 고통이 심한지 잔뜩 인상을 쓰고 있었다.

"이 빌어먹을 인간아, 무거우면 무겁다고……."

"빨리 물건이나 가지고 오시오."

무덤덤한 쟌의 말에 인상을 쓰던 드워프는 곧 안으로 사라졌고, 그제야 알카레스는 멍한 상태에서 벗어날 수 있었다.

"겨우 갑옷과 나이프를 제작하는 데 15만 코렌이나 한단 말이오? 아무리 주문 제작이라 하더라도 그렇지, 대체 어떤 물건이기에 그렇게 비싸단 말이오? 왕궁에 납품되는 근위 기사단 단원들이 사용하는 풀 플레이트 메일에 바스타드 소드까지 합친다고 해도 1,000코렌이면 충분하오. 그런데 15만 코렌이나 하는 갑옷과 나이프라니…… 귀하는 물건 값이 너무 비싸다고 생각하지 않소?"

"거~ 참 말 많네. 제발 글렌을 좀 보고 배우란 말이야. 얼마나 조용해? 하다못해 곁에 있는 저 건방진 레이디보다 더 시끄럽잖아."

가만히 있는 자신까지 들먹이자 카타리나의 눈초리가 당장 하늘 높은 줄 모르고 치켜 올라갔다. 하지만 표독스럽게 쟌을 노려보다가 그저 고개를 휙 하고 돌릴 뿐 아무런 대꾸도 하지 않았다. 쟌의 말에 아무런 대꾸도 하지 않는 것이 정신 건강이나 육체적인 건강에 지극히 이롭다는 것을 그동안의 경험으로 뼈저리게 깨닫고 있었기 때문이다.

안쪽으로 사라졌던 드워프는 곧 무엇인가가 담긴 커다란 포대 자루를 들고 나타나 쟌 앞에 집어 던졌다.

쟁그랑~ 철커덕~

쇠붙이가 들어 있는지 요란한 소리가 울렸고, 쟌은 자루를 열고 내용물을 하나씩 꺼내 들었다. 마치 풀 플레이트 메일을 모조리 분해해 놓은 듯 보이는 10여 개의 쇠붙이들이 자루 안에서 나왔다. 그러나 완전한 것이 아닌 듯 군데군데 빠진 것도 눈에 띄었다.

쟌은 램프의 불빛에 빛나는 쇠붙이들을 하나씩 몸에 장착하기 시작했다. 풀 플레이트 메일을 착용할 때와는 달리 아주 빠른 시간에 착용을 마칠 수 있었다.

팔다리를 움직여 보던 쟌은 다음에 드는지 고개를 끄덕이며 흡족한 미소를 지었다.

"나이프는?"

"여기."

드워프가 내민 것은 대거를 여러 자루 꽂을 수 있도록 만들어진 단검집이었다. 하지만 가죽 걷대에 꽂혀 있는 것은 밝은 빛을 뿌리고 있는 작은 버드나무 잎 모양의 자루 없는 나이프들이었다.

10여 개 이상의 기형 나이프가 꽂혀 있었는데, 그중에 하나를 쟌이 뽑아 들었다. 엄지와 검지로 나이프를 잡은 쟌이 가볍게 손가락을 비틀자 나이프는 순간 10여 개의 나이프로 나뉘며 부채꼴 모양으로 펼쳐졌다.

나이프를 부채꼴 모양으로 펼쳤다 오므렸다를 몇 번 반복하던 쟌은 역시 마음에 드는지 흐뭇한 미소를 지었다.

"만족하나?"

"제품의 강도만 말한 대로라면."

"뭐라고?"

쟌의 말에 드워프는 버럭 화를 냈다. 어두운 실내임에도 불구하고 그의 얼굴이 시뻘겋게 변한 걸 확실히 알 수 있을 정도였다.

"건방지게 내가 만든 물건의 성능을 감히 의심해? 그렇게 의심나면 안 사면 될 것 아니야!"

"직접 테스트해 보면 알겠지."

스르릉~

쟌은 말과 함께 알카레스의 검을 눈 깜짝할 사이에 빼앗아 뽑아 들었다. 그리고는 팔 보호대를 차고 있는 자신의 팔을 향해 사정없이 롱 소드를 내려쳤다.

휙! 챙!

날카로운 금속음과 함께 팔에서는 불똥이 튀었지만 팔은 멀쩡했다. 또한 팔 보호대에는 흠집조차 나 있지 않았다.

쟌이 멀쩡한 것을 보고서야 글렌과 알카레스는 겨우 안도의 한숨을 내쉴 수 있었다.

조금 전 쟌의 행동은 너무나 빨라 말리고 자시고 할 틈도 없었다. 자신의 검을 빼앗겼다고 느끼는 순간 쟌은 이미 자신의 팔을 향해 롱 소드를 내려치고 있었던 것이다.

"이 정도 강도라면 쓸 만하군."

"뭐? 쓸 만해? 정말 시건방지기 짝이 없는 놈이군."

드워프는 기가 막히다는 듯한 표정을 지었고, 쟌은 다시 갑옷을 벗어 포대 자루에 집어넣었다. 그리고는 자신을 노려보고 있는 드워프에게 질문했다.

"다른 물건은?"

"자루 안을 뒤져 봐라."

퉁명스러운 드워프의 말에 쟌은 다시 자루 안을 뒤졌고, 그 안에서 두 가지의 물건을 꺼냈다.

하나는 팔각뿔 모양의 쇠붙이가 매달린 머리카락만큼이나 가늘고 긴 사슬이었고, 또 하나는 손가락 세 개 정도의 폭에 1미터 50센티미터 정도의 길이를 가진 검은색 목검이었다.

사슬의 끝을 왼쪽 팔뚝에 감자 10미터쯤 되는 쇠사슬은 순식간은 줄어들었다가 곧 모습을 감추었다. 곧 이어 검은 목검을 든 쟌은 몇 번 허공에 휘두르다 손잡이 바로 윗부분에 거의 표시가 나지 않지만 약간 옴폭하게 파여 있는 것을 발견하고는 엄지손가락으로 지그시 눌러보았다.

철컥 하는 소리와 함께 손잡이 부분이 조금 올라왔고 천천히 손잡이를 뽑아보니 보기만 해도 소름이 오싹 끼칠 만큼 예리한 검날이 모습을 드러냈다.

램프의 불빛을 받아 번쩍이는 칼날은 스스로 냉기를 뿜어내는 듯 순식간에 주위의 공기를 서늘하게 만들었다.

"이건 뭐요? 난 이런 건 주문한 적이 없는데."

"서비스야. 그리고 이것도."

짜리몽땅한 드워프의 손에 들린 것은 작은 나무 상자였다. 상자를 받아 열어보니 검대에 꽂혀 있은 것과 똑같은 모양의 나이프들이 빼곡이 들어 있었다.

"500개야. 재료가 남아서 몇 개 더 만들어뒀어. 그것보다 한 가지 묻고 싶은 게 있는데 말이야."

"뭐요?"

"너, 정말 너클 파이터가 맞나?"

"그건 왜 묻소?"

"왜 묻긴, 신기해서 묻는 거지. 내가 200년 가까이 살아왔지만 너클 파이터에게 무기를 주문받아 본 적이 몇 번 없거든. 게다가 주문한 물건들도 내가 지금껏 살아오면서 전혀 본 적이 없는 물건들뿐이니 궁금하지 않을 도리가 있나. 그 조각난 갑옷이야 대충 쓰임새가 짐작이 가지만 나머지 물건들은 대체 뭐에 쓰는 것인지 전혀 짐작이 안 가거든. 일단 그 작은 나이프만 해도 주문대로 양쪽 끝에 날을 세워뒀지만 너무나 가벼워서 집어 던질 수도 없단 말이야. 게다가 용도를 알 수 없는 사슬이나 아무리 단단하다고 해도 나무에 불과한 목검을 만들어달라니 도무지 이해가 안 되잖아.”

드워프의 말에 희미한 미소를 짓던 쟌이 갑자기 오른손을 허공에 뿌림과 동시에 왼손을 앞으로 쭉 뻗었다.

채채채챙~ 쨍그랑~

날카로운 금속음이 연속적으로 들리더니 한쪽 벽면에 진열되어 있던 잘 만들어진 브레스트 메일이 완전히 박살나 지면으로 떨어졌다.

쟌이 가볍게 왼손을 낚아채자 브레스트 메일을 관통하고 벽면에 박혀 있던 팔각뿔 모양의 물체가 다시 쟌의 손으로 빨려들듯 날아들었다.

“이렇게 쓰는 거요.”

쟌의 말에 드워프는 그럴 줄 알았다는 듯 고개를 끄덕였지만 글렌이나 알카레스는 놀라움을 금할 수 없었다. 난생처음 보는 무기였고, 정말 놀라운 위력이었다.

바스타드 소드로 힘껏 내려친다 하더라도 흠집 하나 나지 않을 듯 보였던 브레스트 메일에 10여 개의 나이프가 마치 케이크에 포크 박히듯 간단히 박혀 버렸고, 그 중앙을 팔각뿔 모양의 물체가 꿰뚫어 버린 것이다. 마치 과자로 만든 것처럼 브레스트 메일이 부서지는 모습은 놀라움을 넘어 공포스러운 광경이 아닐 수 없었다.

적과 교전을 벌일 때 물론 방패를 사용하기도 하지만 최종적으로 본인의 몸을 지켜줄 수 있는 것은 바로 플레이트 메일인데 그것을 무력화시킬 수 있는 무기가 있다니…… 그저 놀라울 뿐이었다.

"그런 무기는 난생처음 보는 것인데 이름이 뭐요?"

"유성추(流星鎚)."

"유성추? 정말 놀라운 무기요. 또한 대단한 위력이오."

글렌은 쟌이 방금 보여준 유성추의 위력에 진심으로 감탄을 터뜨렸다.

"볼일 끝났어. 이만 가지.'

"잠깐."

드워프의 제지에 쟌이 고개를 돌렸을 때 드워프는 작은 가죽 주머니 하나를 그에게 내밀었다.

"뭐요?"

"5만 코렌이야. 양질의 철을 구하는 데 제법 돈이 많이 들어갔거든. 재료 구입비와 내 수고비를 합쳐 10만 코렌이면 충분해. 후후후, 아주 재미있는 인간이야. 1년 만에 정말 15만 코렌을 만들어오다니 말이야. 그리고 제품의 강도에 대해서는 걱정하지 마. 미스릴을 제외하면 가장 강한 금속인 라보넨싸이트로 만든 거니까."

드워프의 말에 잠시 뭔가를 생각하던 쟌은 곧 입을 열었다.

"그럼 그 돈을 받는 대신 한 가지 물건을 더 주문하겠소. 활을 만들어주시오. 길이는 1미터 20센티미터가 되어야 하고 전체적인 모양은 대략 이렇게……."

지면에 대략적인 활 모양을 그린 쟌은 설명을 덧붙였다.

"탄력이 강한 각기 다른 나무를 적어도 세 겹은 덧붙여 주어야 하오. 활줄도 여벌로 몇 개를 준비해 주고. 길이 90센티미터쯤 되는 화살 여러 개와 활통도 만들어주시오.'

"올 때마다 이상한 것들만 주문하는군. 탄력이 좋은 나무를 세 겹으로 덧붙이면 활시위를 당기기도 쉽지 않을 텐데…… 게다가 이런 활에 맞는 활줄을 구하기도 보통 일이 아닐 것 같군. 그럼 언제 찾으러 오겠나?"

"한 달 후에 찾으러 오겠소."

"한 달? 그럼 시간이 별로 없군. 재료만 구한다면 만드는 것은 문제가 아닌데……. 알았어, 그때 찾으러 와."

"그럼 그때 보겠소."

쟌과 일행이 가게를 빠져나가자 드워프는 조금 전 자신이 용광로 속에 집어 던져 두었던 쇳덩이를 집게로 꺼내 다시 망치로 두들기기 시작했다.

"오늘은 여기서 쉬고 내일 아침 일찍 떠날 테니까 딴 짓 하지 말고 푹 쉬어."

침대에 몸을 묻으며 일행에게 말을 한 쟌은 그대로 눈을 감았고, 다른 사람들도 각자의 침대에 누워 잠을 청했다. 하지만 얼마 지나지 않아 자리에서 몸을 일으킨 알카레스는 조용히 방을 빠져나갔다. 그리고 곧 글렌도 방을 빠져나갔다.

카타리나는 사람이 방을 빠져나갔는지도 모른 채 정신없이 잠에 빠져 있었고, 쟌은 잠시 살짝 눈을 떠 그들이 나간 문을 바라보다가 곧 다시 감았다.

1층으로 내려온 알카레스는 술을 시키곤 주위를 잠시 둘러봤다. 이는 카타리나를 보호한 채 여행하면서부터 생긴 버릇인데, 카타리나를

노리는 자들이 있지는 않은가 자신도 모르게 경계를 하게 된 것이었
다.

잠시 후 알카레스 앞에 술병과 술잔, 그리고 간단한 안주가 놓였을
때쯤 맞은편에 글렌이 앉았다. 이미 그가 앉을 것을 예상했는지 알카
레스는 꼼짝도 하지 않았고, 오히려 그에게 술을 권했다.

"한잔하시겠습니까?"

알카레스가 술을 권하자 글렌은 말없이 술잔을 내밀었고, 그런 글렌
의 빈 잔에 알카레스는 술을 따라주었다.

포케이비지.

속칭 포케지라고도 불리는 이 술은 포도주를 만들고 남은 주정을 모
아 대충 걸러서 만든 술이었다. 가격이 싼 만큼 술을 마시다 보면 대충
씹히는 건더기(?)도 적당히 든 술이었다.

알카레스가 술을 따르자마자 단번에 마신 글렌은 술병을 들고 상대
가 술을 마시기만 기다렸다. 그런 상대의 행동에 알카레스 역시 단숨
에 마시고 잔을 내려놓자마자 글렌은 술잔 가득 술을 따랐다.

커다란 술잔 안을 빙글빙글 도는 정체 모를 덩어리를 바라보던 알카
레스가 입을 열었다.

"전… 정말 모르겠습니다."

잠시 어리둥절한 표정을 짓던 글렌은 지금 알카레스가 무슨 말을 하
는 것인지 금세 깨달을 수 있었다.

"비교하지 말게."

"그러나 너무 차이가 나지 않습니까? 전 제가 근위 기사단의 기사라
는 것 자체가 너무나 수치스럽습니다."

알카레스의 말에 글렌은 쓰디쓴 웃음을 지었다.

"이것 보게, 호레즈 군. 우리 바리타스 왕국이 트레슈나 제국의 속국으로 전락한 것이 벌써 130년 전의 일이라네. 물론 그동안 많은 사람들이 바리타스 왕국의 독립을 위해 목숨을 바쳐 왔다는 것을 자네도 잘 알고 있을 것이네."

다시 자신 앞에 놓여 있던 술을 단숨에 마신 글렌이 말을 이었다.

"나 역시 신분을 드러낼 수는 없지만 왕국의 독립을 위해 한평생을 헌신해 왔네. 하지만 현재 내가 하는 일이 어떤 결실을 맺을 것이란 생각은…… 솔직히 말해서 단 한 번도 해본 적이 없다네. 물론 자네도 잘 알고 있겠지만 트레슈나 제국은 우리 왕국에 비해 거의 스무 배 이상 큰 나라라네. 그런 제국에 우리 힘만으로 왕국을 되찾는 일이 과연 가능한 일이겠나?"

"하지만……."

다시금 자신의 잔에 술을 따른 글렌이 입을 열었다.

"자네가 지금 무슨 생각을 하는지 아네. 하지만 당장은 방법이 없지 않은가? 자네가 이미 알고 있는지는 모르겠지만, 난 팬텀 나이트 가운데 한 명이네."

"팬텀 나이트? 그럼 마이어 씨가……?"

"물론 바리타스 왕국 내에서 검술을 익히는 청년들 가운데 팬텀 나이트를 꿈꾸지 않는 사람이 없다는 것은 잘 알고 있을 것이네. 하지만 현실은 어떤가? 팬텀 기사단의 수가 아무리 늘어난다 하더라도 트레슈나 제국의 3대 기사단 가운데 가장 약하다는 시린 크로코다일 기사단이라도 왕국에 진격한다면 아마 그날로 바리타스 왕국은 종말을 고할 것이네. 이것이 현실이지. 다시 한 번 말하자면 자네가 쟌 가이야란 청년에게 느끼는 절망감과 내가 트레슈나 제국에게 느끼는 절망감을 비교해 보면 비슷하다는 말이네. 인정하고 싶지는 않지만 내 능력으로는 어쩔 수 없는 상대, 그런 존재가 세상에는 분명히 존재한단 말이네.”

꿀꺽~

단숨에 술을 마시는 글렌의 도습을 바라보는 알카레스는 가슴이 더욱 답답해져 옴을 느끼지 않을 수 없었다.

만약 자신의 실력이 쟌만큼 된다면 왕국이 광복을 되찾는 데 커다란 도움은 되지 못한다 하더라도 어느 정도는 도움이 될 것이라고 생각했었다. 하지만 방금 글렌이 말한 것은 달팽이가 제아무리 날뛰어 봐야 그 자리니 발버둥은 그만두라는 것이 아닌가?

그렇지 않아도 답답했던 가슴이 더욱 답답해졌다.

알카레스가 막 자신 앞에 놓여 있던 술잔을 비웠을 때 그와 글렌이 앉아 있던 테이블 위로 뭔가가 날아왔다.

쾅! 와장창~

테이블이 박살나고, 술병이 날아가 허공을 장식하고, 테이블 위의 음식이 주위 사람들에게 자신의 존재를 증명하는 모습을 본 알카레스의 표정이 단번에 굳어졌다. 하지만 주위 사람들이 보기에는 알카레스가 두려운 나머지 고개를 숙인 것처럼 보였다.

쾅!

“이 재수없는 놈아! 블랙 케이프가 뭘 노리든 네놈이 뭔데 그놈 역성을 드는 거야?”

“누가 뭐라고 했어? 왜 괜히 나한테 신경질을 부리는 거야, 임마!”

“젠장할! 블랙 케이프, 그 자식 때문에 괜히 우리만 죽어나겠군.”

푸념조로 내뱉는 상대의 말이 이번엔 그와 말다툼을 하던 중년 사내가 침을 튀기며 입을 열었다.

"야! 이 빌어먹을 놈아, 흡혈귀 같은 그 돼지의 물건을 누가 훔쳐 가든 무슨 상관이 있다고 이렇게 지랄을 하는 거냐?"

"이 닭대가리 같은 놈아! 너도 생각을 해봐라. 그 돼지가 물건을 잃어버리면 그냥 '어? 잃어버렸네' 하고 그냥 지나갈 인간이냐? 당연히 주위에 있는 인간들은 물론 도시 전체를 조질 수 있는 대로 조질 것이 분명하잖아. 그럼 그 피해가 우리에게로 고스란히 돌아올 것이 불을 보듯 뻔한데도 우리랑 무슨 상관이 있느냐니? 에라, 이 닭대가리보다 못한 놈아!"

얼굴이 햇볕에 까맣게 그을린 사내 몇 명이 금방이라도 상대의 목숨을 빼앗을 듯이 살벌한 표정을 지으며 상대를 노려보고 있었다. 용병은 아닌 듯 무기는 보이지 않았지만 그들의 기세는 훨씬 흉흉했다.

식당 안에 몇 남아 있지 않았던 사람들은 뭔가 깨지는 소리가 들리자마자 대부분 줄행랑을 친 지 오래였고, 남아 있는 사람들은 시비가 붙은 사람들과 조금 떨어진 곳에 있던 글렌, 알카레스가 전부였다.

그렇지 않아도 잔뜩 짜증스런 때에 주위를 시끄럽게 만드는 사내들에 대해 알카레스는 갑자기 격렬한 적개심이 생겼다. 그래서일까? 좀처럼 듣기 힘든 험악한(?) 소리가 알카레스의 입에서 흘러나왔다.

"먹을 만큼 먹었으면 그만 나가시오."

그런 알카레스의 말에 당장 대꾸가 날아들었다.

"저건 또 어떤 개뼈다귀야?"

"아직 솜털도 가시지 않은 애송이니까 그냥 놔두자고."

"아냐. 저런 녀석은 볼기를 쳐서 다시는 어른들 말씀하시는 데 참견하지 못하도록 만들어야 된다니까."

갑자기 사람들의 시선이 알카레스에게 향하자 알카레스는 그 자리에서 벌떡 일어났다.

"어쭈~"

"자식이 건방……."

"귀엽게 생긴 얼굴……."

각자 나름대로 알카레스의 얼굴을 보고 심사평(?)을 내리려고 할 때 이미 알카레스는 그들의 곁에 다가서 있었다.

가장 앞쪽에 서 있던 사내의 가슴을 향해 주먹을 그대로 내지른 알카레스는 옆에 있던 사내의 얼굴을 향해 밑에서 위로 주먹을 휘둘렀다.

퍽!

사내의 얼굴은 옆이 아닌 위로 튀어 올라갔고, 알카레스가 그의 멱살을 잡기 위해 손을 뻗었을 때 그의 뒤에 서 있던 사내가 자신들이 앉아 있던 의자를 들어 알카레스의 등을 향해 그대로 힘껏 내려쳤다.

퍽!

의자가 산산조각나며 알카레스는 그 자리에 주저앉았고, 사내들 가운데 한 명이 자신들이 마시던 술병을 들고는 알카레스의 뒤통수를 향해 그대로 내려쳤다. 하지만 재빨리 다가온 글렌의 행동이 조금 더 빨랐다.

사내의 손목을 꺾어 술병을 빼앗은 글렌은 자신 앞에 있는 두 사내의 목을 향해 그대로 양팔을 벌려 몸을 날렸다.

"컥! 큭!"

독특한 신음을 지르며 사녀들이 컥컥거리고 있을 때 뒤쪽에서 듣기 섬뜩한 소리가 들려왔다.

"크… 아… 악!"

황급히 고개를 돌린 글렌의 눈에 보인 것은 한 사내의 목을 움켜잡은 채 사내의 얼굴을 향해 사정없이 주먹을 휘두르는 알카레스의 모습이었다. 사내의 얼굴은 이미 피투성이로 변한 지 오래였고, 또 축 늘어져 있었지만 알카레스는 조금도 멈출 생각을 하지 않았다.

퍽~ 퍽~ 퍽~ 퍽~

단조로우면서도 둔탁한 소리가 들릴 때마다 알카레스의 손에 들린 사내의 몸은 힘없이 흔들리고 있었다. 재빨리 몸을 일으킨 글렌은 다급하게 알카레스 곁으로 다가가서는 황급히 그의 팔을 움켜잡았다.

휘익~

바위처럼 단단해 보이는 알카레스의 주먹을 글렌은 단단하게 움켜잡았다. 동시에 그의 등으로 몸을 움직인 글렌은 알카레스의 양팔을 움켜잡고는 한쪽 다리로 그의 다리를 휘감아 그대로 바닥에 쓰러뜨렸다.

"이봐! 호레즈 군, 정신 차리게."

잠시 버둥거리던 알카레스는 그제야 정신을 차릴 수 있었다. 하지만 글렌이 워낙 억세게 잡고 있었는지라 꼼짝도 할 수 없었다.

"놓아주십시오."

"꼼짝 마라!"

알카레스의 말과 거의 동시에 들려온 소리에 글렌도 조금은 당황한 모습을 보였다.

두 사람이 황급히 자리에서 일어났을 때 브레스트 메일을 걸친 10여 명의 병사들이 입구를 통해 식당 안으로 들어서는 것이 보였다.

그들 가운데 검을 차고 있는 중년 사내가 주저앉아 바닥에 쓰러져 있는 피투성이 사내의 이곳저곳을 살펴보고 있었다. 그런 중년 사내의 뒤로는 조금 전까지 맞은편 테이블에서 설전을 벌이고 있던 사내들이 걱정스러운 표정으로 동료를 바라보고 있는 모습이 보였다. 또 그들은 두려운 표정을 지으며 알카레스를 흘낏거리며 바라보고 있었다.

"죽었군."

중년 사내가 그 자리에서 일어나며 한 말에 알카레스는 갑자기 멍한 표정을 지으며 대꾸를 했다.

"바, 방금 뭐라고 했소?"

"건방진 놈! 네놈은 국법이 무섭지도 않느냐? 감히 사람을 죽여놓고도 뻔뻔스럽게 모른 척하려고 하다니!"

"주, 죽었다고?"

알카레스가 멍한 표정을 짓고 있을 때 한 걸음 앞으로 나선 글렌이 중년 사내에게 뭔가를 보여주며 귓속말을 했다. 그러자 중년 사내의 태도가 180도로 바뀌었다.

"이제 보니 네놈들이 주제넘게 기사님들께 시비를 건 것이었군. 당연히 죽어도 싸지. 여봐라, 이놈들을 당장 체포해라!"

중년 사내의 말에 죽은 사내의 일행은 황당하다는 표정을 감추지 못했지만 그들은 이미 병사들에게 모조리 포박을 당한 후였다.

"왜 우리를 체포하는 것이오?"

"우리가 무슨 죄를 저질렀단 말이오?"

"정말 억울합니다!"

"시끄럽다! 네놈들의 죄목은 기사님들께 불경한 죄, 국가의 대사를 방해한 죄, 공공장소에서 행패를 부린 죄, 공공기물 파손, 무고죄, 소란

죄 등이다.”

중년 사내의 말에 사내들은 기가 막히다는 표정과 함께 억울하다는 기색이 완연한 얼굴로 따졌다.

“이건 말도 안 되는 소리요!”

“맞소! 시비는 저자가 먼저 걸었단 말이오!”

“경비대장님, 대체 저들의 신분이 뭐기에 우리가……!”

“닥쳐라! 저분들은 국왕 폐하의 총애를 한 몸에 받는 근위 기사단의 단원들이시다. 감히 네놈들로서는 꿈도 꾸지 못할 위치에 계신 분들이 란 말이다. 뭣들 하는 것이냐! 어서 이놈들을 끌고 가서 당장 지하 감 옥에 가두어라! 혹시 농부들로 위장한 적군의 스파이인지도 모르는 일 이니 철저히 경계를 서도록 해라.”

중년 사내의 말에 병사들은 사내들을 꽁꽁 묶어 끌고 가기 시작했고, 조금 떨어진 곳에서 알카레스는 마치 영혼이 달아난 사람처럼 멍한 표 정으로 앉아 있었다. 마지막까지 남아 있던 중년 사내는 글렌에게 공 손하게 허리를 숙이며 조심스럽게 입을 열었다.

“일단 이곳의 영주이신 핸들러 남작님께 연락을 해두겠습니다. 내일 아침에 모시러 오겠으니 그때까지 평안하게 보내시기 바랍니다. 그리 고 즉시 여관 주위에 경계 병력을 배치하겠습니다.”

중년 사내, 즉 경비대장의 과잉 친절에 쓴웃음을 짓던 글렌은 어쩔 수 없이 고개를 끄덕였다.

“고맙구려.”

“아닙니다. 당연히 저희가 해드려야 할 일입니다. 대신… 남작님께 제가 근무에 충실했다고…….”

경비대장이 바라는 것이 무엇인지 충분히 짐작할 수 있었다. 하지만 씁쓸한 기분이 드는 것만큼은 감출 수 없는 사실이었다. 글렌은 입을 열면서 품에서 작은 주머니 하나를 꺼내 그의 손에 몰래 쥐어 주었다.

“알겠소. 대신 오늘 저녁은 푹 쉬고 싶으니까 주위를 조용히 만들어 줄 수 있겠소?”

“물론입니다. 걱정하지 마십시오, 기사님. 오늘 이 여관 주위로는 개미 새끼 한 마리 접근하지 못하도록 하겠습니다!”

경비대장은 재빨리 주머니를 받아 품에 집어넣고는 고개를 숙이며 대답했다.

“고맙구려. 이만 돌아가 보시오.”

“그럼 편안히 쉬십시오.”

허리가 꺾어지도록 숙인 경비대장이 여관을 빠져나갈 때까지 알카레스는 정신을 차리지 못하고 있었다.

자신이 사람을 죽이다니?

그것도 무기도 없고, 어떤 무술도 익히지 못한 무고한 민간인을 죽이다니…… 도저히 있을 수 없는 일이었다. 하지만 이미 사건은 벌어졌고, 분명히 자신의 손에 맞아 죽은 사내가 식당 밖으로 끌려 나가는 모습을 직접 눈으로 확인까지 했다.

믿고 싶지 않지만 사건은 이미 벌어진 후였다.

자신은 국왕과 여러 귀족들 앞에서 기사의 서언을 했다. 또 평생 그것을 지키겠다고 자신의 모든 것을 걸고 맹세했었다. 그리고 기사의 서언 중에는 틀림없이 약자를 보호하겠다는 내용도 들어 있었다.

그런데… 그런데…….

평생 동안 기사의 서언을 지키겠다고 맹세한 자신이 술김에 큰 소리를 질렀다고 상대를 죽이다니…….

괴로워하는 알카레스의 모습을 본 글렌은 안타까운 표정을 지었다.

자신도 눈앞의 청년 나이 때는 정말 세상을 마음대로 할 수 있을 것만 같았다. 그러나 조금씩 나이를 먹어가면서 눈에 드러난 것보다는 드러나지 않은 더 많은 어떤 것에 의해 세상이 움직인다는 것을 깨닫곤 이미 세상사에 대해서는 어느 정도 조금씩 포기를 하고 살아왔다. 하지만 알카레스는 이제 막 세상을 접해본 그야말로 새내기가 아닌가?

그의 얼굴을 보는 순간 알카레스의 고통이 그대로 가슴에 전해지는 것 같았다.

"진정하게, 일단 사태는 수습이 됐으니까."

"수습이라니…… 뭐가 어떻게 수습이 됐단 말입니까? 저는 방금 제가 보호하기로 맹세한 약자를 제 손으로 죽였단 말입니다! 기사로서의 명예도, 또 무술을 익힌 자로서의 긍지도 스스로 버린 인간 쓰레기가 되었단 말입니다. 그런데 뭐가 수습이 되었다는 겁니까?"

"하지만 사건은 이미 벌어졌고 어떤 방법이든 수습을 해야만 되지 않겠나. 자네가 그렇게 책임을 느낀다면 죽은 사람의 가족에게 충분한 보상금을 지급할 수도 있고, 다른 보상을 할 수도 있을 것이네. 하지만 지금처럼 스스로를 자책만 하고 있다면 어떤 누구에게도, 또 자네에게도 아무런 도움도 되지 않을 것은 확실하지."

글렌의 말이 뜻하는 것이 무엇인지 알면서도 알카레스는 왜 자신이 이렇게 순간적으로 과격하고 과민한 반응을 보인 것인지 전혀 이해할 수 없었다.

"알겠습니다. 하지만 저에게 시간을 주십시오. 아침까지 생각해 보고 싶습니다."

"알겠네."

대답을 한 글렌은 잠시 알카레스의 얼굴을 바라보다가 2층으로 향했고, 알카레스는 어수선한 테이블에 앉아 포케지를 잔에 따라 단숨에 마셨다.

정도를 넘어선 취기로 머리가 지끈지끈 아파왔지만 알카레스는 술 마시기를 멈추지 않았다. 병이 완전히 바닥을 보이고서야 천천히 고개를 든 알카레스는 천장이 천천히 도는 것을 느끼곤 불현듯 신기한 생각이 들었다.

"왜 술만 마시면 천장이 도는 것일까? 내가 마법에라도 걸린 것일까? 부모님은 잘 계실까? 형님들은?"

갑자기 엉뚱하게 가족들이 생각났다.

동시에 방금 자신이 저지른 짓처럼 만약 자신이 누군가에게 억울하게 목숨을 잃는다면 가족들 중에 누가 자신의 복수를 해줄까 하는 생각도 들었다. 그러면서 자신의 예상대로라면 목숨을 잃은 자신을 욕할 사람은 있어도 자신의 복수를 해줄 사람은 없을 것이란 생각이 들었다.

그래서일까? 알카레스의 얼굴에는 저절로 쓴웃음이 지어졌다.

미운 오리 새끼 같은 자신의 처지를 어린 나이에 깨달았기 때문에 왕립 아카데미를 스스로 택했고, 또 근위 기사단을 지원했는지도 몰랐다.

누구보다 노력했고, 누구보다 열심히 세상을 살았다고 생각해 왔었다. 그렇다고 성인이나 현자들처럼 세상 사람들을 위해 자신의 삶을 바치지는 않았지만 누구에게도 해를 끼치지 않으며 살아왔다고 스스로를 자위하고 있었는데 그 마지막 선이 오늘 무너진 것이다.

생각이 거기에 이르자 갑자기 허망한 생각이 들었다.

'여태까지 누구를 위해서 살았던 것일까? 또 무엇을 위해 살아왔는가?' 에 대해 자신있게 스스로를 위해 살아왔다고 말할 수 없었다. 그렇다고 다른 사람들을 위해서 살았다고 말하기에는 양심에 거리꼈다.

결론적으로 자신은 자신을 위해서도 아니고, 그렇다고 남을 위해서도 아닌 삶, 그러니까 그저 하루하루를 아무런 의미도 없이 살았을 뿐이었다. 그런데 오늘 그 삶 전체를 단번에 무너뜨릴 만한 사건이 일어난 것이다.

물론 죽은 사내는 억울하겠지만 비밀 임무 수행 중에 방해가 되었기에 그를 죽였다고 핑계를 대면 그냥 그걸로 끝이었다.

평민들의 가장 큰 억울함이 바로 그것이었다. 아무리 억울한 일을 당해도 그것을 현실적으로 해결할 수 있는 방법이 아무것도 없었다. 그저 하늘만 원망하는 것이 다랄까? 하지만 알카레스는 본인의 양심상 도저히 그럴 수 없었다. 소외된 자의 입장을 누구보다 잘 알고 있다고 생각해 왔기에 더 더욱 그럴 수 없었다.

그러는 사이 밤은 점점 깊어갔다.

아침에 카타리나가 시끄러운 소리에 눈을 떴을 때 글렌이 문간에서 누군가와 대화를 나누는 모습이 보였다. 인상을 잔뜩 쓰며 자리에서 일어난 카타리나는 두 사람의 대화에 잠시 귀를 기울였다.

"남작님께서 두 분을 아침 식사에 초대하셨습니다."

"말씀은 고맙지만 우리에겐 일행도 있고, 또 갈 길이 바빠서 초대에는 응할 수 없소이다. 남작님께는……."

턱 부분이 좁아 전체적으로 날카로워 보이는 인상의 중년 사내는 손을 비비며 입을 열었다.

"죄송합니다만, 남작님께서 두 분을 아침 식사에 초대하신 것은 단순히 식사를 대접하기 위해서가 아닙니다. 실은 두 분께 부탁드릴 것이 있기 때문입니다. 그리고 일행이 계시면 함께 오셔도 좋다는 남작님의 말씀이 있으셨습니다.'

"하지만 일행의 의견도 들어봐야만……."

"가도록 하지. 귀족들은 어떤 음식을 먹고 사는지 정말 궁금했거든. 식사 대접을 하겠다는데 굳이 사양할 필요는 없잖아."

쟌이 침대에서 일어나며 말하자 카타리나 역시 침대에서 일어나며 퉁명스럽게 입을 열었다.

"나도 제대로 된 음식을 한번 먹고 싶어."

"누가 굶겼어?"

"내가 언제 굶었다고 했어? 그냥 격식을 갖춘 음식을 먹고 싶다는 거잖아."

"제발 남작 앞에서는 그런 달 하지 마. 남들이 보면 굶고 사는 줄 알 것 아니야."

"흥!"

쟌과 계속 말을 해봐야 또 성질만 날 것 같아 카타리나는 냉랭하게 콧방귀를 뀌는 것으로 대신했다.

티격태격하는 두 사람의 모습을 잠시 바라보던 중년 사내는 글렌에게 말을 건넸다.

"일행도 가겠다고 하시니 함께 가시지요."

“그럼 준비를 할 동안 기다려 주시겠소?”

“여관 밖에 마차가 기다리고 있으니 서둘러 내려오도록 하십시오. 기다리고 있겠습니다.”

중년 사내가 그 자리를 떠나자 일행은 즉시 여관을 떠날 준비를 시작했다.

7장

블랙 케이프 1

"어서 오시오. 내가 이곳 베이룬 시의 영주인 남작 레이븐 핸들러요. 이렇게 만나게 되어 반갑소이다."

40대 후반쯤으로 보이는 꽤나 뚱뚱한 체격의 사내였다. 회색의 곱슬곱슬한 머릿결을 가진 레이븐은 조금은 거만한 표정을 지으며 일행을 맞이했다.

"핸들러 남작님, 만나뵙게 되어 영광입니다. 근위 기사단의 알카레스 반 호레즈입니다. 그리고 이 사람들은 제 동료들입니다."

"이렇게 인사를 드리게 되어 반갑습니다."

글렌의 인사에 같이 고거를 숙이는 잔을 볼 때까지만 해도 레이븐의 안색은 평소와 다를 바가 없었다. 하지만 카타리나와 눈이 마주쳤을 때 레이븐의 안색은 여지없이 일그러졌다.

눈이 약간 치켜 올라간 것만 제외하면 상당한 미인이었지만 건방지게도 평민 주제에 자신의 얼굴을 빤히 쳐다보기만 할 뿐 인사를 안 하는 것이 아닌가? 이건 아무리 예쁘게 생겼다고 하더라도 절대 용서할 수 있는 일이 아니었다.

레이븐이 입을 열려는 순간 쟌이 한발 앞서 입을 열었다.

"죄송하지만 이 여자는 지금 제정신이 아닙니다. 해서 제대로 인사를 올리지 못했습니다. 무례를 용서하십시오."

"쯧쯧쯧, 예쁘장하게 생겨 가지고 제정신이 아니라니 불쌍하군. 그건 그렇고… 일단 안으로 들어갑시다. 음식이 다 식겠소."

레이븐의 말에 카타리나가 발작을 일으키려는 순간 쟌은 눈부신 속도로 그녀의 뒷덜미를 엄지손가락으로 몇 번이나 꾹꾹 눌렀다. 그러자 금방이라도 날카로운 고함 소리가 터져 나올 것 같았던 카타리나의 입에서는 그저 바람 빠지는 소리만 흘러나올 뿐 어떤 말도 들리지 않았다.

온몸을 버둥거리며 손짓 발짓을 하는 카타리나의 모습은 누가 봐도 미친 여자의 모습 그대로였다.

가볍게 몇 번 혀를 찬 레이븐은 앞장서서 걸음을 옮겼고, 일행은 그의 뒤를 따라갔다.

거대함은 물론 화려하기 이를 데 없는 식당엔 주방장을 비롯해 서너 명의 시녀들이 일행의 식사를 돕기 위해 기다리고 있었다.

사람들이 자리에 앉자 식사가 시작되었다.

먼저 에피타이저로 나온 것은 애플 크레이프와 비스킷 파이, 그리고 캐비아였다. 일행 모두 에피타이저를 먹으면서 행복한 기분을 느꼈다.

특히 카타리나의 감격은 말할 필요도 없었다. 그녀가 왕궁에 있을 때에도 이렇게 호화스러운 아침을 먹은 적은 별로 없었다.

"국왕 폐하 곁에서 폐하를 모시는 근위 기사라니… 정말 두 분이 부럽소이다. 워낙 궁벽한 곳에 살다 보니 폐하를 뵌 지도 벌써 10년이 넘었구려."

"물론 저희들도 국왕 폐하께 충성을 바치려 노력은 하고 있지만 부족하기 이를 데 없습니다."

글렌의 그럴듯한 대답에 러이븐은 고개를 끄덕였다. 하지만 그의 표정까지 좋을 수는 없었다.

중년의 글렌이나 청년이지만 침착해 보이는 알카레스는 그래도 근위 기사단의 단원들 같아 보였지만, 왠지 불량스럽게만 보이는 쟌이나 허겁지겁 음식 먹기에 여념이 없는 카타리나는 어떻게 두 사람과 일행이 된 것인지 궁금하기 이를 데 없었다. 뭐라고 할까, 쟌과 카타리나는 알카레스 등과 비교해 격이 떨어진다라는 느낌을 피할 수 없었다.

에피타이저에 이어 메인 디시로 나온 것은 살짝 구운 후 레몬 즙을 뿌린 연어 스테이크와 싱싱한 야채와 드레싱, 그리고 살짝 익힌 잔새우와 버무려진 샐러드, 살짝 구운 스테이크를 토마토 케첩과 야처와 함께 익힌 찹스테이크가 나왔다.

마지막으로 초콜릿과 호도를 잘게 부숴서 뿌린 초콜릿 푸딩이 나왔을 때 일행은 할 말을 잃었다.

아무리 손님을 초대했다 하더라도 정말 호화스럽기 이를 데 없는 식단이었다.

일행이 응접실에 왔을 때 두 명의 시녀가 레몬을 살짝 띄운 따끈한 홍차를 들고 와 일행 앞에 내려놓았다.

홍차를 한 모금 마신 글렌은 레이븐을 쳐다보았다.

난생처음 보는 자신들에게 이런 접대는 정말 과분한 것이었다. 게다가 애써 태연한 표정을 짓고는 있었지만 왠지 초조해하는 기색이 엿보이는 레이븐의 태도도 상당히 신경 쓰였다.

모른 척할 수도 있지만 그가 무슨 이유로 자신들을 부른 것일까 궁금한 생각도 들었다. 물론 자신들을 부른 이유가 근위 기사단의 단원이라는 신분 때문이라는 것도 충분히 짐작하고 있었다.

"정말 훌륭한 식사였습니다. 수도에서도 이 정도로 맛있고, 격식을 갖춘 식사는 아마도 왕궁을 제외하면 찾아보기 힘들 겁니다."

"식사가 맛있었다니 나 역시 기쁘구려."

"그런데… 단순히 저희에게 식사를 대접하기 위해 부르신 것은 아닌 것 같은데 저희가 뭔가 잘못한 일이라도……."

글렌의 말에 레이븐은 어색한 미소를 지으며 황급히 손을 내저었다.

"아니오. 실은 내가 도움을 받고 싶은 일이 있어 그대들을 초대한 것이오. 만약 그대들에게 시간이 있어 나를 좀 도와준다면 정말 고맙겠소이다."

언뜻 보기에도 자존심이 상당할 것 같은 레이븐이 먼저 자신을 도와달라고 부탁하자 글렌은 의외라는 생각이 들지 않을 수 없었다.

귀족으로서의 자존심을 버리면서까지 자신들에게 부탁하고 싶은 일이 무엇일까 궁금했다. 귀족이 비록 근위 기사라고는 하지만 평민에게 자존심을 굽혀가며 부탁한다는 것은 보통 일이 아니었다.

"다름이 아니라… 얼마 전 가문 대대로 내려오던 어떤 물건 하나를 도둑맞은 사건이 있었소. 단순히 비싼 물건이라면 포기할 수도 있지만, 가보(家寶)로 내려오는 물건인지라 찾지 않을 도리가 없소이다. 그대들은 근위 기사단의 기사들이니 혹시 이런 일에 대한 경험이 있을지 몰라 그 물건을 찾아달라고 부탁하기 위해서 이렇게 여러분을 초청한 것이었소."

말을 하는 레이븐의 얼굴에는 정말 안타까워하는 기색이 역력했다.

글렌은 레이븐이 잃어버렸다는 물건이 어제 여관에서 사내들이 거론했던 물건임을 깨달을 수 있었다.

"말씀 중에 죄송하지만, 그 물건이라는 것이 정확히 무엇인지 저희들이 알 수 있겠습니까?"

"그 물건은… 하나의 목걸이요. 들어봤는지 모르겠지만 '가이야의 눈물'이라고 불리는 보석과 황금으로 세공한 목걸이요. 이미 200년 전부터 우리 가문에서 전해지는 가문의 가보였기 때문에 찾아야단 하오. 부탁하겠소. 만약 여러분께서 그 물건만 찾아준다면 여러분들이 원하는 것은 그것이 무엇이든 들어주겠소. 그러니 제발 그 물건을 찾아주시오."

"저희들은 바쁜 일이 있어……."

"아닙니다, 저희가 그 일을 맡도록 하겠습니다."

쟌의 말에 레이븐의 시선이 그에게로 향했다.

"우리에겐 그럴 만한 시간이 없지 않소?"

"충분히 있으니까 잠자코 있어. 그건 그렇고… 남작님, 물을 것이 있습니다."

"뭐요? 뭐든 물어보시오. 내가 아는 것이라면……."

"다름이 아니라 그 물건을 누가 훔쳤다고 생각하십니까? 들리는 소문에 의하면 도둑으로 짐작 가는 사람이 있는 것 같던데 말입니다."

"으음……."

쟌의 질문에 레이븐의 얼굴이 사정없이 일그러졌다. 그리고 그의 입이 열린 것은 잠시 후의 일이었다.

"이건 내 짐작이긴 하오만, 아마 블랙 케이프가 아닐까 생각되오."

"블랙 케이프?"

레이븐의 말에 어리둥절한 표정을 짓고 있는 쟌과는 달리 글렌과 알카레스는 고개를 끄덕였다.

어제 식당에서 이야기를 들었을 때 혹시 그럴지도 모른다고 생각을 했지만 물건의 소유자인 레이븐의 추측이 그렇다면 그렇게 생각한 나름대로의 이유가 있을 것이란 생각이 들었다.

"남작님께서 그렇게 생각하시는 특별한 이유가 있습니까?"

"가보인 가이야의 눈물은 나만 아는 비밀 장소에 보관되어 있었소. 또 그 물건이 있던 곳은 알람 마법과 전격 마법이 걸려 있어 누구든 함부로 접근하면 두 마법이 동시에 작동되게 되어 있었고, 또한 목걸이는 튼튼하기 이를 데 없는 금고 안에 들어 있었소. 그런데 감쪽같이 물건만 사라졌으니 지금 왕국 내에 그럴 만한 능력을 가진 자는 오직 블랙 케이프밖에 더 있겠소?"

"그럼 한 가지만 더 묻겠습니다. 물건을 훔친 자가 아직 베이룬 시를 떠나지 않은 것이 확실합니까?"

"베이룬 시를 빠져나가는 자들을 철저히 조사했지만 아직까지 범인으로 의심되는 자는 없었소."

"하지만 저희가 베이룬 시로 들어왔을 때는 특별히 별다른 조사를 받지 않았는데……."

"그거야 도시로 들어오는 자가 도둑일 가능성은 전혀 없잖아. 생각 좀 하고 살아."

쟌의 잔인한 지적에 글렌은 아무런 대꾸도 하지 못했다.

"그럼 저희에게 그 도난품을 찾는 일을 맡기신다는 임명장 같은 것을 한 장 써주시겠습니까? 만약 블랙 케이프란 자가 그 물건을 훔친 것이 확실하다 하더라도 이 도시를 떠났을 경우 그자의 뒤를 좇아가야 하지 않겠습니까? 그럴 경우를 대비하기 위해섭니다.”

쟌의 말에 잠시 생각하던 레이븐은 곧 고개를 끄덕였다.

이미 자신도 방금 쟌이 말한 것을 생각해 본 적이 있었기 때문이다. 베이룬 시의 경비대장이 알카레스와 글렌의 신분을 확인했다니 이들을 믿어도 될 것 같았다. 그렇지만 다시 한 번 확인을 해야만 안심이 될 것 같았다.

“미안하지만 여러분의 신분을 다시 한 번 확인해야겠소. 근위 기사단의 기사라면…….”

챙!

레이븐의 말에 자신의 검을 뽑아 든 알카레스는 검의 그립을 반대로 잡고는 레이븐에게 롱 소드를 넘겼다. 롱 소드를 받아 든 레이븐은 가드 부분에 붙어 있는 붉은 보석을 발견할 수 있었다.

11개의 붉은 보석. 그리고 분명히 6번째 보석이 다른 보석보다 조금 더 컸다. 시력을 집중해 살펴보니 가느다란 흰색 실처럼 보이는 기이한 문양이 보였다. 그 문양이야말로 알카레스가 근위 기사임을 밝혀주는 결정적인 증거였다.

“의심해서 미안하오. 하지만 나에게는 너무나 심각한 일이기에 신분을 확인한 것이니 너무 기분 나쁘게 생각하지는 마시오.”

“괜찮습니다.”

롱 소드를 받아 든 알카레스는 검집에 롱 소드를 집어넣으며 대꾸했다.

집사에게 종이와 펜을 가져오도록 지시한 레이븐은 그 자리에서 한

장의 임명장을 써서 작은 주머니와 함께 글렌에게 내밀었다. 내용을 살핀 글렌은 곧 품에 집어넣으며 자리에서 일어났다.

"그럼 저희들은 이만 돌아가서 조사를 시작하도록 하겠습니다, 남작님."

"꼭 목걸이를 찾아주시오. 그리고 지원이나 도움이 필요하면 언제든 말을 하시오. 그리고 이건… 조사를 하려면 경비가 필요할 것이오. 경비로 쓰시오. 그리고 꼭 찾아주길 바라오. 기다리고 있겠소."

"명심하겠습니다, 남작님."

글렌의 대답을 마지막으로 일행은 레이븐이 마련해 준 마차를 이용해 여관으로 돌아왔다.

식당에 마주 앉은 쟌은 자신이 궁금하게 생각하던 것을 글렌에게 물었다.

"먼저 블랙 케이프가 누군지 말해 봐."

"한마디로 대단한 도둑이오."

"대단한 도둑? 뭐가 대단하다는 거지?"

"실패를 모르는 성공률 100%인 괴도 중의 괴도, 그가 바로 블랙 케이프요. 모습을 드러낸 지 5년이나 지났지만 그가 남자인지 여자인지, 또 어린지 늙었는지조차 아직 전혀 밝혀지지 않은 인물이오."

"그래? 왠지 흥미가 생기는군."

"하지만 블랙 케이프를 더욱 유명하게 만든 것은 그가 훔친 물건들이 하나같이 값으로는 따질 수도 없는 보석이나 골동품 등 세상에 하나밖에 없는 희귀한 물건들뿐이라는 것이오. 가난한 사람들의 물건을 훔치지 않는 것은 다행이지만 그에게 물건을 도둑맞은 귀족이나 거부들이 그냥 있을 리 있겠소? 엄청난 현상금을 걸고 그를 잡으려고 했지만 지난 5년 동안 그의 그림자조차 본 사람이 없다고 하오."

"그럼 블랙 케이프라고 불리는 이유는 뭐야?"

"유일하게 그의 뒷모습을 발견한 사람의 증언에 의하면 도주하던 그를 봤다는데, 당시 그가 검은색의 망토를 걸치고 있었다 하오. 그래서 그때까지 별다른 이름이 없던 그를 블랙 케이프라 부르고 있소이다."

글렌의 설명에 쟌은 고개를 끄덕였다. 누군지는 모르지만 상당한 실력의 소유자라는 생각이 들었다. 게다가 5년 동안 누구에게도 들키지 않을 정도라면 대단한 실력과 더불어 치밀한 성격의 소유자임이 확실했다.

"그건 그렇고, 블랙 케이프는 어떤 방법으로 마법을 무력화시키고 물건을 훔친 것이지?"

"그건 블랙 케이프밖에 모르지 않겠소?"

"그렇다면 잡아서 족쳐 봐야겠군. 현상금이 걸렸다고 하는데 얼마나 되지?"

"지금은 얼만지 잘 모르겠지만 얼마 전까지는 20만 코렌이었소이다. 아마 개인에게 걸린 현상금으로는 최대 금액일 것이오."

"20만 코렌? 아닙니다. 제가 듣기로 현상금은 50만 코렌이라고 하던 것 같았습니다."

"50만 코렌? 그새 또 올랐나?"

"호오~ 50만 코렌이란 말이지. 여러 가지 이유로 만나고 싶은 인물이군."

알카레스의 말에 고개를 끄덕인 쟌은 문득 생각나는 것이 있어 그에게 질문을 했다.

"카블렌스 시까지는 얼마나 걸려? 그리고 도착하기로 한 날까지는 얼마나 남았어?"

쟌의 말에 알카레스는 지도를 꺼내 글렌과 함께 계산을 하기 시작했다.

"우리가 카블렌스 시에 도착하기로 한 날은 8월 20일이오. 그러니 한 달 하고도 보름 정도가 남은 셈이오. 그리고 카블렌스 시까지 정상적인 속도로 이동하면 한 달 정도의 시일이 필요할 거요."

"정상적인 속도? 그러니까 쉴 것 다 쉬고 놀 것 다 놀면서 가면 한 달이 걸린다는 거잖아. 일단 조사할 시간은 충분할 것 같군. 그럼 슬슬 조사를 시작해 볼까?"

다른 사람들의 의견 따위는 물어볼 생각도 않은 채 쟌은 그대로 식당을 빠져나가 버렸고, 뒤에 남은 세 사람은 어쩔 수 없이 쟌의 뒤를 따라나서야만 했다.

건물을 빠져나온 쟌은 잠시 주위를 둘러보다가 갈 곳을 정했는지 곧 걸음을 옮기기 시작했다.

저녁 시간이 되어서인지 거리는 사람들로 넘쳐 났다.

사람들을 헤치고 쟌이 향한 곳은 대로에서 조금 떨어진 곳에 있는 '와이번' 이란 이름을 가진 용병 길드였다. 그가 왜 용병 길드를 찾아온 것인지 일행은 영문을 알 수 없었다.

길드 안으로 들어선 쟌은 접수대를 찾았다.

접수대에 앉아 있던 두 사내는 쟌을 발견하는 순간 고개를 잠시 갸웃거리다가는 곧 그를 알아보았다.

"호, 혹시 웨스펀 시에서 있었던 격투 대회에서 우승한 너클 파이터 쟌 가이야 씨 아니오?"

"그렇소."

상대가 뜻밖에 자신을 알아보자 쟌은 조금 놀라며 곧 대답을 했다.

"웨스펀 시의 격투 대회 우승자가 우리 와이번 길드를 찾아주시다니…… 그때 직접 가서 봤는데 정말 대단했었소. 이렇게 만나게 되어 정말 영광이오."

"영광은 뭐, 그저 운이 좋았을 뿐이오. 그보다 묻고 싶은 것이 있어 왔는데…….

"무엇이오? 우리가 도울 수 있는 것이라면 뭐든 돕겠소."

"고맙소이다. 혹시 이곳 비이룬 시에 정보 길드가 있소?"

"물론이오."

"그곳의 위치 좀 가르쳐 주겠소?"

쟌의 질문에 30대 후반으로 보이는 용병이 자리에서 일어나며 입을 열었다.

"내가 그곳을 알고 있소. 안내해 드리리다."

"고맙소이다. 그럼 부탁하겠소."

용병이 앞장을 서자 쟌이 그의 뒤를 따랐고, 일행은 다시 쟌의 뒤를 따라 걸음을 옮겼다. 걸음을 옮기며 쟌은 그 용병에게 뭔가 질문을 계속했고, 용병의 대답에 쟌은 고개를 끄덕이기도 하고 갸우뚱하기도 하며 걸음을 옮겼다.

잠시 후 그들이 도착한 곳은 좁은 골목 안쪽에 위치한 허름한 어느 술집이었다.

들어가는 입구부터가 심상치 않은 곳이었다. 구멍이 뚫린 벽이며, 박살이 난 창문 하며, 고주망태가 되어 쓰러져 자고 있는 몇 사람의 술꾼들 하며, 지저분한 분위기 하며 그야말로 전형적인 뒷골목 풍경이었다.

물론 그런 분위기에 익숙한 사람들에게는 일상적인 풍경일지 모르지만 카타리나에게는 지옥에서나 볼 수 있는 끔찍하게 지저분한 광경이었다. 곁에 알카레스와 글렌이 있긴 했지만 그들이야 자신의 안전을 지켜주는 것이지 눈에 들어오는 풍경까지 막아줄 수는 없지 않은가?

떨어지지 않는 발걸음으로 가게 안에 들어서니 더욱 가관이었다.

노랫소리, 고함 소리, 싸우는 소리가 한데 섞여 뭐가 뭔 소린지 전혀 알아들을 수 없을 정도로 시끄러웠다. 손으로 귀를 막은 카타리나는 카운터에서 바텐더와 함께 대화를 나누고 있는 잔을 쳐다보았다. 그곳으로 걸음을 옮기려는 순간 누군가가 팔을 낚아채는 것을 느끼고는 비명을 질렀다.

"꺄악~"

"헤헤. 이봐, 레이디. 나랑 놀다 가는 게 어때?"

얼굴이 털북숭이인 40대 후반의 사내가 잔뜩 술에 취한 채 카타리나를 껴안으려고 했다. 하지만 그의 바람은 이루어질 수 없었다.

카타리나 곁에 있던 글렌이 한 걸음 앞으로 나섬과 동시에 사내의 복부를 사정없이 걷어찼다.

퍽!

"크아악!"

사내는 자신의 복부를 움켜잡고 술집 바닥을 뒹굴며 고통에 찬 신음을 토했다. 하지만 글렌의 행동은 그걸로 끝이 아니었다. 쓰러진 사내의 얼굴을 그대로 걷어찬 것이다.

퍽!

그걸로 끝이었다. 아니, 새로운 시작이었다.

기절한 사내의 동료들과 술집의 손님들이 일제히 자리에서 일어나 세 사람을 포위한 것이었다. 흉흉한 표정을 지은 사내들이 자신들을 포위하자 카타리나는 순간적으로 두려운 마음이 들지 않을 수 없었다.

재빨리 카타리나의 앞을 가로막은 알카레스는 자신들을 포위한 사내들을 훑어봤다. 비록 자신이나 글렌이 그들에 비해 월등한 실력을 가지고 있다 하더라도 상대의 수가 너무 많아 카타리나를 완벽하게 보호할 자신이 없었다.

"가이야 씨, 우리를 좀 도와주시오!"

"글렌이 있잖아."

알카레스의 커다란 외침에 쟌은 뒤도 돌아보지 않은 채 대꾸를 했다.

"숨어서 지켜보고 있는 그의 부하들을 부르라고 해. 그리고 지금 중요한 이야기 중이니까 조용히 놀아(?)."

"알고 있었소?"

"날 뭘로 보는 거야? 진작부터 알고 있었어."

쟌의 퉁명스러운 대꾸에 글렌은 어색한 미소를 지으며 손가락을 퉁겼다.

딱!

글렌의 손짓을 기다리기라도 한 듯 검은 하드 레더를 걸친 청년 다섯 명이 재빨리 가게 안으로 들어섰다.

"치워라."

"예."

대답과 함께 청년들은 술꾼들을 향해 몸을 날렸고, 두 무리 간에 일대 혼전이 벌어졌다. 뒤로 물러선 알카레스는 카타리나의 앞을 가로막은 채 혹시 있을지 모를 공격에 대비했다. 그러나 그건 알카레스의 기우였다.

다섯 청년의 실력은 그야말로 대단해 술꾼들을 사정없이 쓰러뜨리고 있었다. 그들이 제정신을 차리고 있어도 상대가 될 리 만무한데 술까지 마신 상태이니 다섯 청년의 공격을 한 차례도 막아낼 수가 없었다.

40명에 가까운 술꾼들이 술집 바닥에 쓰러지는 데 걸린 시간은 30분을 넘지 않았다. 쓰러진 술꾼들은 모두 신체의 한 곳을 움켜쥔 채 고통스러운 신음을 토하고 있었지만 청년들은 아랑곳하지 않고 그런 술꾼들을 짐짝처럼 다루며 마치 상자를 쌓듯 한곳으로 차곡차곡 쌓았다.

쿵~ 쿵~

술꾼들이 한곳으로 모아지자마자 기절한 세 사람이 새롭게 그들 일행에 추가되었다. 글렌이 고개를 돌렸을 때 그의 눈에 술집의 입구를 막고 있는 두 청년의 모습이 보였다.

글렌과 눈이 마주치자 청년 중의 하나가 입을 열었다.

"조장님께서 일행 분들과 술집 안으로 들어가자마자 이자들이 가게 안을 감시하기 시작했습니다. 술꾼들을 제압하자마자 어딘가로 가려는 것을 붙잡았습니다."

"수고했다. 다른 조원들은?"

"주위에서 이 술집을 감시하고 있습니다."

"계속 수고하도록."

"명심하겠습니다."

　허리를 숙인 청년은 곧 동료들과 함께 가게를 나갔다. 그러나 쟌은 이야기에 얼마나 열중하고 있는지 싸움이 벌어진 쪽으로는 고개도 돌리지 않았다.

　"그러니까 솜씨가 뛰어난 자에 대한 정보를 알려면 결국 도둑 길드로 가야 한단 말이오?"

　"그렇소. 물론 우리에게도 그들에게 대한 정보가 없는 것은 아니지만 상대 길드에 비해 정보 보유량도 적고, 또 피해가 갈지도 모르는 정보는 함부로 유출할 수 없는 것이 우리의 입장이외다."

　쓰러져 있는 술꾼들의 모습을 계속해서 힐끔거리며 바텐더는 조심스럽게 입을 열었다.

　"하지만 세상 모든 도둑들의 우상이라 할 수 있는 블랙 케이프에 대한 정보를 도둑 길드에서 얻을 수 있을지는… 솔직히 장담할 수 없소이다."

　"그 문제는 내가 알아서 할 테니 당신은 그곳의 위치나 가르쳐 주면 되오."

　잠시 고심을 하던 바텐더가 입을 열었다.

　"귀하에게만 그곳의 위치를 가르쳐 줄 테니 저 사람은 잠시 물러나 있도록 해주시오."

　바텐더가 가리킨 사람은 용병 길드에서부터 쫓아온 사내였다. 쟌이 잠시 양해를 구하자 그 사내는 흔쾌히 고개를 끄덕이고는 뒤로 물러섰다.

　바텐더에게 귓속말로 뭔가를 전해 들은 쟌은 잠시 뭔가를 생각하더니 곧 고개를 끄덕이며 그에게 1코렌짜리 금화 하나를 던졌다.

　"정보 고맙소. 다음에 다시 봅시다."

"감사합니다, 손님. 하지만 다음에 찾아주실 때는 좀 조용히 찾아주셨으면 감사드리겠습니다."

바텐더의 대답은 들은 척도 하지 않은 채 쟌은 일행과 함께 술집을 나왔다.

골목을 빠져나오며 쟌은 퉁퉁 부어 있는 카타리나의 모습을 힐끔 보다가 같이 왔던 용병에게 질문을 했다.

"이곳에 음식 맛이 훌륭한 식당이 많다는 이야기를 들었는데 소개를 좀 해주시겠소? 그리고 귀하도 같이 갑시다."

쟌의 말에 용병은 조금의 망설임도 없이 한 곳을 추천했다.

"그렇다면 '절벽 위의 작은 오두막' 으로 갑시다. 이곳 베이룬에서는 그곳만한 곳이 없소. 음식 맛도 음식 맛이지만 주위 경치도 끝내주는 곳이오. 절대 후회하지 않을 것이오."

"절벽 위의 작은 오두막? 이름처럼 정말 작은 가게인가 보구려."

"가보면 알게 될 거요."

그런 쟌의 반응이 당연하다는 듯 고개를 끄덕인 용병은 앞장서서 일행을 안내했다. 하지만 용병이 말한 식당은 생각보다 멀리 있어 거의 두 시간 가까이 걸어야만 했다. 게다가 산길이라 카타리나는 턱까지 숨이 차는 것을 억지로 눌러 참아야만 했다.

도시의 외곽에 위치한 탓인지는 모르지만 식당은 산과 베이룬 시 중간 지점에 위치하고 있었다. 숲으로 둘러싸인 식당은 주위의 경관과 어우러져 평온한 분위기를 느낄 수 있었다.

잠시 주위를 둘러보던 알카레스는 식당이 베이룬 시와 너무 떨어져 있는 것은 아닌가 하는 생각이 들었다. 베이룬 시를 둘러싸고 있는 산들에 몬스터가 있는지 없는지 알 수는 없지만 만약 몬스터가 나타나기라도 한다면 큰 봉변을 당할 수도 있는 일이기 때문이다.

이들이 식당 가까이로 다가가자 깔끔하게 차려입은 청년 하나가 식당 입구에서 이들을 맞이했다.

"어서 오십시오, 손님."

"어이, 헤른. 내가 귀한 손님들을 모시고 왔네. 오늘 자네가 특별히 신경 좀 써야 할 거야."

한껏 거드름을 부리는 용병의 말에 청년은 잠시 의아한 표정을 짓다가 곧 허리를 숙였다.

"저희 식당을 찾아주신 손님들은 모두 각별히 신경을 써서 모시고 있습니다."

"그런 말이 아니라, 여기 계신 이분이 바로 얼마 전 웨스펀 시에서 있었던 격투 대회에서 우승한 분이시라네. 그리고 이분들은 동료 분들이시지. 모두 대단하신 분들이라네."

용병의 말에 청년은 번개처럼 빠르게 일행을 훑어보았다. 그리고는 역력하게 놀랐다는 표정을 지으며 조금은 과장된 표정으로 탄성을 터뜨렸다.

"그럼 이분이 웨스펀 시의 이번 격투 대회 우승자란 말씀이십니까? 이번 대회에는 우승 후보로 지목된 사람들이 상당수 참가했다고 하던데…… 우승을 차지하셨다면 정말 대단한 실력을 가진 분이신가 보군요. 아직 젊은 분 같은데……."

청년은 놀라는 표정을 지으면서도 쟌의 아래위를 꼼꼼히 살피고 있었다. 아직 경험이 부족한 알카레스는 그런 청년의 모습에서 별다른 이상을 발견하지 못했지만 글렌이나 쟌은 심상치 않은 뭔가가 느껴졌다.

"참! 내 정신 좀 봐. 손님들을 문밖에 세워두고 이게 무슨 짓이람. 어서 저를 따라오십시오, 저희 가게의 특실로 모시겠습니다."

앞장서서 걸음을 옮기는 청년의 뒤를 따라가던 일행은 조금은 색다른 식당의 모습에 다시 한 번 주위를 훑어보았다.

홀 전체가 개방되어 있는 일반 식당과는 달리 홀 중앙에 원형의 무대가 마련되어 있었고, 그를 중심으로 칸막이로 막힌 크고 작은 공간이 자리하고 있었다.

청년은 그 공간 사이로 난 통로를 따라 2층으로 향했고, 일행은 고색창연한 문이 달린 방으로 안내를 받아 걸음을 옮겼다. 방 안으로 들어선 일행은 자신도 모르게 하나같이 탄성을 지르지 않을 수 없었다.

방 안의 모든 집기들이 허공에 떠 있었기 때문이다.

아니, 더 정확하게 말하자면 투명한 무엇인가가 벽과 바닥이 있어야 할 곳에 존재하고 있었지만 육안으로는 전혀 식별할 수 없었다. 무엇보다 일행의 눈을 사로잡은 것은 투명한 벽과 지면을 통해 보이는 산과 계곡의 전경이었다.

구름에 휘감겨 있는 산의 모습, 하얀 포말을 일으키며 흘러가는 계곡 물, 숲 사이로 보이는 동물들, 그리고 창공을 나는 새와 느리게 흘러가는 구름, 붉게 물든 석양까지…… 그 모든 것이 한눈에 들어왔다.

자리에 앉은 일행은 자신들이 마치 공중에 붕 떠 있는 것 같은 착각에 빠졌다. 일행이 정신을 차릴 때까지 기다린 청년은 공손한 음성으로 입을 열었다.

"주문은 어떻게 하시겠습니까? 오늘은 계곡에서 잡은 송어로 만든 요리가 좋습니다만… 특별하게 찾으시는 음식이 있으면 말씀해 주십시오."

“아니, 추천 요리로 하겠소. 그리고 술도 몇 병 갖다 주시오.”

“알겠습니다. 그럼 잠시만 기다려 주십시오.”

청년이 나가자 일행은 다시 한 번 주위를 둘러보았다.

보면 볼수록 신기한 일이었다.

“나도 특실이 대단하다는 말을 듣긴 했지만 설마 이런 곳일 줄은 몰랐구려.”

“마법으로 만든 것일까요?”

알카레스의 질문에 잠시 손으로 직접 만져 보던 글렌은 고개를 저었다.

“아니야. 만약 인비저빌리티 마법으로 벽과 바닥을 투명하게 만든 것이라면 강한 마나의 기운이 느껴져야 하는데 벽과 바닥에서는 그저 극히 미약한 마나의 기운밖에 느껴지지 않거든. 게다가 이 방을 계속해서 투명하게 만들려면 몇 달에 한 번, 혹은 몇 년에 한 번씩 마법사가 신경을 써야 하는데… 이런 정신 나간 짓을 할 마법사가 과연 있을까?”

“그것도 그렇겠군요. 하지만 정말 신기하군요. 설마 세상에 이런 곳이 있을 줄은 상상도 못했습니다.”

글렌의 말에 알카레스는 감탄을 금치 못했다.

잠시 흥미를 보이던 쟌은 곧 지그시 눈을 감고 뭔가를 생각하기 시작했다. 하지만 카타리나는 신기한 마음을 참지 못해 바닥을 발로 굴러보기도 하고, 벽을 통해 보이는 산과 숲, 그리고 계곡의 모습을 정신없이 바라보다가 석양의 아름다움을 새삼 깨닫기도 했다.

“격투 대회의 우승자께서 저희 가게를 찾아주시다니…… 오늘 정말 귀한 손님들을 모셨군요.”

　낭랑한 음성에 사람들의 시선이 방문을 향했을 때 일행의 눈에 타는 듯 보이는 붉은 드레스에 허리까지 내려오는 붉은 머리카락을 차랑거리고 있는 20대 중반의 여자가 들어왔다.

　"레이디는?"

　"인사가 늦었습니다. 전 이 언덕 위의 작은 오두막의 주인인 모니카 쥬벨이라고 합니다. 이렇게 여러분을 만나뵙게 되어 진심으로 영광스럽게 생각합니다."

　"그러시군요. 저희는 이곳이 베이룬 시에서 가장 뛰어난 풍경을 즐기며 식사를 할 수 있는 곳이라는 말을 들었을 땐 믿지 않았는데… 정말 대단한 곳입니다."

　"호호호, 별말씀을."

　글렌의 찬사에 모니카는 손으로 입을 가리고는 작게 웃었다. 그렇게 아름다운 얼굴은 아니지만 행동에서 품격이 배어 나오는 것이 여인을 상당히 매력적으로 보이게 만들었다.

　"곧 주문하신 식사가 나올 겁니다. 여러분 모두 즐거운 시간이 되시길."

　모니카가 나가고 얼마 되지 않아 곧 주문한 음식이 나왔다.

　소금과 후추로 간을 한 송어에 밀가루를 입힌 후 버터와 샐러드 유로 노릇노릇하게 구운 것에 포도주를 곁들이자 일행은 그 환상적인 맛에 하나같이 감탄을 터뜨렸다.

　첫맛은 담백하고 고소했고, 뒷맛은 은은한 감칠맛이 느껴지는 것이 입맛이 까다로운 카타리나마저 정신없이 식사에 열중하게 만들었다.

　정신없이 식사를 하고 있을 때 일행 가운데 가장 먼저 노랫소리를 들은 사람은 역시 쟌이었다. 그리고 글렌과 알카레스도 잠시 후 희미하게 들려오는 노랫소리를 들을 수 있었다.

낮은 음성이었는데 흔히 들을 수 없는 기묘한 음률을 띠고 있었다. 노랫말 또한 한 번도 들어본 적이 없는 기묘한 말이었다.

가만히 듣고 있자니 새벽 안개가 자욱하게 긴 깊은 숲 속을 걷고 있는 듯한 착각이 들었다.

사내들이 평화스러움을 만끽하고 있을 때 카타리나는 뭐 때문에 사내들이 저렇게 야릇한 표정을 짓고 있는지 영문을 몰라 눈살을 잔뜩 찌푸렸다. 하지만 이내 생각을 접고 다시 식사를 시작했고, 곧 식사를 마칠 수 있었다.

포도주를 한 모금 마시고 그 향을 음미하던 카타리나는 자신이 마신 포도주가 의외로 향이나 맛이 지극히 뛰어나다는 것을 깨닫고는 포도주 병을 살펴봤다.

임페슈넬리.

트레슈나 제국력 568년이라고 적혀 있는 것을 보니 지금으로부터 31년 전에 만들어진 포도주였다.

바리타스 왕국을 속국으로 만든 트레슈나 제국이지만 이 임페슈넬리만큼은 왕국 내의 모든 귀족들이 소장하고 있을 만큼 널리 알려진 최고급 와인이었다. 하지만 보통 10년이나 15년짜리가 대부분이었고, 왕궁에서 보관하고 있는 것도 23년짜리가 가장 오래된 것이었다. 그런데 한낱 식당에서 가지고 있는 것이 31년짜리라니…… 놀랄 일이 아닐 수 없었다.

31년짜리라면 아마 부르는 것이 값일 정도로 비쌀 것은 말할 필요도 없었다. 그러고 보니 한낱 음식점을 꾸미는 데 너무 많은 돈을 투자했다는 생각을 버릴 수가 없었다.

세상 어디서도 찾아볼 수 없는 독특한 특실이나 부르는 게 값인 고가의 포도주를 사는 데 들인 돈을 회수하려면 가게 전체가 손님들로 버글대야 정상일 것이다. 하지만 아까 이곳으로 들어올 때 보니 가게 안은 거의 텅 비어 있다시피 했다. 가게 주인인 모니카가 자선 사업가가 아닌 이상 손해를 보면서 가게를 계속할 이유가 없지 않은가?

카타리나는 그런 자신의 생각을 일행에게 말해 주려다가 콧방귀를 뀌고는 고개를 돌려 버렸다.

후식으로 나온 신선한 과일 주스까지 마신 일행은 자리에서 일어났다. 1층으로 내려와 중앙에 마련된 무대를 보니 서른쯤으로 보이는 큰 귀를 가진 엘프 하나가 류트를 연주하고 있었다.

고개를 숙이고 있는 그의 얼굴엔 슬픔이 가득했고, 그의 연주 역시 진한 슬픔을 띠고 있었다. 그의 연주와 노래를 듣고 있으면 어쩔 수 없는 상황 때문에 헤어져만 했던 비련의 연인들이 자연스럽게 그려졌다.

비록 가사를 알아들을 수는 없었지만 상심한 연인의 아픔만큼은 가슴 저리도록 느낄 수 있었다. 물끄러미 엘프를 바라보던 카타리나의 눈에 눈물이 글썽글썽한 것이 금방이라도 주르륵 흘러내릴 것 같았다.

그런 느낌은 다른 세 사내도 마찬가지였다. 괜스레 코끝이 찡해지는 것이 울적한 마음이 들었다.

카운터에 선 쟌은 그런 일행과 달리 무표정한 얼굴로 계산서를 요구했다.

"얼마요?"

"식사가 즐거우셨는지 모르겠군요."

"즐거웠소, 그것도 상당히."

"즐거우셨다니 다행이군요. 주인님께서 격투 대회 우승자께 식사를 대접할 수 있어 영광이라고 음식값은 받지 않겠다고 하셨습니다. 음식값 대신 방명록에 이름이나 적어주시면 감사하겠습니다만……."

점원의 말에 쟌의 눈이 가늘어졌다.

"내가 격투 대회의 우승자라고 이런 대접을 받을 이유는 없을 텐데. 게다가 웨스펀 시에 있었던 격투 대회에서 우승을 했는데 왜 베이룬 시에서 대접을 받아야 하지? 더더구나 난 누구에게 공짜로 대접을 받는 것은 아주 질색이거든."

쟌의 뜻하지 않은 대구에 점원은 어색한 미소를 지으며 변명을 하듯 재빨리 대꾸를 했다.

"전 주인님의 말씀을 그대로 전했을 뿐입니다."

"얼마냐니까."

상대의 음성이 싸늘하게 변하자 점원은 당황한 표정을 지으겨 더듬 더듬 입을 열었다.

"모두 2,520코렌입니다만……."

점원의 말에 슬픔에 잠겨 있던 일행은 모두 깜짝 놀라지 않을 도리가 없었다.

"뭐? 뭐라고?! 2,520코렌이라니! 말도 안 되는 소리!"

"감히 누구에게 바가지를 씌우려고……."

"허허. 내참, 기가 막혀서……. 헤른, 자네는 이곳까지 손님을 모시고 온 내 입장을 정말 난처하게 만드는군."

일행이 한마디씩 항의를 하자 헤른이라고 불린 청년은 더욱 난처한 표정을 지었다.

"그게… 여러분께서 드신 임페슈넬리만 해도 1,000코렌 이상 가는 고가품인데다 요리를 하신 분도 왕국 내에서 이름이 높으신 분이 직접 요리를 하셨고, 또… 그래서 계산을 하지 않으셔도 된다고 한 것인데……."

"여기 있소."

차르륵!

100코렌짜리 25개와 1코렌짜리 20개가 카운터 위에 놓여졌다. 그대로 쟌이 식당을 빠져나가자 나머지 일행도 어쩔 수 없이 그의 뒤를 따라 식당을 나섰다.

"정말 미안하게 됐소. 이 가게가 음식 맛도 좋을 뿐 아니라 주위 경관도 뛰어나다는 말을 들은 적이 있기에 여러분에게 이곳을 소개한 것인데, 설마 이런 식으로 바가지를 씌울 줄은 몰랐소이다."

"괜찮소. 마침 공돈을 좀 가지고 있었소. 게다가 훌륭한 음식점을 소개해 달라고 부탁한 사람은 내가 아니오. 귀하는 아무런 잘못도 없소."

"아니오, 그래도 이건 너무 심했소. 정말 미안하오."

거듭 사과한 용병은 잠시 뭔가를 생각하더니 곧 입을 열었다.

"아무리 생각해도 이대로는 미안해서 내가 그냥 지나갈 수 없을 것 같소. 귀하가 베이룬 시에 얼마나 있을지는 모르지만 필요할 것이 있으면 뭐든 부탁하시오. 내가 할 수 있는 일이라면 뭐든 하겠소이다."

처음 거절을 하려던 쟌은 용병의 얼굴에 어려 있는 미안함을 읽고는 곧 고개를 끄덕였다.

"그렇게 생각할 필요는 없는데…… 알겠소. 그렇지 않아도 부탁할 일이 있었는데 그럼 귀하에게 부탁을 하겠소."

"뭐든 말만 하시오."

"내일 아침에 갈 곳이 있는데 지리를 몰라서 그러니 베이룬 시의 안내를 좀 부탁하겠소이다."

"물론이오. 걱정하지 마시오. 베이룬 시 구석구석을 나만큼 환히 꿰고 있는 사람도 없을 것이오. 묵고 있는 여관이 어딘지 이야기해 주면 내일 아침 찾아가겠소."

" '여행자의 집' 이란 여관을 아시오?"

"물론이오. 알겠소, 그럼 내일 아침에 만납시다."

인사를 한 용병은 어둠 속으로 사라졌고, 일행은 자신들의 숙소를 향해 걸음을 옮겼다.

다음날, 일행이 아침 식사를 마쳤을 때 용병이 찾아왔다.

"잘 잤소?"

"어서 오시오. 식사를 하지 않았으면……."

"아니오. 식사는 벌써 했소이다. 그런데 갈 곳이 어디요?"

"혹시 '렉스턴' 이란 가게를 아시오?"

"그야 물론이오만… 그곳에서 살 물건이라도 있소?"

"아니오. 뭘 좀 알아볼 일이 있어서."

"알겠소이다. 그런데 모두 말을 가지고 있소? 걸어가기에는 좀 먼 거리라……."

"물론이오."

여관을 출발한 일행은 용병의 안내를 받아 베이룬 시의 서쪽을 향해 말을 몰았다.

일행이 도착한 곳은 온갖 상점들이 즐비하게 늘어서 있는 거리였는데, 그 가운데에서도 가장 큰 4층짜리 건물 앞이었다. 창문에 써 붙여진 종이를 보고서야 일행은 그곳이 무엇을 파는 곳인지 알게 되었다.

“이곳은 우리 베이룬 시에서 가장 큰 보석 가게인 ‘렉스턴’이오. 이름에서도 알 수 있듯이 보석의 산지인 렉스턴에서 들여온 원석을 가공해 취급하는데, 없는 물건이 없소. 한데 아침부터 무슨 일이기에 보석 가게를 찾은 것이오?”

“주인이 누구요?”

“다렌시스라고 불리는 50대 후반의 사내인데, 벌써 4대째 이 가게를 운영하고 있는 이 지역의 유지이기도 하오.”

“일단 들어갑시다.”

말에서 일행이 내리자 소년하나가 재빨리 다가오더니 말고삐를 몽땅 움켜잡으며 인사를 했다.

“저희 가게를 찾아주셔서 감사드립니다. 저희 가게는 렉스턴에서 직접 원석을 들여와 소비자의 기호에 맞게…….”

“주인 있냐?”

“예?”

소년이 갈색 눈을 끔뻑이며 어리둥절한 표정을 감추지 못하고 있을 때 쟌은 가게 안을 유심히 살폈다.

이른 아침임에도 불구하고 가게 안은 꽤나 많은 손님들로 붐비고 있었는데, 대부분 40대 후반쯤으로 보이는 여자 손님들뿐이었다.

“들어가 보면 알겠지.”

쟌이 앞장서서 가게 안으로 들어가 버리자 일행도 어쩔 수 없이 가게 안으로 따라 들어갔다.

가게 안으로 들어선 쟌은 진열장 뒤에 서서 손님이 오기만을 기다리고 있던 40대 중년의 사내 앞으로 다가갔다.

누군가 자신을 향해 다가오는 것을 발견하고 환한 미소를 짓던 중년 사내는 쟌과 일행의 복장이 시원치 않다는 것을 깨닫고는 잠시 표정이 굳는 듯했다. 하지만 곧 접대성 미소를 지으며 일행을 맞이했다.

"어서 오십시오, 손님들. 찾는 물건이 있으십니까?"

"있소."

"그래, 어떤 물건을 찾으시는지요? 보면 아시겠지만 저는 오팔과 사파이어를 가공해서 만든 목걸이와 팔찌, 머리띠, 반지, 브로치, 펜던트들을 담당하고 있습니다. 하지만 특별히 원하시는 물건이 있다면 말씀만 하십시오. 어떤 모양이든……."

"내가 찾는 물건은 여기 주인이란 말이오."

"예? 소, 손님, 무슨 말씀이신지……."

쟌의 대꾸에 중년 사내는 어리둥절함을 감추지 못했다.

"거참, 말귀가 엄청 어두운 양반이군. 이 가게의 주인인 다렌시슨가 하는 사람을 만나러 왔단 말이오."

"그럼 진작 그렇게 말씀하시지……. 주인어른은 3층 사무실에 계시오. 그런데 무슨 일로 그분을 찾는 거요?"

"흐흐흐, 이유를 알게 되면 비밀을 지키기 위해 귀하를 죽여야 하는데…… 그래도 듣고 싶소?"

낮은 음성으로 입을 여는 쟌의 입가에는 사람의 기분을 불쾌하게 만드는 미소가 걸려 있었다. 중년 사내가 지금껏 살아오면서 경험해 본 바에 따르면 이런 인간들은 그저 상종을 하지 않는 것이 최고였다. 하지만 자존심이 상해 한마디 하지 않을 수 없었다.

"행여 그분 앞에 가서는 말즈심하쇼. 그분 곁에는 손이 근질근질해 미치려는 작자들이 꽤나 많으니까. 괜스레 까불다가 병신이 된 작자들을 많이 봤소."

"착실하게 아침 운동을 해야 할지도 모르겠군."

쟌이 3층으로 향하면서 남긴 말은 그 말이 전부였다. 알카레스는 벌써부터 쟌이 무슨 사고를 칠까 봐 한 번 잡은 롱 소드의 손잡이에서 도저히 손을 뗄 수가 없었다.

2층 역시 상당히 많은 진열장이 있었고, 물건을 권하는 점원과 보석을 고르는 사람들로 꽤나 북적이고 있었다. 한 층을 더 올라가니 가장 안쪽에 다렌시스의 방이 보였다.

아무런 이름도 적혀 있지 않은 서너 개의 방들을 지나 다렌시스란 명패가 붙어 있는 방문을 왈칵 열자 그리 넓지 않은 공간에서 식사를 하고 있던 여섯 명의 사내가 일제히 고개를 돌려 일행을 노려봤다.

"네놈들은 누군데 감히 어른들이 식사를 하는데……."

"다렌시스 있나?"

상대의 말을 자르고 쟌이 입을 열자 우락부락한 얼굴을 한 사내들이 일제히 자리를 박차고 일어났다.

"네놈들은 뭐야?"

"건방진 놈! 감히 주인님의 이름을 함부로 불러?"

"정체를 밝혀라!"

자리에서 일어난 사내들 가운데 몇 명은 품에서 대거를 꺼내 위협이라도 하듯 허공을 몇 번이나 그어댔다.

"이봐, 불량감자들. 까불지 말고 비켜. 괜히 다리몽둥이 부러지고 난 다음 후회하지 말고."

쟌의 말에 사내들의 얼굴이 일제히 굳어졌다. 그리고 거의 동시에 쟌을 향해 주먹과 무기를 휘둘렀다. 하지만 쟌의 몸은 이미 사라지고 없었다.

사내들의 눈이 휘둥그레졌지만 쟌은 사라진 것이 아니라 바닥에 납작하게 몸을 숙인 것이었다. 몸을 숙이는 동작이 너무나 빨랐기에 사내들의 눈에 잔상만이 남아 쟌이 갑자기 사라진 것처럼 보였다.

쟌은 손에 들고 있던 목검을 사내들의 발목을 향해 사정없이 휘둘렀다.

따따따~딱~

"윽! 큭! 악!"

요란한 신음 소리와 함께 여섯 사내는 그 자리에 주저앉았고, 반대로 쟌은 그 자리에서 일어섰다. 하지만 그의 행동은 거기서 끝난 것이 아니었다.

퍼퍼퍼퍽~

사내들의 얼굴을 향해 사정없이 발을 휘둘렀고, 쟌의 발길질에 당한 사내들은 비명도 남기지 못한 채 그대로 기절해 버렸다.

가볍게 손을 몇 번 턴 쟌은 그대로 걸음을 옮겨 사내들 뒤쪽에 있던 방문을 거침없이 걷어찼다.

쾅!

요란한 소리와 함께 문짝이 떨어져 나가며 실내의 모습이 한눈에 들어왔다.

가장 먼저 눈에 들어온 것은 커다란 창문과 햇살을 역광으로 받고 있는 커다란 책상이었다. 그리고 책상에 앉아 있는 깡마른 체격의 노인과 날카로운 눈매로 자신을 노려보고 있는 네 명의 사내들이 보였다. 또 한쪽 벽에는 100여 권의 서적들이 꽂힌 책장이 보였고, 반대 편 벽에는 갖가지 보석으로 만든 여러 가지 공예품들이 보기 좋게 진열되어 있었다.

"뭔가?"

"당신이 다렌시슨가?"

"상당히 무례한 청년이군."

깡마른 노인의 말에 노인의 곁에 서 있던 사내들이 거의 동시에 들고, 메고 있던 각자 무기의 손잡이에 손을 올렸다. 하지만 쟌은 눈썹조차 까닥하지 않았다. 손에 들고 있던 목검을 어깨에 둘러멘 쟌은 상당히 거만한 표정을 지으며 다렌시스를 바라보고 있었다.

꿰뚫을 듯한 눈길로 쟌의 전신을 바라보던 다렌시스는 쟌의 당당한 태도에 약간은 가소롭다는 표정을 짓고 있었다.

"그런데 무슨 일이기에 아침부터 이렇게 소란스럽게 행패를 부리는 것인가?"

"늙은이가 있느냐고 물었는데 대답이 없더군. 그래서 약간 손을 봐 줬을 뿐이야."

"건방진 놈. 감히 이분이 누구……."

촤르르~

급속하게 금속성의 물체가 풀려 나가는 소리가 들렸다. 사내들이 소리가 들리는 곳으로 고개를 돌렸을 때 다렌시스 곁에 서서 위압적인 자세를 취하고 있던 사내들 가운데 한 명의 목에 가느다란 쇠사슬이 휘감겨 있는 것을 발견할 수 있었다. 사내는 사슬을 풀려고 했지만 그럴 때마다 쟌이 사슬을 잡아당겨 사슬이 풀리는 것을 막았다.

"주인과 이야기하고 있는데 건방지게 불량감자가 감히 어디를 끼어드는 거야? 이봐, 노인네. 이 자식 죽여도 돼?"

"마음대로 하게나."

깡마른 얼굴에는 아무런 표정도 지어 있지 않았다. 그러나 쟌을 바라보는 다렌시스의 얼굴에는 상대를 비웃는 듯한 표정이 희미하게 떠올라 있었다.

"그래? 그럼 건방진 개는 버릇을 고쳐 줄 수밖에."

말과 동시에 쟌은 왼손을 힘차게 잡아당겼고, 사내가 맥없이 끌려왔을 때 쟌의 오른 무릎이 치켜 올라왔다. 무릎의 끝이 사내의 명치를 파고드는 순간 사내는 통나무가 쓰러지듯 맥없이 기절하고 말았다. 하지만 그걸 쳐다보는 다렌시스도, 또한 그런 만행을 저지른 쟌도 그저 상대의 얼굴만을 바라볼 뿐 아무런 말도 하지 않았다.

털썩.

뿌드득~

사내가 바닥에 쓰러지자마자 쟌의 오른발은 하늘 높을 줄 모르고 치켜 올라갔고, 올라가기 무섭게 지면으로 떨어졌다. 사내의 옆구리에서 올려 퍼진 소리에 일행은 물론 다렌시스 곁에 서 있던 사내들의 얼굴도 일제히 변했다.

"제법 뼈가 여문 것을 보니 주인에 대한 충성심은 제대로 된 것 같군."

잠시 아무런 느낌도 실리지 않은 눈길로 쟌을 바라보던 다렌시스가 말을 꺼냈다.

"무슨 일로 여길 찾아왔나? 찾는 물건이 있으면 담당자에게 말을 했으면 충분히 구할 수 있었을 텐데 말이야."

"워낙 특별한 물건이라……."

"어떤 물건인가?"

"블랙 케이프."

"그런 물건도 있었나? 좀 더 자세히 설명해 준다면……."

뿌드득!

"으악!"

다렌시스의 말을 듣자마자 쟌의 발은 쓰러진 사내의 허벅지를 사정없이 짓밟았다. 그걸 바라보는 다렌시스의 얼굴은 미미하게 편했지만 쟌의 얼굴은 조금의 변화도 없었다. 그런 반면 다렌시스 곁에 서 있던 사내들의 얼굴에는 일제히 분노의 표정이 어렸다.

"내 말을 듣지 못했는가? 원하는 것이 있으면 말을 해야지 왜 그런 행패를 부리는가?"

"블랙 케이프에 대한 정보를 넘겨."

"조금 전에도 말했지만 대체 블랙 케이프가 누구기에 나에게 그 사람에 대한 정보를 넘기란 말인가?"

"정말 몰라?"

"내가 어떻게 알겠나? 나가 관심있는 것은 렉스턴에서 싼값으로 원석을 들여와 가공해서……."

"이봐, 당신이 쉐도우 길드의 마스터라는 걸 이미 알고 왔어. 발뺌할 생각 하지 말고 순순히 정보를 제공한다면 그냥 이대로 물러가겠지만 계속해서 엉뚱한 소리를 한다면 당신은 물론 쉐도우 길드의 길드원 전원을 색출해 내가 모조리 박살 내주지."

쟌의 말에 그의 얼굴을 유심히 바라보던 다렌시스는 눈을 게슴츠레 뜨고는 말을 이었다.

"내가 쉐도우 길드의 마스터라니…… 그게 무슨 소린가? 그리고 쉐도우 길드라는 것이 대체 뭘 하는 길드란 말인가?"

"알지도 못하는 작자 때문에 기꺼이 병신이 되기를 원하다니… 그렇게 간절히 원한다면 그렇게 해줄 수밖에."

목검을 든 쟌이 한 걸음 앞으로 나서자 다렌시스 곁에 서 있던 세 명의 사내들이 일제히 자신의 무기를 뽑아 들었다.

챙!

두 명이 좌우에서 롱 소드를 휘두르며 달려드는 순간 다른 한 명은 책상을 밟고 몸을 날리며 쟌의 머리를 향해 자신의 검을 힘껏 내려쳤다.

뒤에서 지켜보고 있던 글렌의 안색이 변할 정도로 사내들의 공격은 완벽했다. 아니, 완벽해 보였다. 적어도 쟌이 목검을 휘두르기 전까지는 말이다.

한 걸음 앞으로 내디딘 쟌은 공중으로 몸을 날린 사내의 발목을 향해 목검을 사정없이 휘둘렀고, 발목을 가격당한 사내의 몸은 공중에서 핑그르르 돌았다. 그의 몸이 책상 위로 떨어질 때쯤 쟌은 이미 다렌시스의 등 뒤에 서 있었다.

"죽어!"

사내 가운데 한 명이 롱 소드를 휘두르며 달려들자 거의 동시에 쟌의 왼손이 뿌려졌고, 유성추는 어김없이 사내의 목에 휘감겼다. 쟌이 유성추를 잡아당기자 중심을 잃은 사내는 맥없이 끌려왔고, 버둥대는 와중에 그가 들고 있던 롱 소드가 다렌시스의 얼굴을 향해 휘둘러졌다.

너무나 갑작스러운 일이기에 다렌시스는 그저 눈을 질끈 감을 뿐 꼼짝도 하지 못했다. 사내의 검이 주름살 가득한 얼굴을 두 쪽으로 가를 때쯤 쟌의 목검이 롱 소드의 옆면을 쳐 롱 소드의 궤적을 어긋나게 했다.

챙! 휘이익~

롱 소드가 아슬아슬하게 다렌시스의 얼굴을 빗겨가며 일으킨 풍압으로 인해 그의 머리카락이 휘날렸다.

"쯧쯧쯧, 불량감자 주제에 감히 주인님의 머리통을 자르려 하다니…… 정말 멍청하기 이를 데 없는 놈이군. 이런 멍청한 놈을 부하라고 데리고 있다니… 정말 불쌍한 늙은이야.”

쟌의 조롱에 눈을 감고 있던 다렌시스의 얼굴이 파르르 떨렸다. 동시에 치미는 수치심과 분노를 참지 못해 그의 얼굴은 시뻘겋게 물들었다.

다렌시스의 머리 위에 손을 올린 쟌은 그의 머리를 가볍게 흔들며 입을 열었다.

“좋은 말로 할 때 어서 불어. 늙으면 뼈도 잘 안 붙는다는 것 잘 알잖아.”

“이런 짓을 하고도 덜쩡할 것 같으냐? 당장 경비대에 신고를 해서 네놈을…….”

촤악~

쟌은 이를 악물며 말을 하던 다렌시스의 눈앞에 레이븐에게서 받은 임명장을 펼쳐 내밀었다.

“내가 이 임명장을 받은 사람에게 가서 늙은이가 블랙 케이프일지도 모른다는 말을 하면 과연 이를 부드득부드득 갈고 있는 그가 늙은이를 어떻게 할까?”

쟌의 말에 다렌시스의 얼굴은 허옇게 질려 버렸다.

적어도 베이룬 시에서 레이븐이 하지 못할 일은 아무것도 없었다. 이미 소문을 통해 그가 잃어버린 물건을 찾기 위해 얼마나 미친 인간처럼 날뛰고 있는지 잘 알고 있었다. 이런 상황에서 만약 용의자로 지목받게 된다면 모든 재산을 날리는 것은 물론 목숨마저 부지하기 어렵다는 것은 두말할 나위 없었다.

자신 같은 평민의 목숨은 레이븐의 입장에서는 자신의 기분을 상하게 만들었다는 것만으로도 목이 날아갈 정도로 아무런 가치가 없는 것이었다. 아니, 용의자로 지목된다는 것만으로도 쥐도 새도 모르게 끌려가 목숨을 잃을 것이 분명했다.

그런 생각 끝에 다렌시스는 자신이 쉐도우 길드의 마스터라는 극비 사항을 떠들어댄 놈을 색출해 혀를 통째로 뽑아버려야겠다는 생각뿐이었다.

"이봐, 아직도 결심이 안 섰어? 정말 끌려가서 어디 한 군데가 부러져야 정신을 차릴 거야?"

쟌의 재촉에 다렌시스는 어쩔 수 없이 대답을 했다.

"좋소. 내가 쉐도우 길드의 마스터인 것은 인정하겠소. 하지만 블랙 케이프는 단 한 번도 만나본 적이 없었소. 정말이오. 믿어주시오."

"정말 몰라? 들어보니까 그 블랙 케이픈가 뭔가 하는 녀석이 세상 도둑들의 우상이라며?"

"정말이오. 그리고 블랙 케이프가 우리들의 우상인 것은 사실이지만 그렇다고 내가 그의 도움이나 혜택을 받은 것도 하나 없는데 그를 감쌀 이유가 없지 않소? 그러니 내 말을 믿어주시오."

간절한 표정을 짓고 있는 다렌시스의 얼굴을 유심히 살피던 쟌은 어쩔 수 없다는 표정을 지었다.

"쳇, 정말 모른다면 어쩔 수 없지. 그렇지만……."

쟌이 말꼬리를 흐리자 다렌시스의 얼굴에는 다시 긴장감이 흘렀다. 그 모습을 지켜보던 알카레스는 쟌의 말 한마디에 애절한 표정을 짓다가 또 잔뜩 긴장하는 다렌시스가 우습기도 했지만 불쌍하다는 느낌을 버릴 수 없었다.

"다른 도둑 길드의 위치를 말해 주셔야겠어."

"다른 길드의 위치 말이오?"

"싫어? 싫으면 관두고. 핸들러 남작에게 말하면 그가 알아서 처리하겠지 뭐. 어이, 뭐 해? 어서 남작에게 가서……."

"알겠소. 말하겠소. 말할 테니 제발 남작에게 알리는 일만은 참아주시오."

쟌의 허리춤을 잡은 다렌시스는 다급하게 입을 열었다.

"그럼, 말씀을 하셔야지."

쟌의 말에 다렌시스는 그의 귓전에 바싹 입을 대곤 소곤거렸다.

몇 번 고개를 끄덕이던 쟌은 만족스러운 미소를 지었다.

"하지만 비밀은 꼭 지켜주셔야 하오."

"후후후, 그래도 배신자가 되기는 싫은 모양이지? 그렇게 걱정스러운 표정 짓지 말라고. 그럼 슬슬 가볼까?"

레이븐이 준 임명장을 다시 품에 집어넣은 쟌은 다렌시스의 사무실을 빠져나오려다 바닥에 쓰러진 자에게 1시린짜리 은화 하나를 던져주었다.

"이거 가지고 치료도 받고, 뼈가 잘 붙게 영양가있는 음식도 사 먹고, 남는 돈은 쉬는 동안 일을 못할 테니까 위자료로 써. 그리고 남는 것이 있으면 네 주인한테 상납해."

병 주고 약 주는 쟌의 행등에 사내는 할 말을 잃었다. 게다가 겨우 1시린짜리 은화 하나를 달랑 던져 주고는 말도 안 되는 소리만 늘어놓는 쟌의 행동은 한마디로 얄밉기 짝이 없었다. 하지만 어쩌겠는가? 자신의 실력으로는 쟌의 털끝 하나 건드릴 수 없다는 것을 인정해야만 했다. 그런 생각이 드니 그에게 맞아 부러진 옆구리와 허벅지에서 고통이 밀려왔다.

"그리고 오래 살고 싶으면 사람 보는 안목을 키워. 지금처럼 살다간 누구 칼에 맞아 황천 갈지 모르니까."

나름대로는 진지한 충고라고 생각하는지 모르겠지만 듣는 사람 입장에서는 쟌의 입을 찢고 싶은 생각이 들게 만들었다. 게다가 그가 거론한 황천(黃泉)이 뭘 가리키는 말인지는 모르겠지만 좋은 뜻이 아니란 생각에 괜스레 기분이 불쾌해졌다.

쟌과 일행이 사무실을 빠져나가자 자신의 자리에 털썩 주저앉은 다렌시스는 재빨리 자신의 보디가드 가운데 유일하게 멀쩡한 사내에게 뭔가 지시를 내렸다. 사내가 사무실을 빠져나가는 모습을 바라보던 다렌시스는 이를 갈았다.

"뿌드득~ 감히 나 다렌시스를 희롱하고도 네놈이 멀쩡할 수 있을 줄 아느냐? 잠시 후면 네놈이 내 앞에서 무릎을 꿇고 목숨을 구걸해야만 할 것이다. 뿌드득~"

다렌시스는 어금니가 부서져라 이를 갈았다.

"다음에 갈 곳은 어디요?"

"'이스트'란 청과물 가게요."

"청과물 가게? 그곳의 특징 같은 것은 없소?"

"그런 이야기는 듣지 못했소. 가게 이름밖에 말하지 않았으니까 말이오."

쟌의 말에 잠시 생각을 하던 용병은 입맛을 다시며 입을 열었다.

"어쩔 수 없구려. 그럼 일단 시청으로 갑시다. 아마 그곳에 등록이 되어 있을 거요."

용병의 말에 일행은 그의 뒤를 따라 시청으로 향했다. 시청에 신고

된 가게의 이름을 살피던 일행은 다행히도 '이스트' 란 이름을 가진 청과물 가게를 금세 발견할 수 있었다.

베이룬 시의 남쪽을 향해 가볍게 말을 몰아간 일행은 거의 1시간이 지나서야 가게 앞에 도착할 수 있었다. 가게는 생각밖으로 컸는데, 도매를 하기 때문인지 가게 안과 밖은 물건을 사려는 사람들로 엄청나게 북적이고 있었다.

잠시 가게 안을 살피던 쟌은 느닷없이 비릿한 미소를 지었다. 그리고는 글렌에게 입을 열었다.

"당신은 저 친구와 함께 여기서 이 여자를 지키도록 해."

뜬금없는 쟌의 말에 글렌이 멍청한 표정을 짓고 있을 때 알카레스에게도 주의를 주었다.

"한바탕 할 것 같으니까 자신의 몸은 스스로 지키도록 해."

"그게 무슨 소리요?"

"들어가 보면 알게 될 거야."

그 말만을 남기고 쟌이 안으로 들어가 버리자 알카레스는 어리둥절한 표정을 지으면서도 쟌의 뒤를 따라 들어갔다.

"우리 가게에 사과와 오렌지를 여섯 상자씩 보내달라고 한 게 언젠데 왜 아직까지 안 보내주는 거야? 정말 거래 이따위로 할 거야?"

"곧 배달될 겁니다. 아마 지금쯤은 도착했을걸요?"

"도착은 개뿔이나 무슨 도착? 만약 30분 이내로 도착 안 하면 거래처 바꾸는 줄 알아."

"우리는 왜 물건 안 보내? 포도를 보내달라고 했잖아."

"아까 출발했습니다."

"빌어먹을, 대답 하나는 똑소리나게 잘해요."

“우리 식당에서 아침에 주문했던 당근하고 파슬리는 왜 안 보내는 거야?”

물건을 주문한 사람들과 채소나 과일을 주문하려는 사람들이 외치는 소리로 알카레스는 도저히 정신을 차릴 수 없었다. 이렇게 소란스러운 곳은 난생처음이었다.

점원들은 쉴 새 없이 각종 야채와 과일이 든 상자를 나르며 멱살을 잡는 손님에게는 사정을, 물건을 사러 온 손님에게는 갖가지 채소와 과일을 권하며 흥정하고 있었다.

마치 커다란 시장을 작게 축소시켜 놓은 것 같은 혼잡함과 소음 때문에 알카레스는 잔뜩 인상을 쓴 채 사람들을 헤치며 쟌의 뒤를 따라갔다.

쟌은 점원들에게 한참 지시를 내리고 있던 뚱뚱한 체격의 중년 사내에게 다가갔다. 그리고 뭔가 대화를 나누는 듯 보였는데 주위가 너무나 시끄러워 몇 걸음 떨어져 있지 않았음에도 불구하고 단 한 마디도 알아들을 수 없었다.

몇 마디를 나누던 두 사람이 가게 안쪽에 난 작은 문을 통해 나가는 모습을 발견한 알카레스는 황급히 그들의 뒤를 따라갔다.

나가보니 가게 뒤쪽에 위치해 있는 창고 앞이었다.

가게에서 나오는 문을 닫으니 갑자기 정적이 찾아왔다. 그리고 그제야 두 사람이 나누는 대화가 들려왔다.

“그러니까 프레드릭인가 뭔가 하는 인간이 이 창고 안에 있단 말인가?”

“그렇소.”

중년 사내의 대답에 쟌은 엄청난 크기의 창고를 흘깃 보고는 목을 좌우로 흔들었다. 동시에 허리에 차고 있던 목검을 뽑아 오른쪽 어깨에 걸치고는 입을 열었다.

"안내해."

강압적인 쟌의 말에 중년 사내의 눈썹이 꿈틀거렸다. 하지만 무슨 생각에서인지 다시금 미소 짓고는 창고를 향해 걸음을 옮겼다. 그리고 조금 거리를 두고 쟌과 알카테스가 따랐다.

작은 문을 통해 안으로 들어서며 가장 먼저 느낀 것은 밖에서 보던 것보다 창고가 엄청나게 크다는 것이었다. 또한 하늘 높은 줄 모르고 쌓여 있는 상자들 때문에 미로처럼 보이는 통로나 중년 사내가 들고 있는 작은 등불을 제외하면 아므런 광원이 없는 창고의 모습은 왠지 전형적인 악당들의 소굴을 연상시켰다.

어쨌든 중년 사내의 뒤를 쫓아 미로 같은 통로를 따라가니 작은 짐 수레에 상자를 싣고 있는 점원들과 상자를 책상 삼아 뭔가를 열심히 기록하고 있는 회색 머리를 한 증년 사내의 모습이 보였다.

"주인님, 손님이 찾아오셨습니다."

사내의 말을 듣지 못했는지 회색 머리는 계속해서 자신이 할 말만 했다.

"주인님, 손님이……."

"야, 이 빌어먹을 놈아! 지금 일하고 있는 것 안 보여? 기다리라고 해. 야, 이 자식아! 지금 뭘 싣고 있는 거야? 포도를 실으라고 했잖아! 포도 말이야, 포도! 나참, 포도도 모르는 것들을 데리고 일을 하려니 정말 미치고 환장하겠군. 그런데 뭐 때문에 찾아왔다고?"

"그건 아직 모르게……."

"야! 이 병신 같은 놈아! 손님이 찾아왔으면 무슨 용무 때문에 찾아왔는지 물어봤어야 할 것 아니야? 저런 머저리 같은 놈을 지배인으로 삼다니 내가 미친놈이지, 미친놈이야. 뭘 보고 있어? 빨리 물어보란 말이야! 야, 이 멍청한 놈아! 너 우리 가게 망하게 하려고 딴 가게에서 보낸 스파이지. 그렇지 않고서야 세 상자만 실으면 될 걸 왜 여섯 상자나 싣는 거야? 어서 저놈 잡아!"

알카레스는 조금 전 가게에서의 소음을 듣고 세상에서 이렇게 시끄러운 곳은 없을 것이라고 생각했던 자신이 얼마나 경솔하게 판단한 것인지 확실히 깨달았다. 세상에 한 사람의 목소리가 이렇게 시끄러울 수 있다는 것을 처음 깨닫는 동시에 사방에서 울려 지하실처럼 웅웅거리는 통에 머리가 흔들리는 것 같은 느낌에 짜증이 왈칵 치밀었다.

"무슨 일로 주인님을……."

"비켜."

중년 사내를 밀치고 앞으로 나선 쟌은 회색 머리를 향해 거만한 음성과 자세로 입을 열었다.

"네가 화이트 레이븐 길드의 길드장인 프레드릭이냐?"

마치 쟌이 그 말을 꺼내기를 기다렸던 사람처럼 회색 머리, 프레드릭은 고개를 돌렸다. 그런 그의 얼굴에는 조금 전과는 달리 비릿한 미소가 지어져 있었다.

"듣던 대로 정말 싸가지가 없는 놈이군."

챙!

프레드릭의 말이 끝나자마자 근처에 흩어져서 작업을 하던 청년들이 일제히 쇼트 소드와 대거를 뽑아 들었다. 그리고는 순식간에 쟌과 알카레스를 포위했다.

뒤늦게 롱 소드를 뽑아 든 알카레스가 잔뜩 긴장한 얼굴로 점원들을 바라보고 있을 때 점원들 뒤로 분노한 표정을 감추지 못하는 다렌시스와 비릿한 표정의 프레드릭이 어깨를 나란히 하고 자신들을 노려보고 있는 모습을 발견했다.

"나를 농락한 네놈들을 내가 그냥 두리라 생각했느냐? 흥! 어림도 없는 일. 그리고 어디서 엉터리 임명장 하나로 사기를 치려고 하다니… 오늘 네놈들을 난도질을 해서 개 먹이로 만들어주마."

"우리가 도둑 길드라고 우습게 본 모양인데, 살아서 돌아갈 생각은 버리는 게 좋을 거야."

"비겁한 놈들."

쟌과 등을 댄 채 주위를 예리하게 주시하던 알카레스는 어금니를 깨물었고, 쌓여 있던 상자 위에서 갖가지 무기를 들고 있는 청년들의 모습을 곧 발견할 수 있었다.

당연히 발작을 일으키리라 생각했던 쟌이 의외로 조용하다는 생각을 하는 순간 쟌의 입이 열렸다.

"프레드릭, 블랙 케이프에 대해 알고 있나?"

"블랙 케이프? 그게 뭐지? 새로 나온 과자의 이름인가?"

"역시 그랬군."

목검을 가슴 앞에 세운 쟌은 구표정한 얼굴로 포위망을 좁히고 있는 청년들을 노려보았다.

"이렇게 나왔단 말이지. 그럼 지금부터 벌어질 일은 모두 너희들이 자초한 일이라는 것만 알아둬."

휘익~ 쨍그랑~ 쨍그랑~

쟌의 손이 허공과 주위로 뿌려지는 순간 주위의 모든 등불들이 유엽비도(柳葉飛刀)에 의해 박살이 나며 순식간에 주위는 짙은 어둠에 휘감겼다. 동시에 등을 맞대고 있던 쟌이 사라진 것을 느낀 알카레스는 재빨리 상자 더미에 등을 붙였지만 갑작스런 빛의 소멸로 인해 일시적으로 장님이 되지 않을 도리가 없었다.

불안한 마음을 억누르며 롱 소드를 가슴 앞에 세우고 혹시 있을지 모르는 습격에 대비했지만 어느 누구의 동정도 전혀 느껴지지 않았다.

'쟌, 그자는 그새 어디로 사라진 거지? 또 대체 무슨 일을 꾸미는 거야?'

"으악~"

털썩!

비명 소리와 함께 누군가가 근처에 떨어지는 소리가 들렸다. 소스라치게 놀란 알카레스는 황급히 소리가 들린 곳으로 고개를 돌렸지만 어둠 때문에 아무것도 보이지 않았다.

겨우 놀란 가슴을 진정시키고 있을 때 어둠 속에서 계속해 비명 소리가 들려왔다. 뼈가 부러지는 듯한 둔탁한 소리와 공포에 질린 비명 소리, 부상으로 인한 신음 소리가 쉴 새 없이 들려왔다.

어둠 속에서 계속해서 들려오는 신음 소리와 비명 소리가 이렇게 신경을 자극할 줄은 예전엔 한 번도 생각하지 못했다. 깜짝깜짝 놀라는 것은 물론 짙은 어둠 때문에 단 한 걸음도 발을 옮길 수 없었다.

자신이 이렇게 나약한 인간이었나 하는 생각이 들자 알카레스는 자신에 대한 혐오감을 지울 수가 없었다.

격렬하게 고개를 흔든 알카레스는 억지로 눈을 가늘게 뜨며 어둠에 싸인 전면을 바라보았다. 그새 눈이 어둠에 익었는지 어슴푸레하게 통로가 보였고, 바닥에서 옆구리를 움켜쥔 채 고통스러워하고 있는 사람의 모습이 보였다.

좀 더 다가가 살펴보니 점원의 작업복을 입고 있는 자였다.

옆구리를 잡은 채 신음을 흘리는 모습이 상당한 부상을 입은 것 같았다. 그의 옆에 떨어져 있는 롱 소드를 멀리 걷어찬 알카레스는 어둠에 싸인 창고 안을 둘러보았다. 하지만 눈에 보이는 것은 아무것도 없었다.

흥분을 진정시킨 알카레스는 조금 전 상황을 돌이켜 생각해 보았다.

분노한 다렌시스와 비웃음을 짓고 있던 프레드릭.

자신이 본 바로는 비록 드 사람이 남의 물건을 슬쩍(?)하는 실력은 뛰어날지 모르지만 검술은 전혀 익히지 못한 사람들이 틀림없었다. 그렇다면 싸움을 피해 어딘가로 피신했을 것이란 생각이 들었다.

쟌이 등불을 꺼버렸으니 아마 그들 역시 장님 신세일 것이 분명했고, 이 싸움을 끝내려면 그들을 사로잡아야 한다고 판단을 내렸다.

한 걸음 한 걸음 조심스럽게 앞으로 걸음을 내디딘 알카레스의 신경은 팽팽하기 이를 데 없었다. 보이는 것은 아무것도 없었고, 들리는 소리라고는 금방이라도 터질 것같이 날뛰는 본인의 심장 소리뿐이었다.

최대한 소리를 죽이며 발을 내밀던 알카레스의 귀에 소곤대는 소리가 들렸다. 즉시 발걸음을 멈추고 시력을 집중해 소리가 들린 곳을 보니 검은 물체 둘이 서 있는 게 보였다.

거리로는 약 7미터 정도 떨어져 있었지만 특별한 일만 벌어지지 않는다면 충분히 제압할 수 있을 것 같았다.

'생각은 냉정하게, 행동은 민첩하게'라는 근위 기사단의 훈련 구호를 떠올린 알카레스는 깊게 숨을 들이키고는 자세를 낮춤과 동시에 앞으로 달려나갔다.

타타타~ 탁~ 슉!

“누, 누구?”

“어?”

늙고 젊은 두 마디의 음성과 동시에 그들의 목엔 날카로운 칼끝이 닿아 있었다.

“누구냐?”

“난 알카레스란 사람이오. 꼼짝하지 마시오.”

롱 소드와 대거로 두 사람의 목을 겨눈 알카레스는 낮은 음성으로 경고했다. 그 말에 허리에 차고 있던 대거를 뽑으려던 프레드릭은 움찔하며 움직임을 멈췄다.

“바닥에 무릎을 꿇고 앉으시오. 그리고 양손은 목뒤로 돌려 깍지를 끼도록 하시오.”

침착한 알카레스의 말에 두 사람은 어쩔 수 없이 무릎을 꿇은 채 깍지를 꼈다. 어쨌든 칼자루를 쥐고 있는 사람은 알카레스니 그의 말을 듣지 않을 수 없었다.

들려오던 비명 소리와 신음 소리가 사라진 지도 상당한 시간이 지났다. 두 사람을 감시하느라 불을 켤 수 없었던 알카레스는 어둠 속으로 사라진 쟌의 안전이 염려되었다.

물론 그의 실력으로 길드원들에게 당할 리야 없겠지만 그래도 이곳은 그들의 본거지가 아닌가. 게다가 짙은 어둠 속에서 많은 수의 길드원들과 싸우는 것이니만큼 그에게도 쉬운 일은 아닐 것 같았다.

그를 도와야 하는 것이 아닌가 하는 생각에 알카레스가 잠시 망설이고 있을 때 누군가가 자신의 뒤에서 빠른 속도로 다가오는 것을 느꼈다. 놀란 마음에 황급히 돌아서며 가슴 앞에 롱 소드를 휘두르며 적의 기습에 대비하려 했지만 적은 이미 자신의 좌측에 있었다.

알카레스는 필사적으로 물러서려 했지만 그런 그의 반응보다는 상대의 공세가 더욱 빨랐다. 바람을 가르며 날아드는 검은 물체를 발견한 알카레스는 그만 눈을 감고 말았다. 그리고는 곧 이어 다가올 지독한 고통을 기다렸다. 하지만 아무리 기다려도 그 순간은 다가오지 않았다.

"이제 보니 알카레스였잖아. 호오~ 여기서 마스터를 사로잡고 있었나?"

어둠 속에서 들려온 음성은 쟌의 것이었다.

재빨리 눈을 뜨고 상대를 확인해 보니 조금 전 어둠 속으로 사라졌던 쟌이었다. 어깨에 목검을 걸치고 있는 쟌의 모습에는 조금 전과 비교해 약간의 변화도 없었다. 그런 쟌의 태도에 알카레스는 엉겁결에 대답을 했다.

"이들이 도주할 것 같아서……."

"잘했어. 그렇지 않아도 이 작자들이 도주할 것 같아 은근히 걱정하고 있었거든."

자신을 칭찬하는 쟌의 말에 알카레스는 뿌듯한 생각이 들었다가 뭔가 불쾌한 생각이 드는 것을 피할 수 없었다.

'그럼 그동안 대체 날 뭘로 봤기에…….'

알카레스가 인상을 쓰고 있을 때 쟌은 프레드릭의 뒷덜미를 잡고 거칠게 일으켜 세웠다.

"면담을 좀 해야겠어. 지금 내 기분이 별로 좋지 못하니 부드러운 면담은 못 될 거야. 그 점은 미리 양해를 구하지. 그리고 알카레스, 그 늙은이를 잘 감시해. 도망갈 기세만 보여도 다리를 박살 내버리라고."

"날 어디로 끌고 가려는 것이냐?"

“잔말 말고 따라와.”

발버둥 치는 프레드릭을 사정없이 끌고 쟌은 어둠 속으로 모습을 감췄다. 그리고 잠시 후 쟌이 사라졌던 곳으로부터 듣기만 해도 소름이 오싹 돋는 처절한 비명 소리가 들려왔다.

다렌시스는 비명 소리가 들릴 때마다 마치 자신이 고문을 당한다고 느끼는지 온몸을 부르르 떨었다. 그러면서도 조금 전 쟌이 한 말 때문인지 그 자리에서 꼼짝도 하지 않았다.

그리고 잠시 후 무슨 짓을 했는지 양손을 벌겋게 물들인 쟌이 서늘한 표정으로 다가왔는데 그 모습을 발견한 다렌시스는 그 자리에서 그만 얼어붙고 말았다.

똑~ 똑~ 똑~

뭔가 진한 점성을 가진 액체가 바닥에 떨어지는 소리가 들렸는데 다렌시스의 귀에는 그 소리 이외에는 아무 소리도 들리지 않았다. 기이한 소음과 함께 다가오는 쟌의 모습은 공포, 그 자체였다.

“일어서.”

“……..”

“일어서. 안 들리나, 늙은이?”

“뭐… 대체 뭘 원하시오?”

그 말을 하는 다렌시스의 음성에는 자포자기하는 빛이 역력했다.

“블랙 케이프의 정보 혹은 다른 도둑 길드의 정보.”

“알겠소. 당신이 원하는 정보를 다 넘겨주겠소.”

다렌시스의 대꾸에 쟌의 입가에 뜻 모를 미소가 떠올랐다.

“왜 그렇게 순순히 입을 여는 거지?”

“지금껏 살아오면서 상대를 잘못 판단해 본 적이 별로 없었는데 이

번만큼은 내 판단이 확실히 틀린 것 같소."

"끝까지 버틸 줄 알았는데 이렇게 순순히 나오니 조금은 김이 빠지
는군."

두 사람이 대화를 나누는 동안 알카레스는 바닥에 떨어져 있던 램프
를 들어 불을 붙였다. 비록 네 사람 주위만 겨우 밝힌 것이지만 알카레
스는 그제야 쟌의 손뿐만이 아니라 그의 전신이 피투성이인 것을 발견
할 수 있었다.

"부상을 당한 거요?"

"무슨 소리야?"

"보시오, 몸 여기저기에 피가 묻어 있지 않소?"

"어, 이거? 당연히 다른 녀석들 피지. 그래, 내가 겨우 이런 녀석들
에게 당했을 거라고 생각했단 말이야?"

"아니오. 혹시나 하는 마음에서 물어본 것이오."

알카레스의 말에 피식 미소를 짓던 쟌은 곧 다렌시스에게서 정보를
얻기 시작했다. 혹시나 두 도둑 길드의 길드원이 기습하지나 않을까
염려된 알카레스는 즉시 롱 소드를 뽑을 준비를 하며 주위를 둘러보았
지만 주위는 짙은 어둠에 싸여 있을 뿐이었다.

잠시의 시간이 지난 후 고개를 돌린 쟌이 알카레스에게 손짓을 했
다. 영문을 모른 알카레스가 어리둥절한 표정을 지을 때 쟌이 입을 열
었다.

"안 갈 거야?"

"볼일은 다 끝난 거요?"

"그래, 아무래도 다른 곳을 찾아가 봐야 할 것 같아."

앞장서서 걸음을 옮기는 쟌의 뒷모습을 바라보면서 알카레스는 자

신이 궁금하게 생각했던 것을 물어보았다.

"저어~ 물어볼 것이 있소."

"뭐야?"

"아까 끌고 갔던 프레드릭이란 자는…… 죽였소?"

"응?"

뜻밖의 질문이기 때문일까, 쟌은 걸음을 멈추고 뒤로 고개를 돌렸다.

"그게 무슨 소리야?"

"아까 귀하가 프레드릭이란 자를 끌고 간 후 비명 소리가 들렸었고, 또 귀하의 양손이 피로 물들어 있으니……."

"후후후, 하하하, 푸하하하. 내 손에 피가 묻었기 때문에 그 작자를 죽였다고 생각했단 말이지. 푸하하하, 정말 단순하기 이를 데 없는 판단이야. 아직 배워도 한참 더 배워야겠어. 푸하하하!"

알카레스의 대답에 쟌은 배를 움켜잡으며 웃음을 터뜨렸고, 쟌의 뒤를 따라가던 알카레스의 얼굴이 엉망으로 일그러졌음은 두말할 필요도 없었다.

창고를 빠져나온 알카레스는 창고 입구에서 상처를 치료하고 있는 20여 명의 사내들을 발견할 수 있었다. 그들이 조금 전 자신들을 포위했던 청년들이라는 것을 눈치 챈 알카레스는 자신이 들었던 비명 소리나 신음 소리에 비해 목숨을 잃거나 중상을 입은 사람은 보이지 않는 것을 발견하고는 의아한 생각이 들지 않을 수 없었다. 그리고 사내들 가운데 목숨을 잃은 줄로만 알았던 프레드릭이 옆구리를 움켜쥔 채 고통스러워하고 있는 모습이 보였다.

쟌을 발견한 프레드릭은 잔뜩 겁먹은 얼굴로 황급히 뒤로 물러났는

데 그냥 보기에도 몸이 상당히 불편해 보였다. 그런 프레드릭을 쟌은 본 척도 하지 않았지만 프레드릭은 고개도 들지 못하고 있었다.

고개를 흔들며 쟌을 따라 가게를 빠져나온 알카레스는 잔뜩 심통이 난 표정을 짓고 있는 카타리나를 발견했다.

"무슨 일이야?"

"카타리나님께서 피곤하셔서 여관으로 돌아가시겠다는 것을 간신히 설득해서 기다리고 있던 중이었소."

글렌의 대꾸에 아무런 말 없이 카타리나의 얼굴을 바라보던 쟌이 고개를 끄덕였다.

"좋아. 새로 입수한 정보도 정리해야 하니 오늘은 이만 돌아가도록 하지."

쟌이 순순히 자신이 원하는 것을 들어주자 오히려 기분이 나쁜지 카타리나는 그의 얼굴을 빤히 쳐다보았다.

"왜? 내 얼굴에 뭐 묻었어?"

"지금껏 날 무시해 왔던 너 녀석이 갑자기 내 말을 들어주겠다니…… 이상한 생각이 드는 게 당연하잖아."

"후후후, 그렇게 예민할 필요 없어. 지난 며칠 동안 아무런 말썽도 부리지 않은 것이 기특해서 들어주는 거니까. 그리고 난 착한 사람에게 괜한 시비를 거는 사람이 아니야."

쟌의 대꾸에 카타리나나 일행은 황당함에 할 말이 없다는 표정을 지었다. 특히 카타리나의 경우는 더욱 더했다.

'그러니까 뭐야, 그동안 날 괴롭혔던 것이 내가 착한 사람이 아니기 때문이라는 말이야? 내가 어디로 봐서 착하지 않다는 거지? 아휴~ 정말 짜증나게 만드는 인간이야.'

그들 다섯 명이 여관으로 향하는 동안 사람들의 시선은 쟌에게서 떨어질 줄 몰랐다. 그렇다고 그의 얼굴이 사람들의 시선을 단번에 끌어들일 정도로 미남이어서가 아니라 온몸에 잔뜩 묻어 있는 피 때문이었다.

그들이 여관에 도착하고 얼마 지나지 않아 중무장을 한 병사들이 여관으로 들이닥쳤다.

"살인자들은 어디 있느냐?"

서슬 퍼런 중년 사내의 말에 여관 주인은 사색이 된 채 부들부들 떨고만 있을 뿐이었다. 1층 식당에서 식사를 하거나 술을 마시던 손님들은 황급히 여관을 벗어나려 했지만 모든 출입구를 봉쇄한 병사들 때문에 꼼짝도 할 수 없었다.

"사, 살인자라니요? 경비대장님, 저희 가게에는……."

"시끄럽다. 온몸이 피투성이인 사내가 이곳으로 들어왔다는 제보가 방금 들어왔다. 그놈이 누군지 당장 밝히지 못하겠느냐?"

여관 주인이 안절부절못하고 있을 때 2층에서 내려오던 쟌과 일행은 한눈에 무슨 일이 벌어지고 있는 것인지 단번에 눈치 챌 수 있었다.

계단에서 내려온 글렌은 고개를 흔들며 경비대장에게 다가갔다.

"수고가 많소."

"아니, 기사님 아니십니까? 아직 이 도시에 계셨습니까?"

"핸들러 남작님의 부탁으로 조사할 것이 있어 아직 이 도시에 남아 있었소. 그런데 무슨 일이오?"

"저희 경비대로 온몸에 피를 뒤집어쓴 자가 이곳으로 들어왔다는 제보가 들어와 출동한 겁니다. 기사님이나 일행께서는 신경 쓰지 않으셔도 됩니다."

“사실은 그게…….”

귓속말로 한참 동안 이야기를 하던 글렌이 한 걸음 뒤로 물러섰을 때 경비대장은 감탄을 금치 못하는 얼굴로 고개를 끄덕였다.

“그런 이유가 있었군요. 정말 수고 많으십니다.”

“허허허, 기사로서 당연히 해야 할 일 아니겠소?”

“그럼 저희들은 이만 가보겠습니다.”

“참, 그리고 앞으로 한동안 경비대의 지원을 받을 일이 많아질 것 같소.”

“저희들이 도울 일이 있다면 뭐든 명령만 내려주십시오.”

“명령이라니…… 그럼 부탁을 좀 하겠소.”

“예, 저희 경비대는 시청 옆에 위치하고 있습니다. 저희들이 할 일이 있으면 언제든 사람을 보내주십시오.”

“알겠소이다.”

“그럼 저희들은 이만…….”

“잠깐만 기다리시오.”

돌아가려는 경비대장을 불러 세운 글렌은 잔에게 다가가 뭔가를 이야기했고, 곧 그에게서 뭔가를 전해 받았다. 경비대장에게 다시 다가간 글렌은 작은 주머니 하나를 건넸다.

“얼마 안 되지만 경비대 대원들과 술이라도 한잔하도록 하시오.”

“뭘 이런 걸 다…… 정말 감사합니다.”

글렌이 내민 주머니를 받아 든 경비대장은 주머니가 뜻밖에 묵직한 것을 느끼고는 저절로 입이 귀에 걸렸다.

근위 기사단의 기사로서의 권위만 내세우더라도 꼼짝없이 그가 명령하는 것을 다 들어주어야 하는 것이 경비대장의 입장이었다. 그런데 돈까지 주면서 부탁한다는 말을 들으니 그로서는 이보다 더 좋을 순 없는 일이었다.

"기사님께서 너희들의 수고가 많다고 보너스를 주셨다."

경비대장의 말에 경비대원들의 얼굴에도 저절로 웃음이 지어졌다. 다시 한 번 글렌을 향해 고개를 숙인 경비대장과 경비대원들은 싱글벙글하며 여관을 빠져나갔다.

9장

블랙 케이프 3

베이룬 시는 지난 한 달 동안 불청객으로 인해 심각한 몸살을 앓아
야만 했다. 그 일을 아는 사람이 몇 되지 않았기에 적어도 겉으로 보기
엔 아무런 일도 없는 듯했다. 하지만 오늘도 쟌은 베이룬 시의 도둑 길
드를 들쑤시고 다녔다.

"정말 몰라?"
"모, 모르오. 저, 정말이지 아는 것이 없소."
바닥에 쓰러져 신음을 토하고 있는 중년 사내의 대답에 쟌은 눈살을
찌푸렸다. 곰곰이 뭔가를 생각하던 쟌은 지체없이 술집을 빠져나왔다.
멍하니 쟌을 지켜보던 알카레스는 깜짝 놀라 황급히 그의 뒤를 따라
걸음을 옮겼다.
거리로 나온 쟌은 잠시 지나가는 사람들을 바라보다가 갈 곳을 정했

는지 걸음을 옮기기 시작했고, 알카레스는 그의 뒤를 따르며 입을 열었다.

"그동안 우리가 조사한 바에 따르면 방금 들른 그 길드가 마지막이었소. 이제 어떻게 할 거요?"

"어떻게 하다니 뭘 어떻게 해?"

"블랙 케이프를 잡으려던 것 아니었소?"

"그런데?"

"그에 대한 추가적인 단서도 없고, 더 이상 조사할 길드도 없지 않소? 더더구나 카블렌스 시에 도착해야 할 시간도 별로 남지 않았단 말이오."

"그래? 그럼 내일 아침 일찍 출발하도록 하지."

쟌이 너무도 순순히 자신의 말에 응하자 알카레스는 뭔가 켕기는 얼굴로 쟌의 얼굴을 빤히 쳐다보았다.

"뭘 그렇게 보는 거야?"

"아, 아니오. 그런데 지금 어디로 가는 길이오?"

"핸들런가 뭔가 하는 남작 있잖아. 아무 말도 없이 그냥 갔다가는 뒤가 편치 않을 것 같아서."

"그래서 지금 경과 보고를 하러 간다는 말이오?"

"그래. 하지만 보고는 알카레스 당신이 해."

"그건 또 무슨 소리요?"

"핸들러 남작이 수사를 의뢰한 사람은 근위 기사인 당신과 글렌이야. 그런데 난데없이 내가 나타나 어쩌고저쩌고한다면 그 작자가 어떻게 생각하겠어. 당연히 당신이 해야지."

"뭐라고 말을 하란 말이오?"

“ ‘베이룬 시의 모든 도둑 길드를 뒤졌지만 블랙 케이프에 대한 아무런 단서를 찾을 수 없었다. 다만 그가 카블렌스 시로 향했다는 소문을 들었기 때문에 내일 아침 일찍 카블렌스 시로 출발할 것이다’ 라고 말이야.”

잠시 생각하던 알카레스는 곧 고개를 끄덕였다.

“알겠소. 베이룬 남작께는 내가 이야기하겠소.”

“그럼 당신은 남작한테 가라고, 난 드워프 노인에게서 활을 찾아 여관으로 갈 테니까 말이야.”

“알겠소. 그럼 여관에서 만납시다.”

쟌과 헤어진 알카레스는 남작가를 향했다.

“언제까지 여기 있어야 하는 거지?”

“카블렌스 시까지 거리가 상당하니까 아마 2, 3일 내로 출발하게 될 겁니다.”

글렌의 대답에 카타리나는 답답한 듯 테이블을 앙증맞은 주먹으로 몇 번인가 탁탁 쳤다.

“불안하십니까?”

“불안하다니? 뭐가 말이야?”

“쿠니오님을 만나시는 것 말입니다. 국왕 폐하께서 결정하신 일이기는 하지만 한 번도 보지 못한 사람과 결혼한다는 것이 결코 쉬운 일은 아니지 않습니까?”

글렌의 말에 카타리나의 얼굴은 갑자기 어두워졌다.

그녀의 나이 올해 19세.

파티나 사교 모임에서 결혼한 여인들이나 젊은 레이디들이 용감한 기사나 멋있게 생긴 귀족가의 청년들에 대해 입방아를 찧고 있을 때 그녀 역시 멋있는 귀족 청년과의 로맨스를 꿈꾸고 있었다.

멋있게 생긴 청년이 자신에게 열렬히 사랑을 고백하는 모습을 상상할 때마다 번번이 가슴이 콩닥콩닥 뛰며 얼굴이 빨개지는 것을 느꼈던 카타리나였다. 그랬던 그녀에게 청천벽력 같은 소식이 전해진 것은 불과 얼마 전의 일이었다.

샤프란 왕국과의 정치적 연합을 위해 샤프란 왕국의 둘째 왕자인 쿠니오와 결혼을 하라는 것이었다. 처음 며칠 동안 울고불고 난리를 피우던 카타리나는 결국 결혼하기 전 상대를 만나봐야겠다고 며칠 동안이나 국왕에게 떼를 썼다.

카타리나의 요구가 합당하다고 생각했기 때문인지 아니면 사람 피곤하게 만드는 그녀의 억지에 질린 것인지 국왕은 허락해 주었다. 그렇게 해서 수도 타베이를 떠났지만 뜻하지 않은 일의 연속이었다.

얼마 전까지 정체 불명의 인물들에게 쫓기기도 하고, 쟌이란 괴물 같은 작자를 만나기도 했지만 쿠니오와 만나기로 한 카블렌스 시와 조금씩 가까워지는 것은 틀림없는 일이었다.

그 사실을 깨달을 때마다 카타리나는 어김없이 앞으로 자신 앞에 펼쳐질 알 수 없는 미래에 대해 불안해하는 자신을 발견하곤 했다. 이대로 도망을 쳐버릴까 하는 생각이 들기도 했지만 쟌에게 휘둘리는 바람에 이렇게도 저렇게도 못하고 있는 상황이었다.

자신이 왜 정략결혼의 제물이 되어야 하는지 카타리나는 정말 미칠 것 같았다. 카블렌스 시와는 점점 가까워지고, 현실을 받아들이기는 더 힘들고…….

한 가지 이상한 일은 쟌과 만나기 전에는 현실에 대한 불만이 그리 크지 않았지만, 그를 만난 후로는 자신과 자신을 둘러싼 환경에 대한 불만이 점점 더 커져만 가는 것을 느끼고 있었다.

아마 거칠 것 없이 자유롭게 행동하는 쟌의 태도 때문일지도 모른다는 생각도 들었지만 그걸 인정하기는 죽어도 싫었다. 쿠니오 왕자와 만나기로 한 날이 가까워지니 점점 더 답답해지는 것을 느끼는 그녀였다. 그래서일까? 그녀의 음성에는 짜증스러움이 잔뜩 배어 있었다.

"어딜 갔기에 아직도 안 오는 거지?"

"길드를 조사하러 간다고 했으니 곧 오지 않겠습니까?"

"나를 보호한다고 하더니 대체 어디를 그렇게 쏘다니는 거야? 게다가 하루가 멀다 하고 싸움질은 왜 그렇게 많이 하는 거야?"

카타리나의 짜증 섞인 말에 글렌은 쓴웃음을 짓지 않을 수 없었다.

지금 그녀의 처지가 어떤지 누구보다 잘 알고 있는 그였기에 현재 어떤 심정인지 이해할 수 있었다. 또한 그녀가 이번 여행을 통해 조금씩 변하는 것을 느끼고 있었다. 하지만 무엇을 느끼고, 어떻게 변했는지는 그녀밖에 모르는 일이었다.

카타리나는 더욱 가슴이 답답해져 왔다.

"어디로 가십니까?"

"카블렌스 시로 가는 길이오만."

병사들의 질문에 글렌이 대꾸했지만 병사들은 여전히 뭔가 미심쩍은 표정을 지으며 일행을 노려보고 있었다. 하지만 그 문제는 쟌이 레이븐의 임명장을 꺼내 보임으로 해서 곧 수습되었다.

점점 멀어지는 쟌 일행의 모습을 보며 병사들은 쑥덕이기 시작했다.

"저자들 때문에 베이룬 시의 모든 도둑 길드가 박살이 났다며?"

"박살 정도가 아니야. 몇몇 길드는 해체되었고, 꽤 이름을 날렸던 자들 중에서도 병신이 된 자들이 많대."

"휴우~ 근위 기사, 근위 기사 하더니 정말 대단한 실력을 가진 자들인가 보군. 여자를 빼면 사내가 셋밖에 안 되는데 수십 개의 도둑 길드를 박살 내고, 수백 명이 넘는 길드원을 상대했다니……. 내가 저들의 적이 아닌 게 정말 다행이군."

"게다가 남작의 임명장까지 가지고 있으니 누가 저들을 당해내겠나?"

"그런데 왜 도둑 길드를 박살 낸 건지 자네는 그 이유를 아는가?"

"이 무슨 자다가 남의 허벅지를 긁는 소린가? 자네 정말 왜 도둑 길드가 봉변을 당한 것인지 그 이유를 모르나?"

"도둑 길드가 수난을 당한다는 이야기는 들었지만 왜 그런지 그 이유는 모르겠단 말이야."

"정말 깝깝한 친구구먼. 그게 말이야, 블랙 케이프에 대한 정보를 알아내기 위해서 도둑 길드를 찾았는데 무슨 이유 때문인지 싸움이 벌어졌다는 거야. 결과는 자네도 알다시피 도둑 길드의 일방적인 패배지."

동료의 설명에 고개를 끄덕이던 병사는 누군가가 소리도 없이 자신 앞에 서 있는 것을 발견하고는 소스라치게 놀랐다.

"아이고, 깜짝이야! 인기척이라도 내야지 그렇게 조용히 서 있으면 어쩌란 말이오?"

"통행증 여기 있소."

"어디로 가는 길이오?"

"카블렌스 시."

“무슨 일로 가시오?”

“난 음유 시인이오. 정처없이 떠도는 것이 내 직업이고 생활이오.”

“하기야 음유 시인이 어딘가에 정착한다는 것도 우스운 일이지. 카블렌스 시까지는 꽤 먼 길이니 조심해서 가도록 하시오.”

“고맙소. 수고하시오.”

성큼성큼 걸음을 떼는 엘프 사내의 뒷모습을 잠시 바라보던 두 병사는 곧 쟌과 도둑 길드 사이에 있었던 싸움에 대해 침을 튀기며 대화에 열중했다.

하루를 꼬박 달린 쟌과 일행은 평야 지대에서 하룻밤을 보내게 되었다.

특유의 오기와 자존심 때문에 아무 말도 하고 있지 않았던 카타리나는 속으로만 끙끙 앓고 있었다. 지금까지 마차를 타도 마차가 흔들리지 않을 정도의 느린 속도로 다니던 그녀가 하루 종일 말 엉덩이에 채찍질을 해가며 달렸으니 멀쩡할 리가 만무했다.

쉬는 시간은 오직 말이 휴식을 취해야 하는 시간뿐이었다.

그 시간에 식사까지 마쳐야 했고, 씻기도 하고, 또한 휴식마저 마쳐야 했다. 수건으로 입을 막고 달렸음에도 불구하고 식사 시간에 식사를 하면 입 안이 버석거려 음식을 먹을 수 없을 지경이었다.

뼈마디가 욱신거리고 팔다리의 근육들이 부들부들 경련을 일으키고 있었지만 일행에게 알려지는 것이 싫어 몸을 돌린 채 혼자서 끙끙 앓고 있었다. 하지만 체력적으로 가장 떨어지는 그녀의 고통을 일행이 왜 모르겠는가?

글렌과 알카레스는 쟌의 눈치만 보고 있었고, 쟌은 무슨 바람이 분 것인지 일행의 식사를 만들고 있었다. 식사라고 해봐야 모든 재료들이 손을 씻고 잠시 발을 담근 것처럼 보이는 멀건 수프와 빵, 그리고 말린 육포가 전부였지만 말이다.

작은 크기로 육포를 잘라 수프에 넣은 쟌은 자리에서 일어서며 두 사내에게 말을 건넸다.

"깨워서 같이 식사를 하도록 해."

"어딜 가시오?"

"그런 건 알 필요 없고, 어서 깨워서 같이 식사를 해. 안 일어나면 두들겨 패서라도 깨워."

말을 마친 쟌은 어두워지기 시작하는 들판으로 향했고, 잠시 서로의 얼굴을 보던 두 사람은 조심스럽게 카타리나에게로 갔다.

"카타리나님, 피곤하시더라도 식사를 하셔야 합니다. 일어나서 조금이라도 식사를 하시지요?"

"그렇습니다, 카타리나님. 마이어 씨 말씀대로 조금이라도 식사를 하셔야 내일도 버틸 수 있습니다. 만약 식사를 거르게 되면 내일은 더욱 고통스러우실 겁니다. 힘이 들더라도 식사를 하셔야 합니다."

"난 생각없어. 너희들이나 먹어."

"어서 일어나십시오, 카타리나님."

"안 먹는다고 했잖아. 날 그냥 내버려 두란 말이야."

"계속 이렇게 고집을 부리시면 가이야 씨에게 말씀드리는 수밖에 없습니다."

글렌의 뜻밖의 말에 자리에서 벌떡 일어난 카타리나는 원망과 분노가 가득한 눈으로 그를 노려보았다. 순간 온몸에서 이는 통증은 당장이라도 눈물을 쏟을 정도로 고통스러웠지만 그보다는 글렌에 대한 분노가 더욱 컸다.

"너, 너……."

"카타리나님께서 건강한 몸으로 카블렌스 시에 도착할 수 있도록 호위하는 것이 제 임무입니다. 제가 임무를 충실히 수행할 수 있도록 도와주시기 바랍니다. 이런 행동은 카타리나님의 건강을 유지하는 데 하등의 도움도 되지 않습니다."

글렌의 조금은 완고한 태도에 카타리나는 물론 알카레스도 놀란 표정을 지었다.

"그리고 앞으로 최종적으로 카타리나님을 보호할 수 있는 사람은 카타리나님 본인뿐이십니다. 물론 그런 상황이 되기 전에 여기 있는 알카레스 군이나 제가 목숨을 걸고 카타리나님을 지키겠지만, 만약 저희가 목숨을 잃는다면 그때부터는 카타리나님께서 스스로를 지키셔야 합니다. 그러려면 어떤 순간에도 약해지시면 안 됩니다. 본인을 위해서, 또 주위 사람들을 위해서라도 말입니다."

묘한 뉘앙스가 담긴 말이었다.

잠시 글렌을 노려보던 카타리나는 그가 내민 수프 그릇과 빵을 받아들고는 천천히 식사를 시작했다. 입 안이 버석거렸지만 마치 그런 사실을 전혀 깨닫지 못하는 사람처럼 카타리나는 기계적으로 빵을 수프에 찍어 입에 밀어 넣었다.

그 모습을 보고서야 두 사람도 식사를 시작할 수 있었다. 하지만 한 번 사라진 쟌은 일행이 식사를 끝냈을 때까지도 나타날 생각을 하지 않았다.

식사를 마친 카타리나는 그 자리에 쓰러져 다시 잠이 들어버렸고, 글렌과 알카레스는 쟌이 들아오기만을 기다렸다. 막상 그가 돌아왔을 때는 자정이 다된 시간이었다.

그동안 대체 무엇을 했는지는 모르지만 그의 전신이 땀에 흠뻑 젖어 있었고, 그의 양손에는 이름 모를 풀이 잔뜩 들려 있었다.

털썩 주저앉은 쟌은 알카레스에게 말을 건넸다.

"이봐, 알카레스. 뜨거운 물 좀 끓여."

"물?"

"대답할 힘도 없으니까 일단 물부터 끓이라고."

쟌의 말에 알카레스가 큰 그릇을 모닥불 위에 올려놓는 동안 심호흡을 해 기운을 차린 쟌은 자신이 가지고 온 풀을 그릇에 듬뿍 집어넣었다. 그가 지금 무슨 행동을 하는 것인지 글렌과 알카레스는 도무지 알 도리가 없었다.

한참 동안 풀을 끓이던 쟌은 그릇을 내려 식힌 다음 다시 작은 그릇에 끓인 물을 담고는 카타리나에게 다가갔다. 그리고는 조심스러운 손길로 그녀의 팔과 다리를 만졌다.

"이렇게 근육이 뭉쳤는데 기특하게도 잘 참았군."

물의 온도를 잰 쟌은 온도가 알맞은 것을 확인하고는 자신의 손을 담가 양손에 듬뿍 물을 묻힌 후 카타리나의 뭉친 근육을 풀어주기 시작했다. 단순히 주물러서 근육을 푸는 것이 아니라 어떤 곳은 엄지손가락으로 꾹꾹 누르기도 하고, 또 문지르거나 가볍게 두들기기도 하고…… 아마도 뭉친 근육을 풀어주려는 행동으로 보였다.

무슨 치료가 저렇게 요상한 것인지 글렌과 알카레스는 전혀 이해하지 못하고 있었지만, 한 가지 분명한 것은 카타리나의 얼굴이 조금 전보다는 훨씬 편해졌다는 것이었다. 게다가 얼마나 피곤했는지 쟌의 마사지가 끝났을 때까지 그녀는 단 한 번도 눈을 뜨지 않았다.

　몇 번을 계속해서 마사지를 해주던 쟌은 그녀의 팔과 종아리를 깨끗한 천으로 감싸고는 약초 끓인 물을 조금씩 부어주었다. 커다란 그릇에 끓였던 물이 완전히 사라지자 쟌은 그제야 뒤로 물러나 자신의 근육을 풀기 시작했다.

　스트레칭을 끝내고 식사를 시작한 쟌에게 알카레스는 자신이 궁금하게 생각했던 것을 질문했다.

　“지금까지 뭘 하고 있었스? 그리고 저 풀은 또 뭐요?”

　“뭐 그렇게 궁금한 것이 많아? 혼자서 훈련했어, 훈련.”

　“훈련? 그걸 왜 숨어서 한단 말이오?”

　알카레스의 반문에 쟌은 집었던 빵을 내려놓으며 한심하다는 표정을 지었다.

　“무슨 생각으로 그런 말을 하는 거지? 숨어서 하지 않으면 남 앞에서 훈련하는 것을 선전이라도 해야 한다는 거야?”

　“선전까지는 아니더라도 우린 동료가 아니오? 굳이 숨어서 훈련할 필요는…….”

　“이봐, 누가 동료라는 거야? 난 당신의 청부를 받아 저 여자를 카블렌스 시까지 데려다 주기도 했을 뿐이야. 만약 내가 당신들의 적인 트레슈나 제국에게 고용되어서 당신들 앞에 나타난다면 그때 날더러 배신자라고 할 텐가?”

　쟌의 얼굴에는 희미한 조소만이 떠 있었다.

　“그렇지만…….”

　“이보게, 근위 기사님. 아직 세상을 더 사셔야겠군. 세상을 사는 데 필요한 것이 뭔 것 같아? 사랑과 인정, 의리나 충성 같아? 혹시 황금과 권력, 그리고 사람들의 이기심, 이런 것 때문인 것 같지는 않아?”

쟌의 말에 뭐라고 대꾸하려던 알카레스는 아무런 말도 할 수 없었다. 그의 말이 현실이었으니까.

오늘 떠나온 베이룬 시에서 쟌이 저질렀던 그 많은 사건들도 핸들러 남작이라는 방패막이가 있었기 때문에 가능했던 일이지 않은가? 그것을 가리켜 폭력을 비호하는 권력이라 하지 않을 수 있을까?

결과만 좋다면 과정은 상관없다는 말처럼 하기 편한 말은 없다. 더더구나 쟌에게 괴롭힘을 당한 자들은 대부분 사람들에게 손가락질을 받는 도둑들이 아닌가?

"근육통을 푸는 데 좋은 약초들이야. 내일 밤에도 써야 할 것 같으니까 잘 챙겨둬. 그리고 오늘 밤 불침번은 내가 설 테니까 일찍들 눈을 붙여둬."

쟌은 말과 함께 다리를 꼰 채 손을 무릎 위에 올려놓고는 지그시 눈을 감았다. 그런 쟌의 모습은 너무나 경건하게 보여 함부로 말을 걸 수 없을 정도였다.

갈등을 일으키는 알카레스를 보며 글렌은 잠자리에 들었다.

알카레스가 걱정스럽기는 했지만 이 역시 그가 세상을 살면서 받아들여야만 할 현실이었기에 아무런 말도 하지 않았다. 잠시 동안 고심을 하던 알카레스도 긴 한숨을 내쉬며 잠자리에 들었다. 그러나 이리저리 한참 동안 뒤척이는 것을 보면 쟌의 말에 상당한 충격을 받은 듯했다. 하지만 그것도 잠시 피곤을 이기지 못한 알카레스는 곧 잠에 빠져들었고, 들리는 것은 일행의 숨소리와 모닥불이 타면서 내는 타닥거리는 소리뿐이었다.

쟌과 일행이 베이룬 시를 떠나 말을 달린 지도 벌써 닷새째였다.

처음엔 죽을 것만 같았던 카타리나도 닷새를 보내는 동안 조금씩 적응을 해 지금은 그런대로 버티고 있었다.

쟌이 처음으로 마사지를 허준 다음날 아침 잠에서 깬 카타리나는 조금 뻐근하기는 했지만 전날 느꼈던 그 끔찍한 고통이 사라진 것을 깨닫고는 의아한 생각이 들어 알카레스에게 꼬치꼬치 캐물었다.

알카레스는 그 이유를 설명하면서 아침부터 또 난리가 나겠다는 생각을 했지만 카타리나는 뜻밖에도 아무 소리도 하지 않았다. 그날도 일행은 꼬박 하루 동안 말을 달렸고, 카타리나는 역시나 정신을 잃었다.

쟌은 전날처럼 아무 말 없이 카타리나에게 마사지를 해주었고, 카타리나 역시 다음날 쟌이 마사지해 준 사실을 알고도 계속 침묵을 지켰다.

닷새째 저녁 일찌감치 저녁 식사를 마친 일행은 다음날을 위해 휴식을 취하고 있었다. 어딘가로 잠시 사라졌던 쟌이 나타났을 땐 역시나 양팔 가득히 약초가 들려 있었다.

쟌이 약초 물을 준비하는 동안 물끄러미 그 모습을 지켜보던 카타리나가 질문을 했다.

"요 며칠 사이에 왜 나에게 이렇게 친절하게 구는 거지?"

"친절하기는 누가 친절하다는 거야? 말썽 안 부리고 잘 참으니까 기특해서 도와주려는 거지."

자신을 어린애 취급하는 쟌의 말투에 카타리나의 눈썹이 꿈틀하기는 했지만 대꾸하지는 않았다.

"며칠 동안 강행군을 했는데도 기특하게 잘 참아주니 고마워서 도와주려는 것뿐이야. 사실 무리한 강행군이라는 걸 내가 잘 알고 있는데 불평 한마디 하지 않았으니 이번엔 내가 도와야지. 그동안 날 어떻게 생각하고 있었는지 잘 알고 있지만 나 그렇게 막돼먹은 인간은 아니야. 잘했을 때는 칭찬을, 잘못했을 때는 벌을 받아야 한다는 게 내 지론이 야."

쟌이 종아리를 마사지해 주자 카타리나는 팽팽했던 근육이 풀어지 는 것을 느끼며 고개를 뒤로 젖힌 채 살풋이 눈을 감았다. 그러다 뭔가 생각난 것이 있는지 고개를 돌려 쟌을 똑바로 쳐다보았다.

"뭘 좀 물어봐도 돼?"

"뭔데?"

"만약… 당신이 어느 왕국의 왕자고, 부모님의 말을 거역할 수 없는 입장인데 부모님의 명령에 의해 난생처음 보는 누군가와 결혼을 해야 되는 입장이라면 어떻게 하겠어?"

잠시 물끄러미 카타리나를 바라보던 쟌은 피식 미소를 짓고는 다시 마사지를 계속했다.

"원치 않는 결혼이라…… 나 같으면 당장 도망을 가겠어. 이건 부모 님의 말씀을 거역하고 안 하고의 문제가 아니잖아. 앞으로의 내 인생 이 달린 문젠데 그걸 부모가 강요한다고 해서 결혼할 수는 없잖아."

"하지만…… 왕국 간의 결혼인데 그 결혼을 원치 않는다고 도망갈 수는 없잖아."

"이건 입장의 문제가 아니라 성격의 문제야. 내 성격으로는 그런 상 황이 오도록 만들지도 않을 테지만 또 설사 온다고 하더라도 절대 남 의 뜻대로 움직이지 않아. 하지만 너의 경우는 어떨까? 지금껏 자신 마 음대로 살아온 것 같지만 실제 네 뜻대로 산 적이 단 한 번이라도 있 어? 남이 차려주는 음식을 먹고, 남이 입혀주는 옷을 입고, 또 남들이 마련해 준 잠자리에서 잠을 잤어. 그렇게 10여 년 동안을 살아왔는데 갑자기 왕궁에서 도망쳐 지금까지 누려왔던 모든 편한 생활을 거부하고 살 수 있을 것 같아?"

보기 드물게 진지한 쟌의 말에 카타리나는 꼼짝도 하지 않고 그의 말을 들었다.

"결혼이 이미 결정된 사항이고, 또 성격상 그것을 피할 수 없다면 차라리 그것을 네 뜻대로 바꿔보는 것은 어때?"

"바꾸다니? 대체 뭘 어떻게 바꾼다는 거지?"

"우선 상대를 먼저 만나봐. 그래서 네가 사랑할 만한 가치가 있는 사람이라면 더욱 좋지만 그게 아니라면 상대를 휘어잡아 네 뜻대로 움직이는 거야. 그래서 네 힘을 조금씩 키워 네가 왕국 전체를 좌지우지하는 거야. 어때? 재미있을 것 같지 않아? 네 말 한마디에 왕국 내 모든 사람들이 숨을 죽이고 네 눈치만 보는 거 말이야."

조금은 장난스러운 쟌의 말에 카타리나의 표정이 조금 변한 것처럼 보였다.

"하지만 난 너무 약해. 또 나를 지지하는 세력도 없고 말이야. 게다가 정치는 더 더욱 알지도 못하는 내가 어떻게 힘을 키우고 권력을 휘어잡는다는 거지?"

"후후후."

카타리나의 조금 심각하기 들리는 질문에 쟌이 갑자기 웃음을 터뜨렸다. 하지만 그 웃음은 상대의 말을 비웃는 것이 아니라 '그런 생각까지 하다니' 하는 약간의 놀람이 담긴 웃음이었다.

"왜 약하다는 거지? 넌 내가 처음 보았을 때보다 훨씬 강해졌어. 과거의 네가 오늘처럼 하루 종일 말을 타고 달릴 수 있었을 것 같아? 그리고 강하다 약하다는 것은 체력이나 근육의 문제가 아니야. 정신력의 문제란 말이야. 물론 네가 그렇게까지 버틴 것에는 나에 대한 오기가 상당하다는 것을 모르는 것은 아니야. 하지만 투덜대며 불평하는 것과 참고 견디며 다음을 노리는 것은 분명히 달라."

쟌은 어느새 마사지를 멈추고 있었다.

"어디서 들었는지 기억은 나지 않지만 세상에서 가장 무서운 자는 원수에게 미소를 보이며 손을 내밀 수 있는 자라고 하더군. 그 점을 잊지 않는다면 너는 누구보다 강해질 수 있을 거야. 그리고 무엇보다도 넌 남들보다 나이가 어리니 훨씬 유리하잖아."

"나이가 어리다는 것이… 유리하다고?"

쟌의 마지막 말이 이해가 되지 않는지 카타리나는 그에게 되물었다.

"당연하지. 나이가 어리니 적들도 경계하지 않을 것이고, 또한 무엇이든 배울 시간도 충분하잖아. 정치를 모른다면 배워가며 주위 사람들을 널 지지할 측근으로 하나둘씩 끌어들인다면 몇 년이 지나 네가 샤프란 왕국의 정치에 끼어들었을 때 많은 사람들이 모두 네 편이 되어줄 거야. 그렇게 해서 힘과 세력을 계속 키운다면 결국 샤프란 왕국을 네 마음대로 할 수 있을 거야. 어쩌면 왕국을 다스리는 최초의 여왕이 될지도 모르는 일이지."

그 말에 카타리나의 눈이 잠시 동안이지만 반짝거렸다.

"다시 한 번 말하지만 남에게 무시당하지 않으려면 힘과 능력을 키워. 내 인생이 남에 의해 결정지어지다니…… 비참하다는 생각이 들지 않아?"

쟌의 말에 카타리나의 얼굴에 신념 같은 빛이 떠올랐다.

"앞으로 꽃병 속에 꽃으로는 절대 살지 않겠어."

카타리나의 다짐에 쟌은 미소를 지었고, 글렌과 알카레스는 그런 그녀의 변화를 어떻게 받아들여야 할지 몰라 어색한 표정을 짓고 있었다.

"좋았어. 지금 그 마음을 평생 동안 잊지 말라는 뜻에서 카블렌스시에 도착하면 작은 선물 하나를 하도록 하지."

쟌의 말에 카타리나의 고개가 살짝 옆으로 기울어졌다.

"당신 그거 알아? 당신이라는 사람 알면 알수록 정말 이상한 사람이라는 것 말이야."

"이상해? 내가? 대체 무슨 소리를 하는 거야? 난 지극히 정상적인 사람이야."

"정상적인 사람? 호호호, 하하하!"

쟌의 대답에 카타리나는 갑자기 폭소를 터뜨렸다. 그것도 단순히 웃는 것이 아니라 배를 잡으면서 웃다가 옆으로 쓰러질 정도로 마음껏 웃었다.

한참 동안 배를 잡고 웃던 카타리나는 겨우 웃음을 멈추며 쟌을 바라보았다. 그런 카타리나의 태도에 쟌의 얼굴은 미미하게 찌푸려졌다.

"난 당신이 어떤 사람인지 정말 모르겠어. 그리고 이건 내 생각이지만, 당신에게서는 왠지 현자의 냄새가 나는 것 같아."

"뭐? 현자?"

카타리나의 말에 쟌은 순간적으로나마 멍한 표정을 지었다.

그녀의 말을 듣는 순간 이번엔 쟌이 미친 듯이 웃고 싶었지만 왠지 그래서는 안 될 상황 같아 꾹 참았다.

"나는 현자가 아니라 싸움개[鬪犬]야. 그저 싸우는 것밖에 모르는 아주 단순한 놈이란 말이야. 난 싸우는 게 좋아. 내가 살아 있다고 느끼는 순간은 그때밖에 없거든.'

카타리나는 왠지 그의 음성에서 쓸쓸한 냄새를 맡을 수 있었다. 그녀로서는 조금 뜻밖일 수밖에 없었다.

세상 무서울 것 없이 행동했던 쟌이 자신의 약한 모습을 보이는 순간이 있을 것이라고는 생각도 못했기에 조금은 당황스럽기조차 했다.

뜻밖의 상황이기 때문일까?

옆에서 그 모습을 지켜보고 있던 글렌과 알카레스 역시 아무 말도 하지 못하고 멍하니 두 사람의 모습을 보고 있었다.

"얼마나 남았어?"

갑작스러운 쟌의 말에 아무도 대답하는 사람이 없었다.

"이봐, 알카레스!"

"예?"

큰 소리에 알카레스는 깜짝 놀라 고개를 돌렸다.

"얼마나 남았냐니까?"

"요즘처럼 달리면 이틀이 채 안 걸릴 것 같소."

"그래?"

고개를 끄덕거린 쟌은 자신의 얼굴을 유심히 살피고 있는 카타리나를 보면서 입을 열었다.

"이틀만 더 고생해. 그 다음에는 새로운 세상이 네 앞에 펼쳐질 거야. 하지만 무엇을 선택하든 반성은 하더라도 절대 후회는 하지 마. 네 선택은 어느 때나, 또 어떤 상황에서나 최선이며 최고의 선택일 테니까."

쟌의 말에 카타리나는 그저 고개를 끄덕일 뿐이었다. 하지만 그녀는 이미 어떤 결심을 굳힌 듯한 표정을 짓고 있었다.

"쉬어, 내일도 하루 종일 달려야 할 테니까 말이야."

쟌의 말에 카타리나는 아무런 대꾸도 없이 자신의 자리에 누워 잠을 청했다. 하지만 그녀의 입은 잠 들지 않았다.

"그렇다고 내가 너에 대한 분노나 원한을 잊어버렸다고는 생각하지 마."

피식!

쟌의 입꼬리가 삐죽하게 한쪽으로 올라갔지만 그의 입에서는 아무런 말도 흘러나오지 않았다.

알카레스의 계산이 대충 맞아 쟌과 일행은 3일째 되는 정오에 드디어 카블렌스 시에 도착할 수 있었다.

카블렌스 시는 일찍부터 상업이 발달한 도시로 단일 품목의 규모로만 보면 바리타스 왕국 제일이라 할 수 있다.

비단을 비롯한 갖가지 직물과 원단, 또 그 원사(原絲)의 집산지로 이름 높은 카블렌스 시는 인근 도시는 물론 트레슈나 제국과 크레니아 왕국, 샤프란 왕국, 모로레가 왕국, 레모네시아 왕국의 상인까지 찾는 국제적인 도시라 할 수 있다.

물론 다른 품목을 취급하지 않는 것은 아니지만 오래전부터 직조 부분이 발달했기에 종류의 다양함이나 고급스러움은 말할 필요도 없었다.

짐이 가득 실린 짐마차를 지키고 있는 사람은 하나같이 우락부락한 인상의 용병들이었다. 더운 날씨임에도 불구하고 그들은 뙤약볕 아래서 마차에 접근하는 자들을 경계하기에 여념이 없었다.

천천히 사람들을 헤치며 말을 몰던 쟌은 유독 사람이 많이 모여 있는 곳을 발견했다. 말 위에서 언뜻 보니 갖가지 원단으로 만든 옷들을 소개하고 있었는데, 옷을 입은 여인 10여 명이 무대 위에서 한껏 자태를 뽐내고 있었다.

그녀들이 걸치고 있는 옷과 장신구는 화려하기 그지없어 내리쬐는 햇볕을 받아 갖가지 영롱한 빛을 뿌리고 있었고, 그것을 바라보는 상인들은 예리한 눈으로 상품의 질과 옷의 형태를 살피고 있었다.

피곤한 표정으로 일행과 같이 움직이던 카타리나는 그녀들을, 아니, 그녀들이 걸치고 있는 옷을 발견하고는 자신도 모르게 걸음을 멈추고, 입을 쩍 벌리지 않을 수 없었다. 쟌을 만나서 여행복이라는 것을 처음 입어보기는 했지만 그전까지는 드레스를 제외한 다른 옷은 한 번도 입어본 적이 없었다.

물론 왕국의 공주다 보니 다양한 드레스와 엄청나게 많은 액세서리를 가지고 있음은 말할 필요도 없었다. 하지만 그 형태라는 것이 대부분 거기서 거기였기에 식상하게 생각해 왔던 것도 사실이었다.

하지만 지금 그녀의 눈에 보이는 옷과 액세서리는 형태나 색상이 전부 달랐다. 심플한 형태의 드레스에서 프릴이 잔뜩 달린 드레스, 대담하게 등을 드러내는 드레스, 갖가지 보석으로 장식된 순백색의 드레스 등등 어느 것 하나 똑같은 것이 없었다.

특히 그녀의 시선을 끈 드레스는 순백에서 연한 보라색으로 색이 번진 것처럼 보이는 심플한 형태의 드레스였다. 여름용으로 제작한 듯 팔과 앞가슴 부분이 패어 있는 것이 보기에도 시원해 보이는 드레스였다.

카타리나가 드레스에서 눈을 떼지 못하고 있을 때 쟌이 무심한 음성으로 입을 열었다.

"뭐 하고 있어? 우선 신전부터 찾고, 숙소를 정한 뒤에 구경해도 되잖아. 빨리 움직여."

쟌의 말에 카타리나는 아쉬움을 남기며 그 자리를 떠나야만 했다.

네 사람이 사람들을 헤치고 그 자리를 떠나는 모습을 지켜보는 몇 쌍의 눈이 있었다.

"드디어 나타났군. 백작님께 보고를 해야겠어."

"그런데 저들의 뒤를 추격하던 동료들은 어디서 뭘 하기에 아직도 모습이 보이지 않는 거야? 그건 그렇고… 저기 검은 머리카락을 한 자가 크로스님을 부상 입혔다는 그자인가?"

"야, 이 친구야. 그런 소리 아무 곳에서나 함부로 지껄이지 마. 쥐도 새도 모르게 죽는 수가 있어."

말을 꺼낸 사내는 엄지손가락으로 목 밑을 스윽 긋는 시늉을 했다.

"그게 아니라 저자의 체격을 보라고. 크로스님이 당하셨다는 것이 이해가 되지 않잖아. 게다가 그때 당한 사람이 어디 하나둘이야?"

"크로스님이 그때 일로 잔뜩 이를 갈고 있으니 저자는 죽어도 쉽게 죽지 못할 거야. 잔말 달고 어서 가자고."

빽빽한 사람들을 헤치고 두 사내가 사라지자 그들의 모습을 유심히 바라보고 있던 한 사내가 고개를 갸웃거렸다.

"베이룬 시에서 도둑 길드를 난장판으로 만들었기에 도둑 길드에서 고용한 자들인 줄 알았더니 아닌 모양이군. 누가 또 저들을 노리는 거지? 역시 호기심이 가는 인물이군."

나직하게 중얼거리던 사내 역시 곧 쟌들이 사라진 곳을 향해 걸음을 옮겼다. 깊게 눌러쓴 모자 밑으로 보이는 연한 녹색의 머리가 바람이 불어올 때마다 찰랑거리고 있었고, 그런 그의 등에는 류트가 메어져 있었다.

“여기가 레피온 신전이야?”

“그런 것 같소. 저 동상을 보니 틀림없는 것 같소.”

거대한 건축물을 앞에 두고 쟌과 일행은 대화를 나누고 있었다.

바리타스 왕국에서는 볼 수 없는 둥근 첨탑을 가진 거대한 신전은 화려하면서도 섬세한 조각이 건물 전체를 뒤덮고 있었고, 건물 앞에는 두 쌍의 날개를 가진 전사 복장의 거대한 신상(神像) 하나가 건물을 출입하는 사람들을 내려다보고 있었다.

상업과 분쟁, 그리고 협상을 관장하는 신 레피온.

어떤 의미에서 상인들에게는 국왕보다 더욱 믿고 따라야만 할 존재가 바로 상업의 신 레피온이었다. 물론 신전에 헌납하는 상인들의 돈이 많기 때문이기도 하지만, 레피온 신전은 여느 신전에 비해 크고 화려하다는 특징이 있었다. 또한 카블렌스 시는 오래전부터 상업이 발달했기 때문인지 모르지만 바리타스 왕국 내에서 가장 크고 화려한 레피온 신전이 있었다.

신전 양편에는 갖가지 물건을 늘어놓고 파는 노점상들과 그들을 내쫓으려는 신전의 수습 프리스트들 간의 말다툼이 계속되고 있었다.

“만나기로 한 날이 언제지?”

“나흘 후 저녁이오.”

“나흘 후라…….”

“왜, 문제라도 있소?”

알카레스의 질문에 쟌은 아무런 말도 하지 않고 그저 피식 하는 웃음만 지을 뿐이었다. 하지만 그런 쟌의 태도가 알카레스는 더욱 기분 나빴다.

“일단 숙소부터 정하자고. 어쨌든 쉴 곳이 필요하니까.”

쟌의 말에 일행은 어쩔 수 없이 그의 뒤를 따라 말 머리를 돌려야 했다.

길 가는 사람들에게 몇 번인가 물어 쟌과 일행이 숙소로 정한 곳은 글렌이 스웰턴 공작과 접선하기로 한 작지만 꽤나 화려한 여관이었다. ‘레피온의 품안에서’ 라는 즈금은 이상한 이름을 가진 여관이었는데, 쟌과 일행이 여관 쪽으로 다가가자 손님을 기다리고 있던 소년하나가 재빨리 쟌들의 말고삐를 잡으며 인사를 했다.

“어서 오십시오, 손님들. 어서 안으로 들어가십시오.”

“며칠 동안 있을 거니까 그렇게 알아라.”

“예, 예, 알겠습니다, 손님.”

소년의 대답을 들으며 여관 안으로 들어서니 외관만큼이나 화려한 내부가 한눈에 들어왔다.

“어서 오십시오, 손님.”

“방 있소?”

“물론입니다, 손님. 어떤 방을 드릴까요?”

의류의 도시답게 여주인의 의상도 화려하기 이를 데 없어 50대 후반임에도 불구하고 상당히 세련되었다는 인상을 주었다. 부드러운 색의 의복에 어울리게 여주인의 인상도 부드러웠고 음성 또한 온화했다.

“여기 있는 레이디 혼자 지낼 방 하나와 그 양쪽의 방을 주시오.”

“그럼 방이 모두 세 개가 필요하신 건가요?”

“그렇소.”

“그럼 숙박 기간은 얼마나?”

“나흘 동안 지낼 거요.”

“예, 알겠습니다. 지금 즉시 방 세 개를 준비하도록 하겠습니다. 그리고 곧 목욕을 하실 수 있도록 준비하겠습니다. 손님, 그럼 숙박부를 적어주시겠습니까?”

여주인이 숙박부를 내밀자 쟌은 슬그머니 알카레스 쪽으로 디밀었다.

“숙박료에 식대는 포함되어 있지 않습니다만 식사는 어떻게 하시겠습니까?”

“필요할 때 주문을 하겠소.”

“예, 알겠습니다. 숙박비는 선불입니다.”

“얼마요?”

“방 세 개를 나흘 동안 사용하신다면… 30코렌씩 모두 360코렌입니다.”

베이룬 시에서 이들이 숙박했던 여관은 식사까지 포함해서 하루 20코렌에 불과했다. 물론 카블렌스 시는 베이룬 시와 비교할 수도 없을 정도로 번화한 대도시라고는 하지만 이렇게까지 차이가 날 줄은 상상도 못했다.

쟌이 100코렌짜리 금화 네 개를 내밀자 여주인은 25코렌짜리 금화 하나와 10코렌짜리 금화 하나, 1코렌짜리 금화 다섯 개를 쟌에게 내밀었다. 그러자 쟌은 25코렌짜리 금화와 10코렌짜리 금화를 신기한 듯 바라보았다.

제국에서 만들어낸 금화는 100, 50, 25, 10, 1코렌짜리였지만 일반적으로 통용되는 금화는 대부분 100코렌짜리와 1코렌짜리였다. 쟌은 10코렌짜리와 25코렌짜리 금화를 보기는 처음이었기에 신기한 듯 보았던 것이다.

방이 준비됐다는 여주인의 말에 쟌은 일행에게 고개를 돌렸다.

"일단은 목욕부터 하고 푹 쉬도록 해. 그리고 저녁 식사 때나 보자고."

"묻고 싶은 것이 있는데……."

"일단은 씻고 쉬어. 뭘 물으려고 하는지 알아. 이유는 저녁 식사 때 설명해 줄 테니 그때까지 기다려."

일행의 말문을 막은 쟌은 종업원의 뒤를 따라 걸음을 옮기고 있었다. 잠시 서로의 얼굴을 본 일행은 고개를 흔들곤 곧 쟌의 뒤를 따라갔다.

카타리나가 방에 들어가자 뒤따라 들어온 쟌은 방의 이곳저곳을 꼼꼼히 살폈다.

"저녁 식사 후에 내가 창문하고 손봐줄 테니까 그때까지는 창문을 열지 말도록 해."

"알았어."

자신의 대답에 쟌이 고가를 끄덕이며 나가자 카타리나는 의자에 털썩 앉으며 대체 무슨 의도로 자신에게 독방을 쓰도록 한 것인지 그 이유를 알 수 없었다.

그제야 마음에 여유가 생긴 카타리나는 방 안을 둘러보았다. 깨끗한 실내에 작은 테이블과 의자 두 개, 깨끗한 침대보가 씌어져 있는 침대가 한쪽 벽에 놓여져 있었고, 작은 문을 열어보니 뜨거운 물이 담겨 있는 커다란 물통과 간이 화장실이 보였다.

방문을 잠그고 옷을 벗은 카타리나는 곧장 목욕통 속으로 들어갔다. 더운 날씨이기는 했지만 뜨거운 목욕물에 들어가니 뭉쳤던 근육이 풀어지는 것이 평온한 기분에 지그시 눈을 감고는 혼자만의 휴식에 빠져들었다.

얼마나 시간이 지났을까? 그 상태로 꼼짝하지 않고 있던 카타리나는 물이 차가워진 것을 깨닫고는 재빨리 목욕을 마치고 나와 침대 위로 몸을 날렸다.

출렁~

침대는 영혼까지 파묻힐 만큼 충분히 푹신푹신했고, 맨살에 닿는 까끌까끌한 침대보의 느낌은 너무나 기분 좋았다. 침대보를 가슴까지 올려 덮는 순간 카타리나는 그대로 잠 속으로 빠져들었다.

똑똑똑~

"으으응?"

똑똑똑~

"으응? 누구야?"

"알카레습니다, 카타리나님. 식사하실 시간입니다."

"알았으니까 먼저 내려가 있어."

"알겠습니다."

자리에서 일어난 카타리나는 그제야 자신이 알몸으로 자고 있었다는 것을 깨닫고는 얼굴을 붉혔다.

재빨리 일어나 옷을 입은 카타리나는 몸이 가뿐한 것을 느끼고는 상쾌한 기분이 들었다.

여행을 시작하고 난 후 이렇게 상쾌한 기분이 되기는 처음인 것 같았다.

방을 빠져나와 아래층으로 내려간 카타리나는 종업원의 안내를 받아 곧 일행이 앉아 있는 방으로 걸음을 옮겼고, 곧 자신의 자리에 앉았다.

“어서 와. 식사는 뭐로 주문할까?”

“아무거나 상관없어. 대신 가벼운 것으로 시켜줘.”

카타리나의 말에 알카레스가 일행의 식사를 주문했다. 그러는 사이 카타리나는 조금 전 자신이 보았던 광경을 떠올리며 의아한 생각이 들었다.

그리 넓지는 않지만 홀에 있던 테이블마다 사람들로 가득했다. 그간 그녀가 경험한 바에 따르면 식당에 그 정도의 인원이 들어차 있으면 귀가 따가울 정도의 소음과 노랫소리, 고함 소리, 그리고 때때로 싸움까지 벌어지곤 했다. 어떤 식당이든 식당은 모두 그런 분위기일 것이라고만 생각해 왔던 카타리나에게 조용한 식당 분위기는 너무나 이질적이라 이제는 조금 거북스럽기조차 했다.

곧 이어 종업원의 친절한 서비스와 함께 나온 식사를 하며 카타리나는 쟌을 바라봤다.

“이제 설명해 줘.”

뜬금없는 카타리나의 말에 쟌은 스테이크를 크게 잘라 입에 집어넣으며 고개를 끄덕였다.

“지금까지 안전상의 이유를 들어 한 방에서의 생활을 고집했던 내가 왜 이곳에 와서는 따로 방을 잡았는지 모두들 궁금할 거야. 그렇지 않아?”

“맞소. 나 역시 그 점이 이해가 가지 않아 아까 물어보려고 했었는데 카타리나님께서 먼저 물어보셔서 지금껏 참고 있었소.”

일행이 자신의 얼굴을 바라보자 쟌은 피식 한 번 웃고는 그 이유를 설명했다.

"좀 이상하지 않아?"

"뭐가 말이오?"

"답답하긴. 수도를 떠나오면서부터 정체 모를 자들이 계속해서 습격을 했다면서? 그런데 왜 웨이펀 시로 갈 때나 이곳으로 올 때까지 단 한 번의 습격도 없었지? 특히 베이룬 시 같은 경우는 한 달 가까이 머물렀지만 습격의 징후는 전혀 없었잖아. 왜 그랬을까? 포기를 한 것일까? 아니면 다른 속셈이 있는 것일까? 어때, 이상하다고 생각되진 않아?"

쟌의 말에 일행은 그제야 자신들이 그동안 단 한 번의 습격도 받지 않았다는 사실을 떠올렸다.

"처음 만났을 때 글렌이 그랬잖아. 나 때문에 작전을 망쳤다고 말이야. 그래서 생각해 봤지. 대체 무슨 작전이기에 왕국의 공주가 미끼가 되었을까 하고 말이야. 하지만 곧 짐작이 가더군."

"내가 미끼였다고?"

쟌의 말에 카타리나의 얼굴이 싸늘하게 굳어졌다.

알고 있었다 하더라도 불쾌하고 기분 상하는 일인데 정작 당사자인 자신은 까맣게 모르고 있었다니…….

카타리나의 성격상 그냥 넘어갈리 만무했다.

"누구야? 아버님이야 아니면 스웰턴 공작이야?"

쟌과 카타리나의 말에 알카레스는 그제야 알겠다는 표정을 지었다.

사실 그동안 자신이 맡은 임무에 대해 곰곰이 생각해 봤지만 이해가 되지 않는 구석이 너무나 많았다.

먼저 카타리나를 호위하는 병사들의 수가 너무나 적었다. 한 왕국의 공주를 호위하는 데 근위 기사단 전체를 보내도 시원찮을 텐데 고작

40여 명의 인원을 딸려보내다니…… 이건 말도 안 되는 소리였다.

둘째, 조금 자존심이 상하기는 하지만 자신은 카타리나의 호위 책임자로서 실력이 떨어지는 것을 자인하지 않을 수 없었다. 자신이 근위 기사단의 십인장이라고는 하지만 솔직히 공주를 안전하게 호위할 수 있는 실력은 아니라고 생각했다.

근위 기사단에서만 하더라도 자신보다 실력이 뛰어난 사람이 상당히 많았는데 왜 자신이 선출되었을까? 알카레스로서는 의문이 아닐 수 없었다.

마지막으로 글렌이 소속되어 있는 팬텀 나이트가 은밀히 카타리나를 호위하고 있었다는데, 왜 그들은 모습을 감추고 있어야만 했느냐는 것이었다.

그 외에도 몇 가지 이해가 되지 않는 부분이 있었는데 쟌의 말을 듣고 보니 어느 정도는 이해가 되었다.

"빨리 말 못해? 누구냐니까?"

"공주님, 그건 말할 수……."

"좋은 말로 할 때 빨리 대답해."

서릿발이 내린 듯한 카타리나의 태도에 글렌은 대답을 할 수도, 하지 않을 수도 없어 난처한 표정을 지었다.

"아마도 이 모든 것이 스웰턴 공작인가 뭔가 하는 작자가 계획한 일일 거야. 알카레스는 아무것도 모른 채 그의 계획대로 움직였고, 또 글렌은 스웰턴 공작의 명령을 받고 움직였을 테니 말이야."

쟌의 말에 매섭게 글렌을 노려보던 카타리나는 곧 고개를 돌려 쟌의 말에 귀를 기울였다.

"그럼 다시 본론으로 돌아가서…… 그럼 그 공작나리께서 이번 일을 꾸민 이유가 뭘까 곰곰이 생각해 봤는데 말이야, 내 생각은 이래. 혹시 그가 왕국의 독립을 꿈꾸는 것은 아닐까 하고 말이야.”

쟌의 말에 세 사람 모두 깜짝 놀란 얼굴로 태연한 표정을 짓고 있는 쟌의 얼굴을 쳐다보았다.

글렌은 스웰턴 공작의 의도를 정확하게 짚은 쟌의 예리한 통찰력 때문에 놀랐고, 알카레스는 그제야 모든 것을 깨닫고 경탄을 금치 못했다. 그리고 카타리나 역시 자신이 미끼라는 사실에 분노가 치밀기는 했지만 그것이 만약 왕국의 독립 때문이라면…… 이해할 수도 있을 것 같다는 생각이 들었다.

그렇지만 지금까지 단 한 번도 생각해 본 적이 없던 문제였기 때문에 묘한 기분까지 들었다.

“방금 내가 한 말이 사실인지 아닌지는 각자 알아서 판단하도록 해. 그리고 만약 독립을 생각하고 있다면 가장 먼저 해야 할 일이 뭐겠어? 제국에 협조하는 배신자들이 누군지, 또 숨어 있는 스파이가 누군지 밝혀내는 일이잖아. 그래서 이번 일을 계획했던 것 같은데 문제는 내가 이번 작전을 망쳐 버렸다는 거지.”

남의 작전을 망쳐 버렸다고 말을 하면서도 쟌의 표정은 너무나 태연했다.

“잠깐. 방을 세 개씩이나 잡은 이유를 물어봤을 뿐인데 왜 엉뚱한 이야기를 하는 거야?”

“설명이 필요할 것 같아서 말이야. 그건 그렇고, 내가 왜 방을 세 개나 잡았느냐 하면 말이야, 망쳐 버린 작전을 원상태대로 돌리려고 하기 때문이야.”

쟌의 말에 세 사람은 어리둥절한 표정을 지었다. 도저히 그의 말을 이해할 수 없었기 때문이다.

"그게 무슨 소리요? 작전을 원래대로 되돌리다니?"

"일단 들어봐. 조금 전에 말한 대로 습격이 한 번도 없었잖아. 포기를 했다면 모르겠지만 그게 아니라면 왜 습격을 하지 않았을까? 저들은 우리의 레이디께서 몰래 여행을 했다는 것을 이미 알고 있었어. 날짜나 목적지 모두 말이야. 그런데 왜 포기를 했을까? 혹시 목적지에 먼저 도착해서 완벽한 함정을 만들기 위해서 그동안 습격을 하지 않은 것은 아닐까?"

"그렇다면……?"

"그래서 그들에게 우리를 공격할 기회를 준 거야. 그리고 그놈들을 잡아야 감히 어떤 놈이 우리 레이디를 납치하려 한 건지 알 수 있잖아. 그러려면 우리도 틈을 보여줘야지."

"하지만 적의 수가 얼마나 되는지 모르는 상황에서 함부로 틈을 보인다는 것은 너무 위험한 일이오."

"그럴 수도 있겠지. 하지만 적을 사로잡으려면 어쩔 수 없이 밝은 곳에 우리가 직접 나설 수밖에 없어. 내 예상이 틀리지 않는다면 저들은 틀림없이 우리를 공격할 거야."

"하지만 카타리나님에게는 너무 위험한 일이오!"

"시끄러워. 적어도 당신이나 스웰턴 공작은 할 말이 하나도 없어. 이봐, 레이디. 내가 목숨을 걸고 당신의 털끝 하나도 건드리지 못하도록 할 테니 한번 해보겠어? 하지만 당신이 원치 않는다면 이번 계획은 없던 것으로 하겠어. 어때?"

쟌의 제의에 잠시 생각을 하던 카타리나는 곧 고개를 끄덕였다.

"한 가지만 묻겠어. 정말 내 안전을 책임질 수 있어?"

"내 목을 걸지."

"좋아, 해보겠어. 어떤 놈이 감히 나를 납치하려고 한 것인지 나도 이젠 꼭 알아야겠어."

"그래, 바로 그거야. 네가 당한 만큼, 그리고 받은 만큼 돌려주는 거야. 누구라도 널 건드리면 반드시 보복을 당한다는 것을 철저하게 가르쳐 줘야 한단 말이야. 이 험한 세상을 살려면 독할 때는 독하게 행동을 해야 돼."

다른 사람도 아닌 쟌이, 더구나 카타리나에게 그런 말을 하다니……글렌과 알카레스는 쓴웃음을 짓지 않을 수 없었다.

누구보다 카타리나를 자극했던 그가 당한 만큼 보복을 하라고 충고하니, 누워서 침 뱉기라는 속담을 아는 건지 모르는 건지 그에게 정녕 묻고 싶었다.

"식사가 끝났으면 방으로 가지. 내가 나름대로 준비한 것이 있거든."

쟌의 말에 일행은 모두 일어나 카타리나의 방으로 향했다. 방에 들어선 쟌은 거리 쪽으로 난 두 개의 창문 앞에서 뭔가가 잔뜩 쓰여진 종이를 꺼내서 뭐라고 중얼거리더니 종이를 쭉 찢었다. 그러자 창문에서 환상처럼 밝은 빛이 뿜어져 나왔다가는 곧 사라졌다. 하지만 겉으로 보기엔 조금의 변화도 없었다.

"혹시 그거 마법 스크롤 아니오?"

"맞아. 알람 마법이 걸려 있는 스크롤이지. 누군가 창문을 밖에서 강제로 열려고 하거나 깨려고 하면 엄청나게 요란한 소리가 울리도록 되어 있지. 사용할 수 있는 기간이 며칠 안 되는 것이 흠이기는 하지만 말이야."

쟌의 대답에 알카레스는 신기한 듯 조금 전 쟌이 찢어버린 스크롤을 살펴봤다. 하지만 조금 전 종이에 빽빽하게 쓰여져 있던 글들은 모두 감쪽같이 사라지고 없었다.

알카레스가 신기한 생각에 이미 마법의 힘이 사라진 스크롤을 바라보고 있을 때 쟌은 아주 특이한 방법으로 방문에 못을 박고 있었다.

못의 머리 부분을 잡고 높이를 조절한 다음 엄지손가락으로 지그시 누르니 마치 삶은 호박에 말뚝이 박히듯 너무나 쉽게 나무 속으로 파고들었다.

양쪽의 못 높이를 눈대중하던 쟌은 눈에 보이지도 않을 정도로 가는 끈 같은 것을 꺼내 양쪽에 묶었다. 끈의 탄력을 시험해 보던 쟌은 마음에 드는지 흡족한 미소를 지었다.

"그 끈은 또 뭐야?"

"그냥 끈이 아니라 활줄이야."

잠시 주위를 둘러보던 쟌은 티이블 위에 놓여 있던 초를 들어 활줄을 향해 가볍게 휘둘렀다.

스윽! 툭!

아주 미약한 소리와 함께 초는 두 동강이 났다.

"후후후, 가늘다는 것은 예리하다는 것과 일맥상통하지. 허락없이 들어오려는 자는 그대로……."

쟌은 엄지손가락을 치켜세우고는 그대로 목 밑을 쭈욱 긋는 시늉을 했다.

"그리고 마지막."

옻칠이 된 나무로 만든 상자를 품에서 꺼낸 쟌은 상자를 카타리나에게 내밀었다.

“이게 뭐야?”

“열어보면 알잖아.”

쟌의 말에 카타리나는 상자를 열어 내용물을 확인했다.

“아~ 예쁘다.”

“내가 걸어줄게.”

상자 안에서 쟌이 꺼낸 것은 황금과 붉은 보석으로 만들어진 커다란 펜던트와 황금 목걸이였다.

“웬 목걸이야?”

“마법구(魔法具)야. 장신구로서도 괜찮고 말이야.”

“마법구?”

“그래, 강력한 라이트 마법이 봉인되어 있지. 세 번이 한도이기는 하지만 말이야.”

“어떻게 쓰는 거지?”

“간단해. 우리 외에 누군가가 접근하면 ‘라이트’ 라고만 외치면 돼. 그러면 상대는 잠시 동안 장님 신세가 되고, 그때 몸을 피하면 되는 거지. 이 목걸이를 쓸 일이 있을지 모르지만 혹시 모르니까 일단 가지고 있어.”

쟌의 말에 자신이 위험할 수도 있다는 사실이 갑자기 인식되었는지 카타리나의 얼굴이 딱딱하게 굳어졌다.

10장

블랙 케이프 4

"구경은 잘했어?"

"응."

대답을 하는 카타리나의 얼굴에 심통이 가득한 것을 본 쟌이 반문했다.

"무슨 일 있었어?"

"아까 눈여겨봐 두었던 옷이 있었는데 벌써 어떤 작자가 사가 버렸단 말이야. 정말 마음에 든 옷이었는데……."

"어저께 전시회에서 여자들이 입고 있었던 옷인가 보군."

"그래. 흰색과 보라색이 섞여 있는 아주 마음에 드는 드레스였는데…… 속상해 죽겠어."

"자자, 기분 풀고 식사나 하자고."

"그런데 혼자 여관에서 뭐 하고 있었어?"

“나? 쉬면서 앞으로 벌어질 일을 생각해 보고 있었지.”

“그래?”

실제로 쟌은 일행 몰래 뒤를 따르며 혹시 있을지도 모를 적의 기습에 대비하면서 미행자나 감시자가 있는지 살피고 있었다. 하지만 적으로 예상되는 자들의 기척은 좀처럼 느낄 수 없었다.

“그런데 부하들을 전부 철수시키는 것은 너무 위험하지 않겠소?”

“서로가 전력을 드러내 놓고 싸우는 경우라면 숫자가 많은 것이 도움이 될 수도 있겠지. 하지만 지금처럼 전력을 감추고 싸워야 하는 상황에서는 별로 도움이 되지 않아. 게다가 우린 지금 적을 유혹해야 되는 상황인데 부하들을 깔아 적에게 경각심을 심어줘서 어쩌겠다는 거야.”

“하지만…….”

“기다려 봐, 틀림없이 이틀 안으로 저들의 공격이 있을 테니까.”

“하지만 쿠니오님을 만나신 후에 기습할 수도 있지 않소?”

“만난 후에 기습을 해? 만약 저들이 그런 짓을 벌인다면 그거야말로 정말 멍청한 짓이지.”

“그건 또 무슨 소리요?”

“저들이 왜 공공연하게 모습을 드러낸 채 레이디를 납치하려 하지 않는 거지? 뭔가 숨겨야만 되는 이유가 있기 때문이잖아. 그런 상황에서 새로운 적을 만든다고? 그것처럼 멍청한 일이 어디 있어?”

쟌의 말이 이해가 되기도 했지만 어찌 생각해 보면 이해가 잘 안 되는 부분도 있었다.

“하지만 쿠니오님이 개입하신다는 확신도 없질 않소?”

“이봐, 알카레스. 당신은 언제 상대와 싸워?”

“나 말이오? 그야 적이라고 생각되면…….”

“적하고 싸우는 것은 당연하잖아. 그때를 제외하고 또 언제 싸워?”

대답이 끝나기도 전 쟌의 질문이 이어졌다. 하지만 생각이 정리 안 된 알카레스는 금세 대답하지 못했다.

“적과 만났을 때는 당연히 싸움을 하지. 하지만 사내라는 족속들은 자신의 명예가 훼손되었다고 느낄 때, 또 자신의 소유를 누군가가 빼앗으려 할 때 아니야? 그런데 자신을 만나기 위해 온 레이디가 누군가에게 납치를 당한다면 그가 어떻게 하겠어? 모른 척할까? 아니면 체면 때문에라도 개입을 할까? 만약 나와 내기를 하겠다면 난 당연히 개입한다 쪽에 돈을 걸겠어. 어때?”

쟌의 말에 글렌은 고개를 끄덕였다.

“그건 가이야 씨의 말이 맞소. 아마 쿠니오님께서는 그런 사태를 자신에 대한 도전이라 생각하고 적극적으로 개입하실 것이 분명하오.”

“하여튼 간에 이틀만 기다려 봐. 사건이 일어나지 않는다면 일어나지 않아서 좋고, 일어난다면 미리 대비를 하고 있으니 어떤 녀석이 이번 일을 벌인 것인지 알 수 있어 좋잖아.”

쟌의 말에 일행은 그저 고개를 끄덕일 뿐이었다.

“그건 그렇고… 간단히 몸을 풀 일이 생긴 것 같은데 말이야. 어때? 간만에 몸 좀 움직여 볼까?”

“그건 또 무슨 소리요?”

“저기 저자 보여?”

쟌이 손으로 가리킨 곳은 창가였는데 그곳에는 모자를 깊게 눌러쓴 엘프 하나가 창밖을 보면서 술을 마시고 있었다.

“저자가 누구기에…….”

“어디서 본 기억 안 나?”

“베이룬 시 식당에서 노래를 부르던 그 엘프?”

“맞아. 그리고 알카레스는 관찰력을 좀 더 키우셔야겠어. 어떻게 레이디가 기억하는 걸 모를 수가 있지?”

쟌이 눈살을 찌푸리자 알카레스는 얼굴을 붉혔다.

사실 엘프를 별로 본 적이 없는 그로서는 그저 남녀의 구별, 노소의 구별을 할 수 있을 뿐 비슷한 연령대의 엘프는 모두 비슷비슷해 보여 구분이 잘 되지 않았다.

“그런 저 엘프가 뭐 어떻다는 거요?”

“이상하지 않아?”

“이상하다니, 뭐가 말이오?”

알카레스의 반문에 쟌은 고개를 흔들며 혀를 찼고, 글렌 역시 이해가 되지 않는지 어리둥절한 표정을 짓고 있었다.

“쯧쯧쯧, 그런 눈썰미로 이 험한 세상을 어떻게 살겠다고. 잘 들어봐. 우리가 베이룬 시에서 이곳까지 오는 데 며칠이 걸렸어? 8일이 걸렸다고. 그것도 전력질주를 해서 말이야. 물론 우리는 이곳에 빨리 도착해야 할 이유가 있기 때문에 급하게 말을 몬 것이지만, 그럼 저자는 어떻게 지금 이 시간에 우리 앞에 있을 수 있는 것일까? 그리고 카블렌스 시의 많고 많은 여관 가운데 하필이면 우리가 투숙한 여관에서 마주쳤다는 것이 왠지 이상하지 않아?”

쟌의 말을 듣고 보니 그제야 이상하다는 생각이 들었다.

자신들과 비슷한 속도로 말을 몰지 않은 이상 절대 지금 자신들의 눈앞에 존재할 수 없었다. 게다가 이렇게 넓은 카블렌스 시에서 어떻게 자신들이 있는 곳을 알고 찾아왔을까?

단순히 우연의 일치라고 믿기에는 너무 이상한 일이었다.

"누가 적인지 모르는 상황게서 접근하려고 하는 자가 있다면 당연히 의심해 봐야 하지 않겠어?"

"알겠소. 내가 맡겠소."

대답과 함께 자리에서 일어난 알카레스는 심호흡을 한 번 하고는 엘프에게로 걸음을 옮겼다. 그리고는 낮은 음성으로 대화를 나누는 것 같더니 잠시 후 엘프가 자리에서 일어나는 모습이 보였다. 하지만 뭔가 대화가 잘 통하지 않는지 두 사람의 분위기가 꽤나 험악해 보였다.

잠시 서로를 노려보던 두 사람은 곧 여관의 뒷문을 통해 뒤뜰로 나갔다.

그 모습에 쟌과 두 사람도 곧 그들을 따라 후원으로 향했다. 몇 그루의 나무들이 서 있었고, 나므와 나무 사이에는 서너 개의 벤치가 있었다.

느긋하게 자리에 앉은 쟌은 알카레스와 엘프를 바라보며 어서 뭔가가 일어나기를 기다렸다.

"정말 무례한 청년이군. 그대는 대체 뭘 하는 사람인데 나에게 이리도 꼬치꼬치 캐묻는단 말인가?"

"흥! 왜 우리 뒤를 쫓은 것인지 그 이유를 설명하지 않는다면 내가 따끔한 맛을 보여주겠소. 좋은 말로 할 때 순순히 그 이유를 설명하시오."

흘낏 벤치에 앉은 쟌과 두 사람의 모습을 본 엘프는 의미를 알 수 없는 비릿한 미소를 지었다.

"일행이 있다고 의기양양해 하는 것 같은데… 과연 그대와 동료들에게 그럴 만한 능력이 있을까?"

엘프가 허리에 차고 있던 사브르의 폼멜에 손을 얹은 채 거만한 표정으로 입을 열었다. 서로를 노려보던 두 사람 가운데 결국 먼저 검을 뽑아 든 사람은 알카레스였다.

사브르를 든 엘프의 자세는 매우 자연스러웠고, 또한 싸움의 경험이 많은지 표정도 상당히 느긋해 보였다. 그런 반면 알카레스의 태도는 뭐라고 한마디로 말할 수 없는 것이었다.

쟌을 만나기 전과 비교해 보면 분명 느긋해졌고 긴장도 덜한 것처럼 보였지만, 그래도 상대에 비하면 아직까지 뻣뻣한 면이 상당히 엿보였다.

지난 10여 년 동안 왕립 아카데미를 거쳐 근위 기사단에서 생활해 왔던 그가 어느 한순간 예전의 교과서적인 태도를 버린다는 것은 그저 희망 사항일 뿐이었다.

롱 소드를 뽑아 가슴 앞에 세운 알카레스에 비해 사브르를 늘어뜨린 엘프의 태도는 너무나 태연해 보였다.

쟌은 그 점이 좀 이상하게 보였다.

알카레스가 좀 뻣뻣하기는 했지만 쉽게 누군가에게 당할 사람은 아니었다. 그리고 엘프의 태도가 느긋한 것이 꽤나 자신있는 듯한 표정을 짓고 있었지만 자신이 보기에 그렇게 자신의 승리를 확신할 만한 실력은 아닌 듯 보였다. 게다가 알카레스의 동료들인 자신들까지 있는데 저렇게 자신감을 보이는 이유가 무엇인지 정말 궁금했다.

상대를 노려보던 알카레스는 역시 교과서적인 방어 자세를 취한 다음 엘프와의 거리를 좁혔다. 그런 반면 가벼운 사브르를 든 엘프는 알카레스가 다가온 만큼 뒤로 물러나며 그와의 거리를 유지하고 있었다.

시간이 지나도 엘프와의 거리가 줄어들지 않자 알카레스는 생각을 바꾸지 않을 수 없었다.

'생각은 냉정하게, 행동은 민첩하게.'

근위 기사단의 훈련 구호를 떠올린 알카레스는 어금니를 힘껏 깨물고는 그대로 지면을 박차고 엘프의 왼쪽으로 달려갔다.

갑작스런 알카레스의 행동에 깜짝 놀란 엘프는 황급히 반대 방향으로 몸을 피했다. 하지만 알카레스의 반응이 조금 더 빨랐다.

옆구리로 롱 소드를 가져간 알카레스는 조금도 망설이지 않고 그대로 검을 휘둘렀다.

휙!

날카로운 소리와 함께 롱 소드는 엘프의 가슴을 향해 사정없이 날아갔다. 그 모습만 보면 알카레스가 엘프에게 원한이 있는 것은 아닌가 의심이 될 정도였다.

몸을 피할 시간이 없었던 엘프는 황급히 사브르를 들어 막았지만 그 충격까지 모두 흡수할 수는 없었다. 뒤로 몇 걸음이나 물러섰지만 전해진 충격이 보통이 아닌지 제대로 중심을 잡지 못하고 있었다.

그가 고개를 흔들며 정신을 차리려 애쓰고 있을 때 알카레스의 2차 공격이 이어졌다. 엘프를 향해 달려든 알카레스가 막 공격을 하려고 할 때 엘프의 입이 열렸다.

"실프! 실프! 실프! 공격!"

자신의 검이 막 엘프의 거리로 떨어져 내리려고 할 때 반투명한 세 개의 물체가 자신을 향해 날아오는 것을 발견했다. 황급히 피하려 했지만 도저히 몸을 피할 만한 시간적 여유가 없었다. 유일한 방법은 양손을 가슴 앞에 교차하고 몸을 잔뜩 웅크려 타격이나 상처로부터 최대한 몸을 보호하는 것뿐이었다.

파파팡!

뭔가 공기가 팽팽히 찬 물체가 압력을 이기지 못해 터져 나가는 듯한 소리가 들리며 알카레스의 몸은 사정없이 뒤로 밀려났다. 하지만 역시 교과서적인 대응을 보였다.

롱 소드를 든 오른손과 어깨에 이상이 없다는 것을 느끼고는 몸이 밀리는 반발력을 이를 악물고 참으며 역으로 엘프를 향해 달려들었다.

너무나 우직한 공격, 하지만 당연히 몸을 피할 것이라고 생각했던 자신의 예측과는 다른 반응을 보이는 알카레스의 행동에 엘프는 당황하지 않을 수 없었다.

"차앗!"

커다란 기합과 함께 알카레스는 오른손에 든 롱 소드를 사선으로 힘껏 내려쳤다. 엉겁결에 사브르를 들어 알카레스의 공격을 막은 엘프는 '쨍' 하는 소리와 함께 자신의 사브르가 금이 가면서 부러지는 것을 발견하고는 당황을 금치 못했다.

그도 그럴 것이 지금까지 5년 동안 세상을 돌아다니며 숱한 싸움을 해보았어도 자신의 무기가 지금처럼 부러지거나 금이 가는 경우는 단 한 번도 없었기 때문이다. 하지만 그의 입에서는 경악성이 아닌 서릿발 같은 호통 소리가 터져 나왔다

"실프, 위! 실프, 아래! 실프, 오른쪽!"

엘프 사내의 입에서 거친 소리가 튀어나오는 순간 또다시 흐릿한 무엇이 날아드는 것을 발견하고는 알카레스는 순간적으로 망설였다. 조금 전처럼 방어를 할 것인지, 아니면 조금 위험하더라도 공세를 취할 것인지 말이다.

생각은 길었지만 동작은 기민했다.

몸을 숙인 채 한 발 앞으로 나서서는 왼쪽 발을 중심으로 맹렬한 속도로 회전하고는 다시금 전면으로 몸을 고정시키며 그대로 돔을 날렸다. 동시에 희뿌연 무엇인가가 자신의 몸 주위를 스치고 지나가는 것을 느꼈다. 하지만 이미 엘프의 몸은 사정권 밖으로 피한 후였다.

롱 소드를 다시 가슴 앞에 세우면서 알카레스는 가슴과 옆구리에서 은은한 통증이 밀려오는 것을 느꼈다. 아마도 첫 번째 공격에서 당한 것 같은데 엘프 사내의 말을 들어봐서는 아마도 정령의 공격인 듯싶었다. 상대가 정령사라는 것을 깨닫고 조금 당황하기는 했지만 그렇다고 일 대 일 대결이란 점에서 달라지는 것은 아무것도 없었다.

그래도 한 가지 유리한 점은 상대의 사브르가 부러졌다는 것, 공격이 시작되는 상대의 시동어에 대한 대비만 한다면 별다른 위험은 없을 것 같았다. 하지만 부러진 사브르를 바닥에 집어 던진 엘프 사내는 무기가 없음에도 불구하고 믿는 것이 있는지 태연한 표정을 짓고 있었다.

그런 엘프의 태도에 쟌도 호기심이 생겼다.

막 알카레스가 달려들려 할 때 엘프 사내는 알아들을 수 없을 정도의 낮은 음성으로 뭔가를 중얼거리더니 힘차게 시동어를 외쳤다.

"레비테이션!"

순간 엘프 사내의 몸은 몇 미터 허공으로 떠올랐고, 멍한 얼굴로 자신을 바라보고 있던 알카레스를 노려보는 순간 그의 입에서는 다시금 싸늘한 호통 소리가 들렸다.

"실라페!"

엘프 사내의 음성이 공중에서 사라지기 전 한줄기 바람과 함께 뿌연 몸체를 가진 주먹만한 크기의 날개 달린 말 모양이 그의 앞에 모습을 드러냈다.

"윈드 커터!"

엘프 사내의 말에 반투명한 말, 실라페는 알카레스를 향해 힘껏 날갯짓을 했고, 그와 동시에 그야말로 칼날 같은 바람이 알카레스에게로 쏟아졌다. 하지만 알카레스는 엘프 사내의 몸이 허공으로 떠올랐을 때부터 그저 멍한 표정을 짓고 있을 뿐 피할 생각도 하지 못하고 있었다.

"피해!"

고함과 함께 알카레스를 향해 몸을 날린 쟌은 그의 팔을 잡아 가슴 쪽으로 끌어들임과 동시에 그대로 지면을 박찼다.

휘리리릭!

파파파팟~

날카로운 파공성과 함께 지면에서 흙먼지가 자욱하게 일어났다.

"뭘 멍청하게 보고만 있는 거야?"

"아~ 가, 가이야 씨."

"물러서 있어."

알카레스 쪽으로는 고개도 돌리지 않은 채 허공에 고개를 고정시킨 쟌은 득의만면해 있는 엘프 사내를 쳐다봤다. 쟌 역시 정령사는 처음 만나는 것이었다. 마법과 정령을 동시에 다루다니…… 정말 소문으로 들은 대로 엘프들이 마법과 정령술에 대해 탁월한 재능을 타고나는 것 같았다.

"제법 하는군, 블랙 케이프."

쟌의 말에 그 자리에 모여 있던 사람들은 하나같이 놀란 얼굴로 그의 얼굴만 바라보고 있었다. 그리고 허공에 떠 있던 엘프 사내 역시 놀라기는 마찬가지였다.

"블랙 케이프라니? 무, 무슨 소리야?"

  "방금 당신이 알카레스와 싸우는 동안 생각을 해봤지. 우리의 뒤를 쫓아온 당신의 정체가 대체 뭘까 하고 말이야. 결론은 둘 중 하나야. 우리 레이디를 쫓아온 정체 불명의 조직에 속한 인물이거나 아니면 나를 쫓아온 블랙 케이프이거나. 하지만 전자일 가능성은 없지. 조직의 힘이 있는데도 사용하지 않는다는 것은 그야말로 멍청한 짓이지. 하지만 내가 보기에 당신은 그렇게 멍청해 보이진 않는 것 같아. 아마 자신의 능력을 과신하기 때문이겠지만 말이야. 그렇게 따지고 보면 당신은 블랙 케이프일 가능성이 높지."

  "블랙 케이프가 누구지? 그리고 날 왜 그자와 혼동하는 것인지 이유를 알 수 없군."

  조금 전 당황하던 표정은 어느덧 사라지고 예의 그 자신만만한 미소를 짓고 있었다.

  "내가 괜히 싸우기 좋아서 베이룬 시의 도둑 길드를 발칵 뒤집어놓았는지 알아? 다 귀하의 귀에 그 소문이 들어가게 하기 위해서였어. 호기심이 강한 인물이라면 당연히 내가 누군지, 또 어째서 그런 일을 벌인 것인지 궁금했을 테지. 하지만 난 그리 알려진 인물이 아니니 나에 대해서 알려면 접근하는 방법부에 없지 않겠어? 지금처럼 말이야."

  "단순히 그런 이유로 날 블랙 케이프로 여긴다면 그건 너구 성급한 판단이군."

  "그뿐만이 아니지. 귀하는 마법과 정령을 모두 사용할 줄 아니 일반적으로 알려진 블랙 케이프의 특징과 흡사한 점이 하나둘이 아니야. 게다가 적당한 검술까지 익히고 있으니 그깟 물건 하나 훔치는 것쯤은 간단히 해결할 수 있을 테지. 어때, 내 말이 틀렸는가?"

  "재미있는 말이군. 하지만 내가 블랙 케이프라는 증거는 하나도 없지 않은가? 또, 내가 만약 블랙 케이프라면 그건 어떻게 증명할 생각이지?"

"증거? 굳이 증거가 필요하다면…… 차앗!"

촤르르~

짧은 기합 소리와 함께 쟌의 왼손이 엘프 사내를 향해 뻗어졌고, 미약하게 쇠사슬이 풀리는 소리가 들렸다.

대략 6, 7미터 높이에 떠 있던 엘프 사내는 그런 쟌의 행동을 가소롭다는 듯 그저 비릿한 미소를 짓고 있을 뿐 꼼짝도 하지 않았다. 그런 엘프 사내의 얼굴 표정이 바뀐 것은 순식간의 일이었다.

뭔가가 자신의 다리에 휘감기는 것을 느끼는 순간 그의 몸은 사정없이 밑으로 끌려 내려갔고, 미처 자세를 바로 하기도 전 그의 엉덩이는 딱딱한 지면과 사정없이 부딪쳤다.

"악!"

아무리 엉덩이에 살이 많다 하더라도 피할 수 있는 충격이 아니었다. 하지만 문제는 그것이 아니었다. 30대 엘프 사내의 입에서 10대 여자 아이에게서나 튀어나올 법한 날카로운 비명 소리가 들렸기 때문이다.

사람들의 시선이 일제히 자신에게 쏠린 것을 발견한 엘프 사내는 깜짝 놀란 표정을 지으며 손으로 황급히 자신의 입을 가렸다. 그 모습에 쟌은 어이없다는 표정을 지었다.

"블랙 케이프가 설마 꼬마 계집애일 줄은 상상도 못했군."

"누가 꼬마 계집애란 거야? 이 늙.은.이.야!"

엘프 사내의 입에서 앙칼진 목소리가 튀어나왔다. 하지만 어찌 되었거나 사내의 입에서 찢어질 듯한 소녀의 목소리가 튀어나오는 것이 그리 보기 좋은 모습은 아니었다.

"빨리 원래 모습으로 돌아가. 대체 얼마나 못생겼기에 남자로 변신을 한 거야?"

"뿌드득! 비겁하게 꼼수나 쓰는 늙은이가 무슨 소리를 하는 거야? 내가 얼마나 이쁜데……. 폴리모프!"

연한 녹색의 연기 같은 것이 엘프 사내의 몸을 휘감자 사내의 외모가 눈부신 변화를 보이기 시작했다.

찰랑거리던 연한 녹색의 더리가 좀 더 길어지면서 눈부신 금발로 변했고, 큰 귀는 어느새 보통 사람의 귀만한 크기로 줄어들었다. 신체 역시 급격히 줄어들더니 14, 5세 정도 되는 소녀로 변했다.

"이거 안 풀어?"

자신의 발목을 휘감고 있는 가느다란 유성추의 쇠사슬을 가리키며 쟌을 노려봤지만 그렇다고 탄응을 보일 쟌이 아니었다. 오히려 허리에 차고 있던 검은 목검까지 뽑아 들었다.

"이봐, 정말 이게 네 본모습 맞아?"

"무슨 소리를 하는 거야?"

"다른 모습으로 변신할 수 있는 능력을 가지고 있는 것을 내 눈으로 확인했는데도 지금 모습이 본모습이라고 믿으란 말이야? 나를 너무 쉽게 보는군."

쟌의 행동에 잠시 기막혀하던 엘프는 자신의 발목에 휘감겨 있는 쇠사슬을 풀려고 애를 썼지만 대체 어떻게 묶인 것인지 쇠사슬은 엉망으로 뒤엉켜 도무지 풀 수 없었다. 게다가 얼마나 예리한지 손톱 끝으로 풀려고 손을 대자마자 손톱이 단번에 잘려 나가 버렸다.

남은 발목에 상처가 남을까 봐 걱정인데 이 독사 눈을 가진 사내는

목검으로 자신을 겨눈 채 이미 드러낸 자신의 본모습을 드러내라고 난
리를 치니 그녀로서는 기가 막힐 뿐이었다.

"빨리 안 풀어 줄 거야?"

"꼬마야! 이름이 뭐지?"

쟌의 '꼬마'란 말에 엘프는 발끈했다. 하지만 쟌을 욕할 수도 없는
것이 쟌과 일행의 눈에 보이는 그녀의 얼굴은 잘돼봐야 15살 전후로밖
에 보이지 않았기 때문이다.

"고귀한 숲의 영혼인 엘프의 피를 이어받은 자, 어둠과 공간의 지배
자, 셀레니온느 쥬벨이 바로 나다."

"엘프의 피를 이어받았다고? 그런데 왜 머리 색이나 귀가 엘프들과
다른 거지?"

"난 하프 엘프란 말이야. 그리고 난 엄마를 더 많이 닮았단 말이야.
아무것도 모르면서 아는 척하기는……."

"사로잡힌 주제에 큰소리는. 정말 눈꼴시군. 어이, 꼬마. 네가 블랙
케이프라는 것을 이젠 인정하겠나?"

쟌의 말에 알카레스와 카타리나는 불신이 가득한 눈으로 꼬맹이 셀
레니온느를 바라봤고, 글렌 역시 믿지 못하겠다는 표정이 역력했다.
하지만 쟌의 태도는 조금의 변화도 없었고, 또 셀레니온느 역시 쟌의
얼굴만 쳐다볼 뿐 가타부타 아무런 대꾸도 없었다.

"대답을 안 하시겠다? 그럼 할 수 없군. 내가 직접 뒤져 보는 수밖
에."

"뒤져? 어딜? 또 뭘?"

"나도 너처럼 아직 발육도 제대로 되지 않은 녀석을 괴롭힐 생각
은 눈곱만큼도 없지만 네가 블랙 케이프라는 것을 증명하려면 별수

없잖아.”

쟌은 굉장히 짜증스러운 듯 표정을 찌푸리며 셀레니온느에게로 다가갔다. 하지만 양 손가락을 꼼지락거리는 것이나 음흉한 미소를 짓고 있는 얼굴을 보면 그의 말처럼 짜증스러운 것만은 아닌 듯싶었다.

그런 쟌의 모습에 셀레니온느는 온몸에 소름이 오싹 끼치는 것을 느꼈다. 그래서 자신도 모르게 뒷걸음질을 쳤다.

“지, 지금 뭐, 뭘 하려는 거야?”

“증거를 찾기 위해서 내키지는 않지만 어쩔 수 없다고 했잖아. 흐흐흐.”

의미를 알 수 없는 음흉한 쟌의 미소에 셀레니온느는 몸서리를 치며 뒤로 물러서려고 했지만 발목에 감긴 쇠사슬 때문에 꼼짝도 할 수 없었다.

쟌의 손이 막 셀레니온느의 어깨에 닿으려는 순간, 눈을 질끈 감은 셀레니온느가 발악하듯 고함을 질렀다.

“그래, 맞아! 내가 바로 블랙 케이프야! 맞단 말이야!”

찢어지는 듯한 음성에 사람들은 더욱 믿을 수 없다는 표정을 지었다.

아무리 그녀가 마법과 정령술에 검술까지 익히고 있다 하더라도 5년 전부터 활동했던 블랙 케이프라고 믿기에는 무리가 많이 따랐다.

지금 15세 전후이니 5년 전이라면 10살 때부터 슬쩍(?)을 시작했다는 말이 아닌가? 게다가 사람들 눈에 단 한 번도 발각이 되지 않아 대도(大盜) 중 대도라고 불리는 존재가 아직 솜털이 보송보송한 여자 아이라니…….

일행이 믿지 못하는 것도 어찌 보면 당연한 일이었다.

눈을 질끈 감고 있던 셀레니온느는 징그러운 쟌의 손길이 몸에 닿을 때만을 기다렸다. 하지만 아무리 기다려도 쟌의 손길은 느껴지지 않았다.

슬그머니 눈을 뜨고 보니 쟌은 조심스럽게 셀레니온느의 발목에 휘감겨 있던 유성추의 쇠사슬을 풀고 있었다. 풀어낸 쇠사슬을 손목에 감던 쟌은 별 이상한 인간 다 보겠다는 듯 셀레니온느를 쳐다봤다.

"뭐 하고 있어?"

"이, 이……."

"쯧쯧쯧, 어린 나이에 발작하는 병이 있는 모양이군."

파르르 몸을 떠는 셀레니온느를 바라보며 쟌은 혀를 찼다. 그 모습에 셀레니온느의 얼굴은 수치심과 동시에 치미는 분노를 참지 못해 새빨갛게 변했다.

자리에서 벌떡 일어난 셀레니온느는 검을 뽑으려고 했지만 검은 이미 부러져 버린 후였다. 게다가 지금 그녀가 걸치고 있는 옷은 그녀에게 너무 커서 꼭 어린아이가 아버지의 옷을 입은 듯 보였다.

황급히 앞을 여민 셀레니온느는 파르르 몸을 떨었고, 그녀의 눈에서는 굵은 눈물이 흐르기 시작했다. 보기에도 안쓰러울 정도로 연민이 가는 모습이었지만 쟌은 아무것도 느끼지 못하는지 미동도 하지 않았다.

곁에서 보고 있던 카타리나가 더 이상 지켜보고만 있을 수 없었는지 곧 벤치에서 일어나 그녀에게 다가갔다. 그리고는 그녀를 품에 안아주었다.

이전의 그녀라면 상상도 할 수 없는 일이었다. 물론 그녀가 순간적으로 울컥해 마음 가는 대로 행동했다고는 하지만 확실히 이전과는 다른 모습이었다.

매서운 눈길로 쟌을 노려본 카타리나는 셀레니온느를 품에 안고 여관으로 들어갔다. 멍하니 그 모습을 보고 있던 두 사람을 쟌이 나직한 음성으로 일깨웠다.

"뭐 하고 있어? 어서 쫓아가 봐."

쟌의 말에 정신을 차린 두 사람은 황급히 카타리나의 뒤를 따라 여관 안으로 사라졌다.

혼자 남은 쟌은 벤치에 앉아 하늘을 쳐다보았다.

여행.

잃어버린 기억을 되찾고 자신을 도와주었던 생명의 은인에게 은혜를 갚기 위해 시작한 여행이었다.

여러 사람을 만났고, 또 적지 않은 싸움을 했다. 또 치료를 위해 많은 프리스트를 만나봤지만 어느 누구도 자신의 잃어버린 기억을 되찾아주지 못했다.

신성력으로도, 마법으로도, 또 어떤 약도 자신에게는 효과가 없었다.

그동안 자신이 얻은 것이라고는 자신이 상당한 부상을 입은 채 이세계(異世界)에서 왔다는 것, 그리고 치명적인 부상 때문에 과거의 기억 대부분을 잃어버렸다는 것뿐이었다.

목숨이 위태로웠던 부상에서 깨어나는 데 몇 달이 걸렸고, 다시 정상적인 몸 상태가 되는 데 1년 가까이 걸렸다. 또 부상을 치료하는 동안 이곳의 말을 배우면서 자신은 확실히 이곳 사람이 아니라는 것을 깨달았다.

트레슈나 제국이 시멘루이나 대륙의 절반 정도를 차지하고 있기 때문에 대륙 전체에 트레슈나 제국의 언어가 공용으로 통용되고 있었다. 자신이 얼핏 기억하고 있는 말과는 판이하게 다른 언어, 바로 그 점이 자신이 이곳과는 다른 이세계에서 왔다고 생각하는 이유였다.

물론 자신의 생각이 틀릴 수도 있다는 것을 모르는 것은 아니다. 하지만 자신이 익힌 무술이 이곳의 무술과는 판이하게 다르다는 점 역시 다른 세계에서 왔다고 생각하게 된 동기가 되었다.

주위 사람들과 판이하게 다른 생각이나 행동, 그리고 그들이 알아듣지 못하는 말을 하는 자신을 보면서 자신이 이방인이라는 사실을 절실하게 깨달았다. 그래서 여행을 시작했는데 그 여행도 벌써 1년 가까이 지났다.

이전의 자신이 어땠는지는 모르겠지만 지금 상태라면 당시의 무술 실력과 별 차이가 나지 않을 것이란 생각이 들었다.

다만 한 가지 지금도 이해가 되지 않는 것은…… 상대의 목숨을 빼앗으려고 할 때마다 자신의 온몸을 지배하는 본능적인 거부감이었다. 마치 누군가에게 암시라도 걸린 듯 자신의 뜻과는 달리 손은 자신의 명령을 거부해 멈췄고, 발은 현장에서 계속 멀어지려고만 했다.

자신 안에 자신을 지배하는 초월적인 존재가 있어 평소에는 흡사 잠을 자듯 조용히 있다가 상대의 목숨을 빼앗으려고 마지막 공격을 할 때 깨어나 자신의 몸을 지배하는 것이었다. 그리고 그때마다 들리는 늙수그레한 음성.

'살아 있는 모든 것은 살아 있음으로 해서 세상에 존재할 가치가 있는 것이다. 설사 어떤 초월적인 존재라 하더라도 살아 있는 것들의 생명을 빼앗을 순 없다는 것을 죽을 때까지 잊지 말거라. 가야(伽倻)야, 넌 누구보다 살기가 강한 아이이니 앞으로도 내 말을 절대 잊지 말도

록 하거라.'

그 늙은 음성의 주인공이 누군지는 모르겠지만 자신으로서는 감히 거역할 수 없는 어떤 절대적인 존재일 것이라는 생각이 들었다. 그 사람이 자신에게 어떤 의미가 있는 존재인지 궁금하기도 했지만 아직까지는 알 도리가 없었다.

갑자기 답답하다는 생각이 들었다.

목이 부러져라 힘차게 흔든 쟌은 갑자기 자리에서 벌떡 일어섰다. 그리고는 다시 한 번 하늘을 바라봤다.

구름 한 점 없는 하늘은 여전히 드높고 넓어 보였다.

"언젠가는 알게 되겠지."

〈2권에서 계속…〉

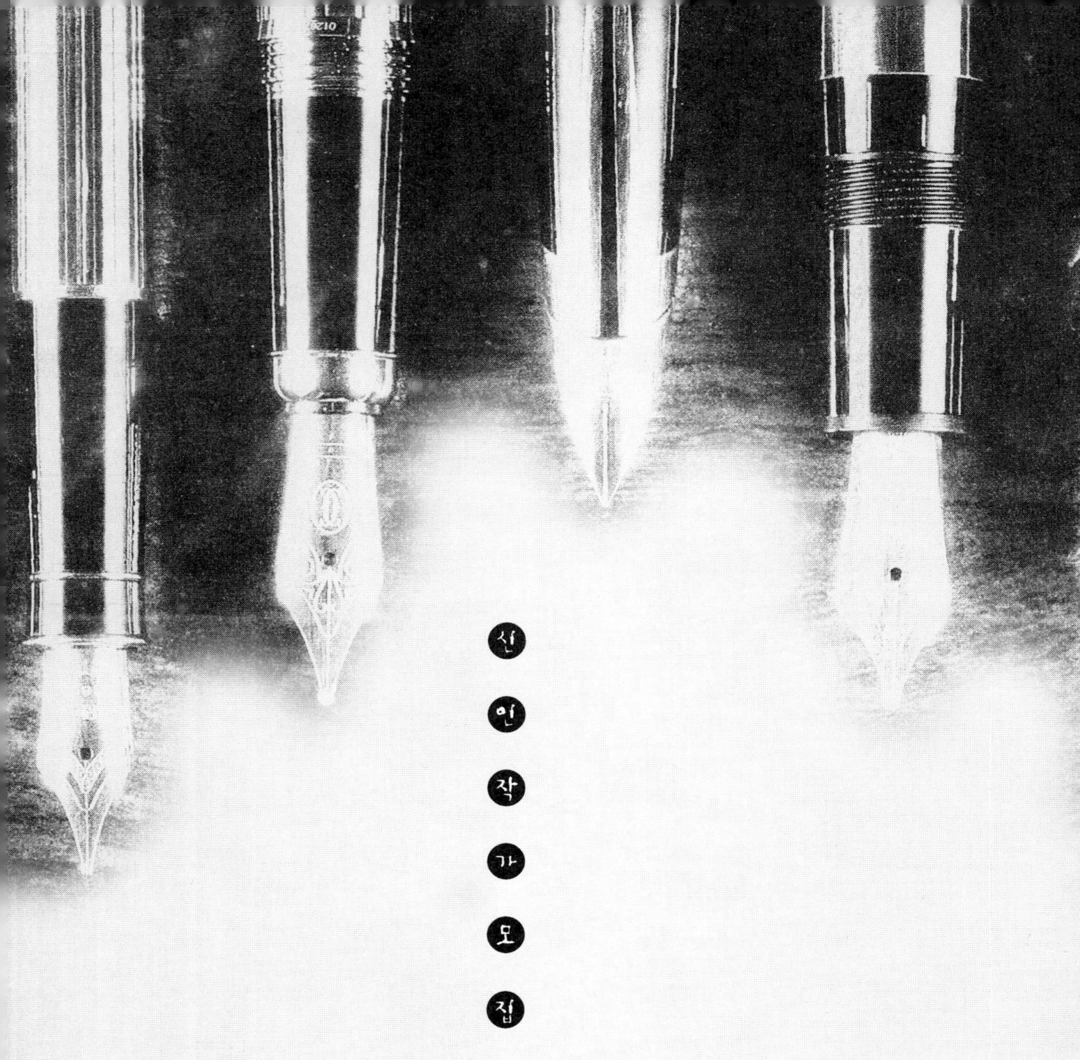

신
인
작
가
모
집

시작이 반이라고 했습니다.
작가의 길에 대한 보이지 않는 벽을 과감히 깨뜨리십시오!
청어람은 작가 지망생 여러분들의
멋진 방향타가 되어드리겠습니다.

저희 도서출판 청어람에서는
소설 신인 작가분들을 모집합니다.
판타지와 무협을 사랑하시는 분들의 많은 참여를 바랍니다.
소정의 원고(A4용지 150매)를 메일이나 우편으로 보내주시면
검토 후 출판 여부를 알려드리겠습니다.

주소:경기도 부천시 원미구 심곡1동 350-1 남성B/D 3F 우편번호420-011
TEL:032-656-4452 · FAX:032-656-4453
http://www.chungeoram.com
e-mail:chungeoram@chungeoram.com